U0073317

STS
山田社

山田社

STS
山田社

SHAN TIAN SHE
-新制對應版-

網羅新日本語能力試驗文法必考範圍

日本語
動詞活用
辭典

NIHONGO BUNPOO・DOUSI KATSUYOU ZITEN

N3,N4,N5
單字辭典

【吉松由美・田中陽子 合著】

一眼搞懂 POINT!

動詞 14種活用完全圖表

3個公式 14種變化

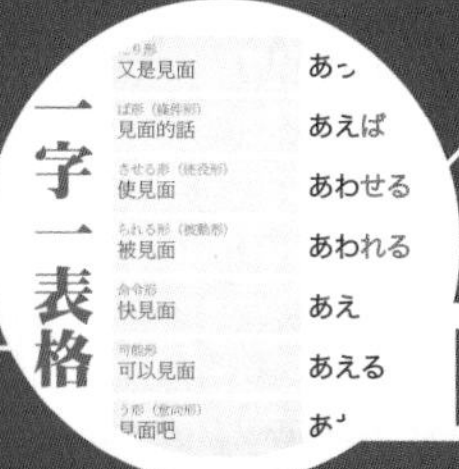

一字一表格

五段動詞・上一段下一段動詞・カ變サ變動詞

辭書形、ない形、ます形、ば形、させる形、命令形、う形…共14種活用

日檢、上課、上班天天派上用場

史上第一本動詞活用辭典！

找到單字就知道如何變化！

前言

一眼搞懂！ N3,N4,N5 動詞　14 種活用，完全圖表

3 個公式、14 種變化

五段動詞、上一段・下一段動詞、カ變・サ變動詞
辭書形、ない形、ます形、ば形、させる形、命令形、う形…**共 14 種活用**
日檢、上課、上班天天派上用場

日語動詞活用是日語的一大特色，它的規則類似英語動詞，語尾也有原形、現在形、過去形、過去分詞、現在分詞等變化。

日語動詞活用就像是動詞的兄弟，這裡將介紹動詞的這 14 個兄弟（14 種活用變化）。兄弟本是同根生，但由於他們後面可以自由地連接助動詞或語尾變化，使得各兄弟們都有著鮮明的個性，他們時常高喊「我們不一樣」，大搞特色。請看：

正義正直的老大 → 書く	書寫	（表示語尾）
小心謹慎的老 2 → 開かない	打不開	（表示否定）
悲觀失意的老 3 → 休まなかった	過去沒有休息	（表示過去否定）
彬彬有禮的老 4 → 渡します	交給	（表示鄭重）
外向開朗的老 5 → 弾いて	彈奏	（表示連接等）
快言快語的老 6 → 話した	説了	（表示過去）
聰明好學的老 7 → 入ったら	進去的話	（表示條件）
情緒多變的老 8 → 寝たり	又是睡	（表示列舉）
實事求是的老 9 → 登れば	攀登的話	（表示條件）
暴躁善變的老 10 → 飲ませる	叫…喝	（表示使役）
追求刺激的老 11 → 遊ばれる	被玩弄	（表示被動）
豪放不羈的老 12 → 脱げ	快脱	（表示命令）
勇敢正義的老 13 → 点けられる	可以點燃	（表示可能）
異想天開的老 14 → 食べよう	吃吧	（表示意志）

本書利用完全圖表，再配合三個公式，讓您一眼搞懂各具特色的日檢 N3,N4,N5 動詞 14 種活用變化！讓您考日檢、上課、上班天天派上用場。

目錄

■日語動詞三個公式

表示人或事物的存在、動作、行為和作用的詞叫動詞。日語動詞可以分為三大類（三個公式），有：

分類		ます形	辭書形	中文
一般動詞	上一段動詞	おきます	おきる	起來
		すぎます	すぎる	超過
		おちます	おちる	掉下
		います	いる	在
	下一段動詞	たべます	たべる	吃
		うけます	うける	接受
		おしえます	おしえる	教授
		ねます	ねる	睡覺
五段動詞		かいます	かう	購買
		かきます	かく	書寫
		はなします	はなす	說
		しります	しる	知道
		かえります	かえる	回來
		はしります	はしる	跑
		おわります	おわる	結束
不規則動詞	サ變動詞	します	する	做
	カ變動詞	きます	くる	來

■動詞按形態和變化規律，可以分為5種：

❶上一段動詞

動詞的活用詞尾，在五十音圖的「い段」上變化的叫上一段動詞。一般由有動作意義的漢字，後面加兩個平假名構成。最後一個假名為「る」。「る」前面的假名一定在「い段」上。例如：

● い段音「い、き、し、ち、に、ひ、み、り」
i ki shi chi ni hi mi ri

起きる（おきる）

過ぎる（すぎる）

落ちる（おちる）

❷下一段動詞

動詞的活用詞尾在五十音圖的「え段」上變化的叫下一段動詞。一般由一個有動作意義的漢字，後面加兩個平假名構成。最後一個假名為「る」。「る」前面的假名一定在「え段」上。例如：

● え段音「え、け、せ、て、ね、へ、め、れ」
e ke se te ne he me re

食べる（たべる）

受ける（うける）

教える（おしえる）

只是，也有「る」前面不夾進其他假名的。但這個漢字讀音一般也在「い段」或「え段」上。如：

居る（いる）

寝る（ねる）

見る（みる）

❸五段動詞

動詞的活用詞尾在五十音圖的「あ、い、う、え、お」五段上變化的叫五段動詞。一般由一個或兩個有動作意義的漢字，後面加一個（兩個）平假名構成。

（1）五段動詞的詞尾都是由「う段」假名構成。其中除去「る」以外，凡是「う、く、す、つ、ぬ、ふ、む」結尾的動詞，都是五段動詞。例如：

買う（かう）　待つ（まつ）
書く（かく）　飛ぶ（とぶ）
話す（はなす）　読む（よむ）

（2）「漢字＋る」的動詞一般為五段動詞。也就是漢字後面只加一個「る」，「る」跟漢字之間不夾有任何假名的，95% 以上的動詞為五段動詞。例如：

売る（うる）　走る（はしる）
知る（しる）　要る（いる）
帰る（かえる）

（3）個別的五段動詞在漢字與「る」之間又加進一個假名。但這個假名不在「い段」和「え段」上，所以，不是一段動詞，而是五段動詞。例如：

始まる（はじまる）　終わる（おわる）

❹サ變動詞

サ變動詞只有一個詞「する」。活用時詞尾變化都在「サ行」上，稱為サ變動詞。另有一些動作性質的名詞＋する構成的複合詞，也稱サ變動詞。例如：

結婚する（けっこんする）　勉強する（べんきょうする）

❺カ變動詞

只有一個動詞「来る」。因為詞尾變化在カ行，所以叫做カ變動詞，由「く＋る」構成。它的詞幹和詞尾不能分開，也就是「く」既是詞幹，又是詞尾。

動詞單字
N5

あう【会う】見面，會面；偶遇，碰見

自五 グループ1

会う・会います

辭書形(基本形) 見面	あう	たり形 又是見面	あったり
ない形（否定形） 不見面	あわない	ば形（條件形） 見面的話	あえば
なかった形（過去否定形） 過去沒見過面	あわなかった	させる形（使役形） 使見面	あわせる
ます形（連用形） 見面	あいます	られる形（被動形） 被碰見	あわれる
て形 見面	あって	命令形 快見面	あえ
た形（過去形） 見過面	あった	可能形 可以見面	あえる
たら形（條件形） 見面的話	あったら	う形（意向形） 見面吧	あおう

△大山さんと駅で会いました／我在車站與大山先生碰了面。

あく【開く】開，打開；開始，開業

自五 グループ1

開く・開きます

辭書形(基本形) 打開	あく	たり形 又是打開	あいたり
ない形（否定形） 不打開	あかない	ば形（條件形） 打開的話	あけば
なかった形（過去否定形） 過去沒打開	あかなかった	させる形（使役形） 使打開	あかせる
ます形（連用形） 打開	あきます	られる形（被動形） 被打開	あけられる
て形 打開	あいて	命令形 快打開	あけ
た形（過去形） 打開過	あいた	可能形 能打開	あけられる
たら形（條件形） 打開的話	あいたら	う形（意向形） 打開吧	あこう

△日曜日、食堂は開いています／星期日餐廳有營業。

あける【開ける】 打開，開（著）；開業

他下一 グループ2

開ける・開けます

辭書形(基本形) 打開	あける	たり形 又是打開	あけたり
ない形（否定形） 沒打開	あけない	ば形（條件形） 打開的話	あければ
なかった形（過去否定形） 過去沒打開	あけなかった	させる形（使役形） 使打開	あけさせる
ます形（連用形） 打開	あけます	られる形（被動形） 被打開	あけられる
て形 打開	あけて	命令形 快打開	あけろ
た形（過去形） 打開過	あけた	可能形 可以打開	あけられる
たら形（條件形） 打開的話	あけたら	う形（意向形） 打開吧	あけよう

△ドアを開けてください／請把門打開。

あげる【上げる】 舉起；抬起

他下一 グループ2

上げる・上げます

辭書形(基本形) 舉起	あげる	たり形 又是舉起	あげたり
ない形（否定形） 沒舉起	あげない	ば形（條件形） 舉起的話	あげれば
なかった形（過去否定形） 過去沒舉起	あげなかった	させる形（使役形） 使舉起	あげさせる
ます形（連用形） 舉起	あげます	られる形（被動形） 被舉起	あげられる
て形 舉起	あげて	命令形 快舉起	あげろ
た形（過去形） 舉起過	あげた	可能形 能舉起	あげられる
たら形（條件形） 舉起的話	あげたら	う形（意向形） 舉起來吧	あげよう

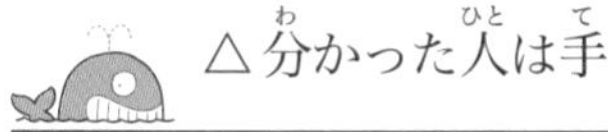
△分かった人は手を上げてください／知道的人請舉手。

あそぶ【遊ぶ】 遊玩；閒著；旅行；沒工作

自五 グループ1

遊ぶ・遊びます

辭書形(基本形) 遊玩	あそぶ	たり形 又是遊玩	あそんだり
ない形（否定形) 沒有遊玩	あそばない	ば形（條件形) 遊玩的話	あそべば
なかった形（過去否定形) 過去沒有遊玩	あそばなかった	させる形（使役形) 使遊玩	あそばせる
ます形（連用形) 遊玩	あそびます	られる形（被動形) 被玩弄	あそばれる
て形 遊玩	あそんで	命令形 快遊玩	あそべ
た形（過去形) 遊玩過	あそんだ	可能形 可以遊玩	あそべる
たら形（條件形) 遊玩的話	あそんだら	う形（意向形) 遊玩吧	あそぼう

△ここで遊ばないでください／請不要在這裡玩耍。

あびる【浴びる】 淋，浴，澆；照，曬

他上一 グループ2

浴びる・浴びます

辭書形(基本形) 淋浴	あびる	たり形 又是淋浴	あびたり
ない形（否定形) 沒有淋浴	あびない	ば形（條件形) 淋浴的話	あびれば
なかった形（過去否定形) 過去沒有淋浴	あびなかった	させる形（使役形) 使淋浴	あびさせる
ます形（連用形) 淋浴	あびます	られる形（被動形) 被澆淋	あびられる
て形 淋浴	あびて	命令形 快淋浴	あびろ
た形（過去形) 淋過浴	あびた	可能形 可以淋浴	あびられる
たら形（條件形) 淋浴的話	あびたら	う形（意向形) 淋浴吧	あびよう

△シャワーを浴びた後で朝ご飯を食べました／沖完澡後吃了早餐。

あらう【洗う】 沖洗，清洗；洗滌

他五 グループ1

洗う・洗います

形	中文	活用	形	中文	活用
辭書形(基本形)	清洗	あらう	たり形	又是清洗	あらったり
ない形（否定形）	不清洗	あらわない	ば形（條件形）	清洗的話	あらえば
なかった形（過去否定形）	過去沒清洗	あらわなかった	させる形（使役形）	使清洗	あらわせる
ます形（連用形）	清洗	あらいます	られる形（被動形）	被洗滌	あらわれる
て形	清洗	あらって	命令形	快清洗	あらえ
た形（過去形）	清洗過	あらった	可能形	可以清洗	あらえる
たら形（條件形）	清洗的話	あらったら	う形（意向形）	清洗吧	あらおう

△昨日洋服を洗いました／我昨天洗了衣服。

ある【在る】 在，存在

自五 グループ1

ある・あります

形	中文	活用	形	中文	活用
辭書形(基本形)	存在	ある	たり形	又是存在	あったり
ない形（否定形）	沒存在	ない	ば形（條件形）	存在的話	あれば
なかった形（過去否定形）	過去沒存在	なかった	させる形（使役形）		――――
ます形（連用形）	存在	あります	られる形（被動形）		――――
て形	存在	あって	命令形	快存在	あれ
た形（過去形）	存在過	あった	可能形	可以存在	あられる
たら形（條件形）	存在的話	あったら	う形（意向形）	存在吧	あろう

△トイレはあちらにあります／廁所在那邊。

ある【有る】有，持有，具有

自五　グループ1

ある・あります

辞書形(基本形) 持有	ある	たり形 又是持有	あったり
ない形（否定形) 沒有	ない	ば形（條件形) 持有的話	あれば
なかった形（過去否定形) 過去沒有	なかった	させる形（使役形)	———
ます形（連用形) 持有	あります	られる形（被動形)	———
て形 持有	あって	命令形 快持有	あれ
た形（過去形) 持有過	あった	可能形 可以持有	あられる
たら形（條件形) 持有的話	あったら	う形（意向形) 擁有吧	あろう

△春休(はるやす)みはどのぐらいありますか／春假有多久呢？

あるく【歩く】走路，步行

自五　グループ1

歩(ある)く・歩(ある)きます

辭書形(基本形) 走路	あるく	たり形 又是走路	あるいたり
ない形（否定形) 沒走路	あるかない	ば形（條件形) 走路的話	あるけば
なかった形（過去否定形) 過去沒走路	あるかなかった	させる形（使役形) 使走路	あるかせる
ます形（連用形) 走路	あるきます	られる形（被動形) 被走過	あるかれる
て形 走路	あるいて	命令形 快走路	あるけ
た形（過去形) 走過路	あるいた	可能形 可以走路	あるける
たら形（條件形) 走路的話	あるいたら	う形（意向形) 走路吧	あるこう

△歌(うた)を歌(うた)いながら歩(ある)きましょう／一邊唱歌一邊走吧！

いう【言う】 說，講；說話，講話

自他五 グループ1

言う・言います

辭書形(基本形) 說話	いう	たり形 又是說話	いったり
ない形（否定形） 不說話	いわない	ば形（條件形） 說話的話	いえば
なかった形（過去否定形） 過去沒說話	いわなかった	させる形（使役形） 使說話	いわせる
ます形（連用形） 說話	いいます	られる形（被動形） 被說	いわれる
て形 說話	いって	命令形 快說話	いえ
た形（過去形） 說過話	いった	可能形 可以說話	いえる
たら形（條件形） 說話的話	いったら	う形（意向形） 說話吧	いおう

△山田さんは「家内といっしょに行きました。」と言いました／山田先生說「我跟太太一起去了」。

いく・ゆく【行く】 去，往；離去；經過，走過

自五 グループ1

行く・行きます

辭書形(基本形) 前去	いく	たり形 又是去	いったり
ない形（否定形） 不去	いかない	ば形（條件形） 去的話	いけば
なかった形（過去否定形） 過去沒去	いかなかった	させる形（使役形） 使去	いかせる
ます形（連用形） 前去	いきます	られる形（被動形） 被走過	いかれる
て形 前去	いって	命令形 快去	いけ
た形（過去形） 去過	いった	可能形 可以去	いける
たら形（條件形） 去的話	いったら	う形（意向形） 去吧	いこう

△大山さんはアメリカに行きました／大山先生去了美國。

いっしょ【一緒】 一塊，一起；一様；(時間) 一齊，同時 名・自サ グループ3

一緒（いっしょ）する・一緒（いっしょ）します

辭書形(基本形) 一起	いっしょする	たり形 又是一起	いっしょしたり
ない形 (否定形) 沒有一起	いっしょしない	ば形 (條件形) 一起的話	いっしょすれば
なかった形 (過去否定形) 過去沒有一起	いっしょしなかった	させる形 (使役形) 使一起	いっしょさせる
ます形 (連用形) 一起	いっしょします	られる形 (被動形) 被同時	いっしょされる
て形 一起	いっしょして	命令形 快一起	いっしょしろ
た形 (過去形) 一起過	いっしょした	可能形 可以一起	いっしょできる
たら形 (條件形) 一起的話	いっしょしたら	う形 (意向形) 一起吧	いっしょしよう

△ 明日（あした）一緒（いっしょ）に映画（えいが）を見（み）ませんか／明天要不要一起看場電影啊？

いる【居る】 (人或動物的存在) 有，在；居住在 自上一 グループ1

居（い）る・居（い）ます

辭書形(基本形) 在	いる	たり形 又是在	いたり
ない形 (否定形) 不在	いない	ば形 (條件形) 在的話	いれば
なかった形 (過去否定形) 過去不在	いなかった	させる形 (使役形) 使在	いさせる
ます形 (連用形) 在	います	られる形 (被動形) 被存在	いられる
て形 在	いて	命令形 在這裡	いろ
た形 (過去形) 在過	いた	可能形 可以存在	いられる
たら形 (條件形) 在的話	いたら	う形 (意向形) 在吧	いよう

△ どのぐらい東京（とうきょう）にいますか／你要待在東京多久？

いる【要る】 要，需要，必要

自五　グループ1

要る・要ります

形	活用	形	活用
辭書形(基本形) 需要	いる	たり形 又是需要	いったり
ない形（否定形） 不需要	いらない	ば形（條件形） 需要的話	いれば
なかった形（過去否定形） 過去沒需要	いらなかった	させる形（使役形） 使需要	いらせる
ます形（連用形） 需要	いります	られる形（被動形） 被需要	いられる
て形 需要	いって	命令形	────
た形（過去形） 需要過	いった	可能形	────
たら形（條件形） 需要的話	いったら	う形（意向形） 需要吧	いろう

△郵便局へ行きますが、林さんは何かいりますか／
我要去郵局，林先生要我幫忙辦些什麼事？

いれる【入れる】 放入，裝進；送進，收容；計算進去

他下一　グループ2

入れる・入れます

形	活用	形	活用
辭書形(基本形) 放入	いれる	たり形 又是放入	いれたり
ない形（否定形） 不放入	いれない	ば形（條件形） 放入的話	いれれば
なかった形（過去否定形） 過去沒放入	いれなかった	させる形（使役形） 使放入	いれさせる
ます形（連用形） 放入	いれます	られる形（被動形） 被放入	いれられる
て形 放入	いれて	命令形 快放入	いれろ
た形（過去形） 放入過	いれた	可能形 可以放入	いれられる
たら形（條件形） 放入的話	いれたら	う形（意向形） 放入吧	いれよう

△青いボタンを押してから、テープを入れます／按下藍色按鈕後，再放入錄音帶。

うたう【歌う】 唱歌；歌頌

他五 グループ1

歌(うた)う・歌(うた)います

辞書形(基本形) 唱歌	うたう	たり形 又是唱歌	うたったり
ない形（否定形） 沒唱歌	うたわない	ば形（條件形） 唱歌的話	うたえば
なかった形（過去否定形） 過去沒唱歌	うたわなかった	させる形（使役形） 使唱歌	うたわせる
ます形（連用形） 唱歌	うたいます	られる形（被動形） 被唱	うたわれる
て形 唱歌	うたって	命令形 快唱歌	うたえ
た形（過去形） 唱過歌	うたった	可能形 可以唱歌	うたえる
たら形（條件形） 唱歌的話	うたったら	う形（意向形） 唱歌吧	うたおう

△毎週一回(まいしゅういっかい)、カラオケで歌(うた)います／每週唱一次卡拉OK。

うまれる【生まれる】 出生；出現

自下一 グループ2

生(う)まれる・生(う)まれます

辞書形(基本形) 出生	うまれる	たり形 又是出生	うまれたり
ない形（否定形） 沒出生	うまれない	ば形（條件形） 出生的話	うまれれば
なかった形（過去否定形） 過去沒出生	うまれなかった	させる形（使役形） 使出生	うまれさせる
ます形（連用形） 出生	うまれます	られる形（被動形） 被誕生	うまれられる
て形 出生	うまれて	命令形 快出生	うまれろ
た形（過去形） 出生了	うまれた	可能形	——
たら形（條件形） 出生的話	うまれたら	う形（意向形） 出生吧	うまれよう

△その女(おんな)の子(こ)は外国(がいこく)で生(う)まれました／那個女孩是在國外出生的。

うる【売る】 賣，販賣；出賣

他五 グループ1

売(う)る・売(う)ります

辭書形(基本形) 販賣	うる	たり形 又是販賣	うったり
ない形（否定形） 沒販賣	うらない	ば形（條件形） 販賣的話	うれば
なかった形（過去否定形） 過去沒販賣	うらなかった	させる形（使役形） 使販賣	うらせる
ます形（連用形） 販賣	うります	られる形（被動形） 被販賣	うられる
て形 販賣	うって	命令形 快販賣	うれ
た形（過去形） 販賣過	うった	可能形 可以販賣	うれる
たら形（條件形） 販賣的話	うったら	う形（意向形） 販賣吧	うろう

△この本屋(ほんや)は音楽(おんがく)の雑誌(ざっし)を売(う)っていますか／這間書店有賣音樂雜誌嗎？

おきる【起きる】 （倒著的東西）起來，立起來，坐起來；起床

自上一 グループ2

起(お)きる・起(お)きます

辭書形(基本形) 起來	おきる	たり形 又是起來	おきたり
ない形（否定形） 不起來	おきない	ば形（條件形） 起來的話	おきれば
なかった形（過去否定形） 過去沒起來	おきなかった	させる形（使役形） 使起來	おきさせる
ます形（連用形） 起來	おきます	られる形（被動形） 被立起來	おきられる
て形 起來	おきて	命令形 快起來	おきろ
た形（過去形） 起來過	おきた	可能形 可以起來	おきられる
たら形（條件形） 起來的話	おきたら	う形（意向形） 起來吧	おきよう

△毎朝(まいあさ)6時(ろくじ)に起(お)きます／每天早上6點起床。

おく【置く】 放，放置；放下，留下，丟下

他五 グループ1

置く・置きます

辭書形(基本形) 放置	おく	たり形 又是放置	おいたり
ない形（否定形） 沒放置	おかない	ば形（條件形） 放置的話	おけば
なかった形（過去否定形） 過去沒放置	おかなかった	させる形（使役形） 使放置	おかせる
ます形（連用形） 放置	おきます	られる形（被動形） 被放置	おかれる
て形 放置	おいて	命令形 快放置	おけ
た形（過去形） 放置過	おいた	可能形 可以放置	おける
たら形（條件形） 放置的話	おいたら	う形（意向形） 放置吧	おこう

△机の上に本を置かないでください／桌上請不要放書。

おしえる【教える】 教授；指導；教訓；告訴

他下一 グループ2

教える・教えます

辭書形(基本形) 教授	おしえる	たり形 又是教授	おしえたり
ない形（否定形） 沒有教授	おしえない	ば形（條件形） 教授的話	おしえれば
なかった形（過去否定形） 過去沒有教授	おしえなかった	させる形（使役形） 使教授	おしえさせる
ます形（連用形） 教授	おしえます	られる形（被動形） 被教授	おしえられる
て形 教授	おしえて	命令形 快教授	おしえろ
た形（過去形） 教授過	おしえた	可能形 可以教授	おしえられる
たら形（條件形） 教授的話	おしえたら	う形（意向形） 教授吧	おしえよう

△山田さんは日本語を教えています／山田先生在教日文。

おす【押す】 推，擠；壓，按 ；蓋章

他五 グループ1

押す・押します

形	活用	形	活用
辭書形(基本形) 按下	おす	たり形 又是按下	おしたり
ない形（否定形） 沒按下	おさない	ば形（條件形） 按下的話	おせば
なかった形（過去否定形） 過去沒按下	おさなかった	させる形（使役形） 使按下	おさせる
ます形（連用形） 按下	おします	られる形（被動形） 被按下	おされる
て形 按下	おして	命令形 快按下	おせ
た形（過去形） 按下過	おした	可能形 可以按下	おせる
たら形（條件形） 按下的話	おしたら	う形（意向形） 按下吧	おそう

△白いボタンを押してから、テープを入れます／按下白色按鍵之後，放入錄音帶。

おぼえる【覚える】 記住，記得；學會，掌握

他下一 グループ2

覚える・覚えます

形	活用	形	活用
辭書形(基本形) 記住	おぼえる	たり形 又是記住	おぼえたり
ない形（否定形） 沒記住	おぼえない	ば形（條件形） 記住的話	おぼえれば
なかった形（過去否定形） 過去沒記住	おぼえなかった	させる形（使役形） 使記住	おぼえさせる
ます形（連用形） 記住	おぼえます	られる形（被動形） 被記住	おぼえられる
て形 記住	おぼえて	命令形 快記住	おぼえろ
た形（過去形） 記住過	おぼえた	可能形 可以記住	おぼえられる
たら形（條件形） 記住的話	おぼえたら	う形（意向形） 記住吧	おぼえよう

△日本語の歌をたくさん覚えました／我學會了很多日本歌。

およぐ【泳ぐ】（人，魚等在水中）游泳；穿過，擠過

自五　グループ1

泳ぐ・泳ぎます

辭書形(基本形) 游泳	およぐ	たり形 又是游泳	およいだり
ない形（否定形） 沒有游泳	およがない	ば形（條件形） 游泳的話	およげば
なかった形（過去否定形） 過去沒游泳	およがなかった	させる形（使役形） 使游泳	およがせる
ます形（連用形） 游泳	およぎます	られる形（被動形） 被穿過	およがれる
て形 游泳	およいで	命令形 快游泳	およげ
た形（過去形） 游過泳	およいだ	可能形 可以游泳	およげる
たら形（條件形） 游泳的話	およいだら	う形（意向形） 游泳吧	およごう

△私は夏に海で泳ぎたいです／夏天我想到海邊游泳。

おりる【下りる・降りる】【下りる】（從高處）下來，降落；（霜雪等）落下；【降りる】（從車，船等）下來

自上一　グループ2

下りる・下ります

辭書形(基本形) 下來	おりる	たり形 又是下來	おりたり
ない形（否定形） 沒下來	おりない	ば形（條件形） 下來的話	おりれば
なかった形（過去否定形） 過去沒下來	おりなかった	させる形（使役形） 使下來	おりさせる
ます形（連用形） 下來	おります	られる形（被動形） 被降落	おりられる
て形 下來	おりて	命令形 快下來	おりろ
た形（過去形） 下來過	おりた	可能形 可以下來	おりられる
たら形（條件形） 下來的話	おりたら	う形（意向形） 下來吧	おりよう

△ここでバスを降ります／我在這裡下公車。

おわる【終わる】 完畢，結束，終了

自五 グループ1

終(お)わる・終(お)わります

辭書形(基本形) 結束	おわる	たり形 又是結束	おわったり
ない形（否定形） 沒結束	おわらない	ば形（條件形） 結束的話	おわれば
なかった形（過去否定形） 過去沒結束	おわらなかった	させる形（使役形） 使結束	おわらせる
ます形（連用形） 結束	おわります	られる形（被動形） 被結束	おわられる
て形 結束	おわって	命令形 快結束	おわれ
た形（過去形） 結束了	おわった	可能形 可以結束	おわれる
たら形（條件形） 結束的話	おわったら	う形（意向形） 結束吧	おわろう

△ パーティーは九時(くじ)に終(お)わります／派對在九點結束。

かいもの【買物】 購物，買東西；買到的東西

自サ グループ3

買(か)い物(もの)する・買(か)い物(もの)します

辭書形(基本形) 購物	かいものする	たり形 又是購物	かいものしたり
ない形（否定形） 沒購物	かいものしない	ば形（條件形） 購物的話	かいものすれば
なかった形（過去否定形） 過去沒購物	かいものしなかった	させる形（使役形） 使購物	かいものさせる
ます形（連用形） 購物	かいものします	られる形（被動形） 被買東西	かいものされる
て形 購物	かいものして	命令形 快購物	かいものしろ
た形（過去形） 購物過	かいものした	可能形 可以購物	かいものできる
たら形（條件形） 購物的話	かいものしたら	う形（意向形） 購物吧	かいものしよう

△ デパートで買(か)い物(もの)をしました／在百貨公司買東西了。

かう【買う】 購買

他五 グループ1

買(か)う・買(か)います

辭書形(基本形) 購買	かう	たり形 又是購買	かったり
ない形(否定形) 不購買	かわない	ば形(條件形) 購買的話	かえば
なかった形(過去否定形) 過去沒購買	かわなかった	させる形(使役形) 使購買	かわせる
ます形(連用形) 購買	かいます	られる形(被動形) 被購買	かわれる
て形 購買	かって	命令形 快購買	かえ
た形(過去形) 購買了	かった	可能形 可以購買	かえる
たら形(條件形) 購買的話	かったら	う形(意向形) 購買吧	かおう

△本屋(ほんや)で本(ほん)を買(か)いました/在書店買了書。

かえす【返す】 還，歸還，退還；送回（原處）

他五 グループ1

返(かえ)す・返(かえ)します

辭書形(基本形) 歸還	かえす	たり形 又是歸還	かえしたり
ない形(否定形) 不歸還	かえさない	ば形(條件形) 歸還的話	かえせば
なかった形(過去否定形) 過去沒歸還	かえさなかった	させる形(使役形) 使歸還	かえさせる
ます形(連用形) 歸還	かえします	られる形(被動形) 被歸還	かえされる
て形 歸還	かえして	命令形 快歸還	かえせ
た形(過去形) 歸還了	かえした	可能形 會歸還	かえせる
たら形(條件形) 歸還的話	かえしたら	う形(意向形) 歸還吧	かえそう

△図書館(としょかん)へ本(ほん)を返(かえ)しに行(い)きます/我去圖書館還書。

かえる【帰る】 回來，回家；歸去；歸還

自五 グループ1

帰る・帰ります

形	活用	形	活用
辭書形(基本形) 回來	かえる	たり形 又是回來	かえったり
ない形（否定形） 不回來	かえらない	ば形（條件形） 回來的話	かえれば
なかった形（過去否定形） 過去沒回來	かえらなかった	させる形（使役形） 使回來	かえらせる
ます形（連用形） 回來	かえります	られる形（被動形） 被歸還	かえられる
て形 回來	かえって	命令形 快回來	かえれ
た形（過去形） 回來了	かえった	可能形 可以回來	かえれる
たら形（條件形） 回來的話	かえったら	う形（意向形） 回來吧	かえろう

△昨日うちへ帰るとき、会社で友達に傘を借りました／
昨天回家的時候，在公司向朋友借了把傘。

かかる【掛かる】 懸掛，掛上；覆蓋；花費

自五 グループ1

掛かる・掛かります

形	活用	形	活用
辭書形(基本形) 掛上	かかる	たり形 又是掛上	かかったり
ない形（否定形） 沒掛上	かからない	ば形（條件形） 掛上的話	かかれば
なかった形（過去否定形） 過去沒掛上	かからなかった	させる形（使役形） 使掛上	かからせる
ます形（連用形） 掛上	かかります	られる形（被動形） 被掛上	かかられる
て形 掛上	かかって	命令形 快掛上	かかれ
た形（過去形） 掛上了	かかった	可能形	——
たら形（條件形） 掛上的話	かかったら	う形（意向形） 掛上吧	かかろう

△壁に絵が掛かっています／牆上掛著畫。

かく【書く】 寫，書寫；作（畫）；寫作（文章等）

他五　グループ1

書く・書きます

形	意思	活用	形	意思	活用
辭書形(基本形)	書寫	かく	たり形	又是書寫	かいたり
ない形（否定形）	沒書寫	かかない	ば形（條件形）	書寫的話	かけば
なかった形（過去否定形）	過去沒書寫	かかなかった	させる形（使役形）	使書寫	かかせる
ます形（連用形）	書寫	かきます	られる形（被動形）	被書寫	かかれる
て形	書寫	かいて	命令形	快書寫	かけ
た形（過去形）	書寫過	かいた	可能形	可以書寫	かける
たら形（條件形）	書寫的話	かいたら	う形（意向形）	書寫吧	かこう

△試験を始めますが、最初に名前を書いてください／
考試即將開始，首先請將姓名寫上。

かく【描く】 畫圖，繪製；描寫，描繪

他五　グループ1

描く・描きます

形	意思	活用	形	意思	活用
辭書形(基本形)	畫	かく	たり形	又是畫	かいたり
ない形（否定形）	沒書寫	かかない	ば形（條件形）	畫的話	かけば
なかった形（過去否定形）	過去沒書寫	かかなかった	させる形（使役形）	使畫	かかせる
ます形（連用形）	畫	かきます	られる形（被動形）	被畫	かかれる
て形	畫	かいて	命令形	快畫	かけ
た形（過去形）	畫過	かいた	可能形	會畫	かける
たら形（條件形）	畫的話	かいたら	う形（意向形）	畫吧	かこう

△絵を描く／畫圖。

かける【掛ける】 掛在（牆壁）；戴上（眼鏡）；捆上 他下一 グループ2

掛（か）ける・掛（か）けます

辭書形(基本形) 掛在	かける	たり形 又是掛	かけたり
ない形（否定形） 不掛	かけない	ば形（條件形） 掛的話	かければ
なかった形（過去否定形） 過去沒掛	かけなかった	させる形（使役形） 使掛	かけさせる
ます形（連用形） 掛在	かけます	られる形（被動形） 被掛上	かけられる
て形 掛在	かけて	命令形 快掛	かけろ
た形（過去形） 掛了	かけた	可能形 可以掛	かけられる
たら形（條件形） 掛的話	かけたら	う形（意向形） 掛吧	かけよう

△ここに鏡（かがみ）を掛（か）けましょう／鏡子掛在這裡吧！

かす【貸す】 借出，借給；出租；提供幫助（智慧與力量） 他五 グループ1

貸（か）す・貸（か）します

辭書形(基本形) 借出	かす	たり形 又是借出	かしたり
ない形（否定形） 沒有借出	かさない	ば形（條件形） 借出的話	かせば
なかった形（過去否定形） 過去沒借出	かさなかった	させる形（使役形） 使借出	かさせる
ます形（連用形） 借出	かします	られる形（被動形） 被借出	かされる
て形 借出	かして	命令形 快借出	かせ
た形（過去形） 借出了	かした	可能形 可以借出	かせる
たら形（條件形） 借出的話	かしたら	う形（意向形） 借出吧	かそう

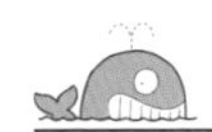
△辞書（じしょ）を貸（か）してください／請借我辭典。

かぶる【被る】戴（帽子等）；（從頭上）蒙，蓋（被子）；（從頭上）套，穿 他五 グループ1

かぶる・かぶります

辭書形(基本形) 戴上	かぶる	たり形 又是戴上	かぶったり
ない形（否定形） 沒戴上	かぶらない	ば形（條件形） 戴上的話	かぶれば
なかった形（過去否定形） 過去沒戴上	かぶらなかった	させる形（使役形） 使戴上	かぶらせる
ます形（連用形） 戴上	かぶります	られる形（被動形） 被戴上	かぶられる
て形 戴上	かぶって	命令形 快戴上	かぶれ
た形（過去形） 戴上了	かぶった	可能形 可以戴上	かぶれる
たら形（條件形） 戴上的話	かぶったら	う形（意向形） 戴上吧	かぶろう

△あの帽子(ぼうし)をかぶっている人(ひと)が田中(たなか)さんです／
那個戴著帽子的人就是田中先生。

かりる【借りる】 借進（錢、東西等）；借助 他上一 グループ2

借(か)りる・借(か)ります

辭書形(基本形) 借進	かりる	たり形 又是借	かりたり
ない形（否定形） 沒有借	かりない	ば形（條件形） 借的話	かりれば
なかった形（過去否定形） 過去沒借	かりなかった	させる形（使役形） 使借	かりさせる
ます形（連用形） 借進	かります	られる形（被動形） 被借	かりられる
て形 借進	かりて	命令形 快借	かりろ
た形（過去形） 借了	かりた	可能形 能借	かりられる
たら形（條件形） 借的話	かりたら	う形（意向形） 借吧	かりよう

△銀行(ぎんこう)からお金(かね)を借(か)りた／我向銀行借了錢。

きえる【消える】 (燈，火等) 熄滅；(雪等) 融化；消失，看不見 自下一 グループ2

消える・消えます

辭書形(基本形) 熄滅	きえる	たり形 又是熄滅	きえたり
ない形 (否定形) 沒熄滅	きえない	ば形 (條件形) 熄滅的話	きえれば
なかった形 (過去否定形) 過去沒熄滅	きえなかった	させる形 (使役形) 使熄滅	きえさせる
ます形 (連用形) 熄滅	きえます	られる形 (被動形) 被熄滅	きえられる
て形 熄滅	きえて	命令形 快熄滅	きえろ
た形 (過去形) 熄滅了	きえた	可能形 可以熄滅	きえられる
たら形 (條件形) 熄滅的話	きえたら	う形 (意向形) 熄滅吧	きえよう

△風でろうそくが消えました／風將燭火給吹熄了。

きく【聞く】 聽，聽到；聽從，答應；詢問 他五 グループ1

聞く・聞きます

辭書形(基本形) 聽到	きく	たり形 又是聽到	きいたり
ない形 (否定形) 沒聽到	きかない	ば形 (條件形) 聽到的話	きけば
なかった形 (過去否定形) 過去沒聽到	きかなかった	させる形 (使役形) 使聽到	きかせる
ます形 (連用形) 聽到	ききます	られる形 (被動形) 被聽到	きかれる
て形 聽到	きいて	命令形 快聽	きけ
た形 (過去形) 聽到了	きいた	可能形 可以聽到	きける
たら形 (條件形) 聽到的話	きいたら	う形 (意向形) 聽到吧	きこう

△宿題をした後で、音楽を聞きます／寫完作業後，聽音樂。

きる【切る】 切，剪，裁剪；切傷

他五 グループ1

切る・切ります

辭書形(基本形) 切開	きる	たり形 又是切開	きったり
ない形（否定形） 沒切開	きらない	ば形（條件形） 切開的話	きれば
なかった形（過去否定形） 過去沒切開	きらなかった	させる形（使役形） 使切開	きらせる
ます形（連用形） 切開	きります	られる形（被動形） 被切開	きられる
て形 切開	きって	命令形 快切開	きれ
た形（過去形） 切開了	きった	可能形 可以切開	きれる
たら形（條件形） 切開的話	きったら	う形（意向形） 切開吧	きろう

△ナイフですいかを切った／用刀切開了西瓜。

きる【着る】 穿上（衣服）

他上一 グループ2

着る・着ます

辭書形(基本形) 穿上	きる	たり形 又是穿上	きたり
ない形（否定形） 沒穿上	きない	ば形（條件形） 穿上的話	きれば
なかった形（過去否定形） 過去沒穿上	きなかった	させる形（使役形） 使穿上	きさせる
ます形（連用形） 穿上	きます	られる形（被動形） 被穿上	きられる
て形 穿上	きて	命令形 快穿上	きろ
た形（過去形） 穿上了	きた	可能形 可以穿上	きられる
たら形（條件形） 穿上的話	きたら	う形（意向形） 穿上吧	きよう

△寒いのでたくさん服を着ます／因為天氣很冷，所以穿很多衣服。

くもる【曇る】 變陰；模糊不清

自五 グループ1

曇る・曇ります

辭書形(基本形) 變陰	くもる	たり形 又是變陰	くもったり
ない形（否定形） 沒變陰	くもらない	ば形（條件形） 變陰的話	くもれば
なかった形（過去否定形） 過去沒變陰	くもらなかった	させる形（使役形） 使變陰	くもらせる
ます形（連用形） 變陰	くもります	られる形（被動形） 被弄不清	くもられる
て形 變陰	くもって	命令形 快變陰	くもれ
た形（過去形） 變陰了	くもった	可能形	――――
たら形（條件形） 變陰的話	くもったら	う形（意向形） 變陰吧	くもろう

△明後日の午前は晴れますが、午後から曇ります／後天早上是晴天，從午後開始轉陰。

くる【来る】 （空間，時間上的）來；到來

自カ グループ3

来る・来ます

辭書形(基本形) 來	くる	たり形 又是來	きたり
ない形（否定形） 沒來	こない	ば形（條件形） 來的話	くれば
なかった形（過去否定形） 過去沒來	こなかった	させる形（使役形） 使來	こさせる
ます形（連用形） 來	きます	られる形（被動形） 被降臨	こられる
て形 來	きて	命令形 快來	こい
た形（過去形） 來了	きた	可能形 會來	こられる
たら形（條件形） 來的話	きたら	う形（意向形） 來吧	こよう

△山中さんはもうすぐ来るでしょう／山中先生就快來了吧！

けす【消す】 熄掉，撲滅；關掉，弄滅；消失，抹去

他五 グループ1

消す・消します

辭書形(基本形) 關掉	けす	たり形 又是關掉	けしたり
ない形（否定形） 沒關掉	けさない	ば形（條件形） 關掉的話	けせば
なかった形（過去否定形） 過去沒關掉	けさなかった	させる形（使役形） 使關掉	けさせる
ます形（連用形） 關掉	けします	られる形（被動形） 被關掉	けされる
て形 關掉	けして	命令形 快關掉	けせ
た形（過去形） 關掉了	けした	可能形 可以關掉	けせる
たら形（條件形） 關掉的話	けしたら	う形（意向形） 關掉吧	けそう

△地震のときはすぐ火を消しましょう／地震的時候趕緊關火吧！

けっこん【結婚】 結婚

名・自サ グループ3

結婚する・結婚します

辭書形(基本形) 結婚	けっこんする	たり形 又是結婚	けっこんしたり
ない形（否定形） 沒結婚	けっこんしない	ば形（條件形） 結婚的話	けっこんすれば
なかった形（過去否定形） 過去沒結婚	けっこんしなかった	させる形（使役形） 使結婚	けっこんさせる
ます形（連用形） 結婚	けっこんします	られる形（被動形） 被迫結婚	けっこんされる
て形 結婚	けっこんして	命令形 快結婚	けっこんしろ
た形（過去形） 結婚了	けっこんした	可能形 會結婚	けっこんできる
たら形（條件形） 結婚的話	けっこんしたら	う形（意向形） 結婚吧	けっこんしよう

△兄は今３５歳で結婚しています／哥哥現在是35歲，已婚。

こたえる【答える】 回答，答覆；解答

自下一 グループ2

答(こた)える・答(こた)えます

辞書形(基本形) 回答	こたえる	たり形 又是回答	こたえたり
ない形（否定形） 沒回答	こたえない	ば形（條件形） 回答的話	こたえれば
なかった形（過去否定形） 過去沒回答	こたえなかった	させる形（使役形） 使回答	こたえさせる
ます形（連用形） 回答	こたえます	られる形（被動形） 被回答	こたえられる
て形 回答	こたえて	命令形 快回答	こたえろ
た形（過去形） 回答了	こたえた	可能形 可以回答	こたえられる
たら形（條件形） 回答的話	こたえたら	う形（意向形） 回答吧	こたえよう

△山田君(やまだくん)、この質問(しつもん)に答(こた)えてください／山田同學，請回答這個問題。

コピー【copy】 拷貝，複製，副本

名・他サ グループ3

コピーする・コピーします

辞書形(基本形) 複製	コピーする	たり形 又是複製	コピーしたり
ない形（否定形） 沒複製	コピーしない	ば形（條件形） 複製的話	コピーすれば
なかった形（過去否定形） 過去沒複製	コピーしなかった	させる形（使役形） 使複製	コピーさせる
ます形（連用形） 複製	コピーします	られる形（被動形） 被複製	コピーされる
て形 複製	コピーして	命令形 快複製	コピーしろ
た形（過去形） 複製了	コピーした	可能形 可以複製	コピーできる
たら形（條件形） 複製的話	コピーしたら	う形（意向形） 複製吧	コピーしよう

△山田君(やまだくん)、これをコピーしてください／山田同學，麻煩請影印一下這個。

こまる【困る】 感到傷腦筋，困擾；難受，苦惱；沒有辦法

自五 グループ1

困(こま)る・困(こま)ります

辭書形(基本形) 困擾	こまる	たり形 又是困擾	こまったり
ない形（否定形) 沒困擾	こまらない	ば形（條件形) 困擾的話	こまれば
なかった形（過去否定形) 過去沒困擾	こまらなかった	させる形（使役形) 使困擾	こまらせる
ます形（連用形) 困擾	こまります	られる形（被動形) 被困擾	こまられる
て形 困擾	こまって	命令形 快困擾	こまれ
た形（過去形) 困擾了	こまった	可能形	――――
たら形（條件形) 困擾的話	こまったら	う形（意向形) 困擾吧	こまろう

△お金(かね)がなくて、困(こま)っています／沒有錢真傷腦筋。

さく【咲く】 綻放，開（花）

自五 グループ1

咲(さ)く・咲(さ)きます

辭書形(基本形) 綻放	さく	たり形 又是綻放	さいたり
ない形（否定形) 沒綻放	さかない	ば形（條件形) 綻放的話	さけば
なかった形（過去否定形) 過去沒綻放	さかなかった	させる形（使役形) 使綻放	さかせる
ます形（連用形) 綻放	さきます	られる形（被動形) 被綻放	さかれる
て形 綻放	さいて	命令形 快綻放	さけ
た形（過去形) 綻放了	さいた	可能形	――――
たら形（條件形) 綻放的話	さいたら	う形（意向形) 綻放吧	さこう

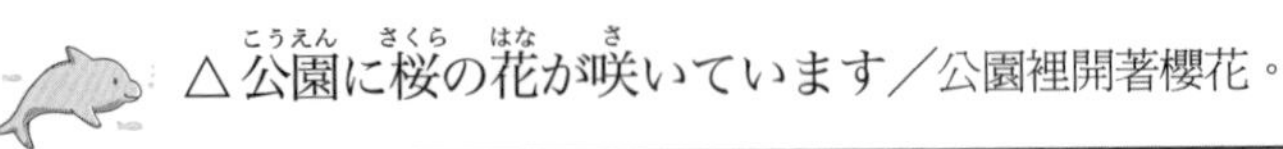

△公園(こうえん)に桜(さくら)の花(はな)が咲(さ)いています／公園裡開著櫻花。

さす【差す】 撐（傘等）；插

他五 グループ1

差(さ)す・差(さ)します

辭書形(基本形) 撐著	さす	たり形 又是撐	さしたり
ない形（否定形） 沒撐	ささない	ば形（條件形） 撐的話	させば
なかった形（過去否定形） 過去沒撐	ささなかった	させる形（使役形） 使撐	ささせる
ます形（連用形） 撐著	さします	られる形（被動形） 被撐	さされる
て形 撐著	さして	命令形 快撐	させ
た形（過去形） 撐了	さした	可能形 可以撐	させる
たら形（條件形） 撐的話	さしたら	う形（意向形） 撐吧	さそう

△雨(あめ)だ。傘(かさ)をさしましょう／下雨了，撐傘吧。

さんぽ【散歩】 散步，隨便走走

名・自サ グループ3

散歩(さんぽ)する・散歩(さんぽ)します

辭書形(基本形) 散步	さんぽする	たり形 又是散步	さんぽしたり
ない形（否定形） 沒散步	さんぽしない	ば形（條件形） 散步的話	さんぽすれば
なかった形（過去否定形） 過去沒散步	さんぽしなかった	させる形（使役形） 使散步	さんぽさせる
ます形（連用形） 散步	さんぽします	られる形（被動形） 被遛	さんぽされる
て形 散步	さんぽして	命令形 快散步	さんぽしろ
た形（過去形） 散了步	さんぽした	可能形 能散步	さんぽできる
たら形（條件形） 散步的話	さんぽしたら	う形（意向形） 散步吧	さんぽしよう

△私(わたし)は毎朝公園(まいあさこうえん)を散歩(さんぽ)します／我每天早上都去公園散步。

しつもん【質問】 提問，詢問

名・自サ　グループ3

質問(しつもん)する・質問(しつもん)します

辭書形(基本形) 詢問	しつもんする	たり形 又是詢問	しつもんしたり
ない形（否定形） 沒詢問	しつもんしない	ば形（條件形） 詢問的話	しつもんすれば
なかった形（過去否定形） 過去沒詢問	しつもんしなかった	させる形（使役形） 使詢問	しつもんさせる
ます形（連用形） 詢問	しつもんします	られる形（被動形） 被詢問	しつもんされる
て形 詢問	しつもんして	命令形 快詢問	しつもんしろ
た形（過去形） 詢問了	しつもんした	可能形 可以詢問	しつもんできる
たら形（條件形） 詢問的話	しつもんしたら	う形（意向形） 詢問吧	しつもんしよう

△ 英語(えいご)の分(わ)からないところを質問(しつもん)しました／
針對英文不懂的地方提出了的疑問。

しぬ【死ぬ】 死亡

自五　グループ1

死(し)ぬ・死(し)にます

辭書形(基本形) 死亡	しぬ	たり形 又是死亡	しんだり
ない形（否定形） 沒死	しなない	ば形（條件形） 死亡的話	しねば
なかった形（過去否定形） 過去沒死	しななかった	させる形（使役形） 使死亡	しなせる
ます形（連用形） 死亡	しにます	られる形（被動形） 被死亡	しなれる
て形 死亡	しんで	命令形 快死	しね
た形（過去形） 死了	しんだ	可能形 會死	しねる
たら形（條件形） 死亡的話	しんだら	う形（意向形） 死吧	しのう

△ 私(わたし)のおじいさんは十月(じゅうがつ)に死(し)にました／我的爺爺在十月過世了。

しまる【閉まる】 關閉；關門，停止營業

自五 グループ1

閉(し)まる・閉(し)まります

辭書形(基本形) 關閉	しまる	たり形 又是關閉	しまったり
ない形（否定形） 沒關閉	しまらない	ば形（條件形） 關閉的話	しまれば
なかった形（過去否定形） 過去沒關閉	しまらなかった	させる形（使役形） 使關閉	しまらせる
ます形（連用形） 關閉	しまります	られる形（被動形） 被關閉	しまられる
て形 關閉	しまって	命令形 快關閉	しまれ
た形（過去形） 關閉了	しまった	可能形	――――
たら形（條件形） 關閉的話	しまったら	う形（意向形） 關閉吧	しまろう

△強(つよ)い風(かぜ)で窓(まど)が閉(し)まった／窗戶因強風而關上了。

しめる【閉める】 關閉，合上；繫緊，束緊

他下一 グループ2

閉(し)める・閉(し)めます

辭書形(基本形) 關閉	しめる	たり形 又是關閉	しめたり
ない形（否定形） 沒關閉	しめない	ば形（條件形） 關閉的話	しめれば
なかった形（過去否定形） 過去沒關閉	しめなかった	させる形（使役形） 使關閉	しめさせる
ます形（連用形） 關閉	しめます	られる形（被動形） 被關閉	しめられる
て形 關閉	しめて	命令形 快關閉	しめろ
た形（過去形） 關閉了	しめた	可能形 可以關閉	しめられる
たら形（條件形） 關閉的話	しめたら	う形（意向形） 關閉吧	しめよう

△ドアが閉(し)まっていません。閉(し)めてください／門沒關，請把它關起來。

しめる【締める】 勒緊；繫著；關閉

他下一　グループ2

締(し)める・締(し)めます

形	活用	形	活用
辭書形(基本形) 勒緊	しめる	たり形 又是勒緊	しめたり
ない形（否定形） 沒勒緊	しめない	ば形（條件形） 勒緊的話	しめれば
なかった形（過去否定形） 過去沒勒緊	しめなかった	させる形（使役形） 使勒緊	しめさせる
ます形（連用形） 勒緊	しめます	られる形（被動形） 被勒緊	しめられる
て形 勒緊	しめて	命令形 快勒緊	しめろ
た形（過去形） 勒緊了	しめた	可能形 可以勒緊	しめられる
たら形（條件形） 勒緊的話	しめたら	う形（意向形） 勒緊吧	しめよう

△車(くるま)の中(なか)では、シートベルトを締(し)めてください／車子裡請繫上安全帶。

じゅぎょう【授業】 上課，教課，授課

名・自サ　グループ3

授業(じゅぎょう)する・授業(じゅぎょう)します

形	活用	形	活用
辭書形(基本形) 上課	じゅぎょうする	たり形 又是上課	じゅぎょうしたり
ない形（否定形） 沒上課	じゅぎょうしない	ば形（條件形） 上課的話	じゅぎょうすれば
なかった形（過去否定形） 過去沒上課	じゅぎょうしなかった	させる形（使役形） 使上課	じゅぎょうさせる
ます形（連用形） 上課	じゅぎょうします	られる形（被動形） 被上課	じゅぎょうされる
て形 上課	じゅぎょうして	命令形 快上課	じゅぎょうしろ
た形（過去形） 上課了	じゅぎょうした	可能形 可以上課	じゅぎょうできる
たら形（條件形） 上課的話	じゅぎょうしたら	う形（意向形） 上課吧	じゅぎょうしよう

△林(りん)さんは今日授業(きょうじゅぎょう)を休(やす)みました／林先生今天沒來上課。

しる【知る】 知道，得知；理解；認識；學會

他五 グループ1

知る・知ります

辭書形(基本形) 知道	しる	たり形 又是知道	しったり
ない形（否定形） 不知道	しらない	ば形（條件形） 知道的話	しれば
なかった形（過去否定形） 過去不知道	しらなかった	させる形（使役形） 使知道	しらせる
ます形（連用形） 知道	しります	られる形（被動形） 被知道	しられる
て形 知道	しって	命令形 快理解	しれ
た形（過去形） 知道了	しった	可能形 能知道	しれる
たら形（條件形） 知道的話	しったら	う形（意向形） 知道吧	しろう

△新聞で明日の天気を知った／看報紙得知明天的天氣。

すう【吸う】 吸，抽；啜；吸收

他五 グループ1

吸う・吸います

辭書形(基本形) 吸	すう	たり形 又是吸	すったり
ない形（否定形） 不吸	すわない	ば形（條件形） 吸的話	すえば
なかった形（過去否定形） 過去沒吸	すわなかった	させる形（使役形） 使吸	すわせる
ます形（連用形） 吸	すいます	られる形（被動形） 被吸	すわれる
て形 吸	すって	命令形 快吸	すえ
た形（過去形） 吸了	すった	可能形 可以吸	すえる
たら形（條件形） 吸的話	すったら	う形（意向形） 吸吧	すおう

△山へ行って、きれいな空気を吸いたいですね／好想去山上呼吸新鮮空氣啊。

すむ【住む】 住，居住；（動物）棲息，生存

自五 グループ1

住む・住みます

辭書形(基本形) 居住	すむ	たり形 又是居住	すんだり
ない形（否定形） 沒居住	すまない	ば形（條件形） 居住的話	すめば
なかった形（過去否定形） 過去沒居住	すまなかった	させる形（使役形） 使住	すませる
ます形（連用形） 居住	すみます	られる形（被動形） 被棲息	すまれる
て形 居住	すんで	命令形 快住	すめ
た形（過去形） 住了	すんだ	可能形 可以住	すめる
たら形（條件形） 居住的話	すんだら	う形（意向形） 住吧	すもう

△みんなこのホテルに住んでいます／大家都住在這間飯店。

する 做，進行

自他サ グループ3

する・します

辭書形(基本形) 做	する	たり形 又是做	したり
ない形（否定形） 沒做	しない	ば形（條件形） 做的話	すれば
なかった形（過去否定形） 過去沒做	しなかった	させる形（使役形） 使做	させる
ます形（連用形） 做	します	られる形（被動形） 被做	される
て形 做	して	命令形 快做	しろ/せよ
た形（過去形） 做了	した	可能形 會做	できる
たら形（條件形） 做的話	したら	う形（意向形） 做吧	しよう

△昨日、スポーツをしました／昨天做了運動。

すわる【座る】 坐，跪座；佔位子，佔領

自五 グループ1

座(すわ)る・座(すわ)ります

辭書形(基本形) 坐	すわる	たり形 又是坐	すわったり
ない形（否定形） 不坐	すわらない	ば形（條件形） 坐的話	すわれば
なかった形（過去否定形） 過去沒坐	すわらなかった	させる形（使役形） 使坐	すわらせる
ます形（連用形） 坐	すわります	られる形（被動形） 被佔領	すわられる
て形 坐	すわって	命令形 快坐	すわれ
た形（過去形） 坐了	すわった	可能形 可以坐	すわれる
たら形（條件形） 坐的話	すわったら	う形（意向形） 坐吧	すわろう

△どうぞ、こちらに座(すわ)ってください／歡迎歡迎，請坐這邊。

せんたく【洗濯】 洗衣服，清洗，洗滌

名・他サ グループ3

洗濯(せんたく)する・洗濯(せんたく)します

辭書形(基本形) 清洗	せんたくする	たり形 又是清洗	せんたくしたり
ない形（否定形） 沒清洗	せんたくしない	ば形（條件形） 清洗的話	せんたくすれば
なかった形（過去否定形） 過去沒清洗	せんたくしなかった	させる形（使役形） 使清洗	せんたくさせる
ます形（連用形） 清洗	せんたくします	られる形（被動形） 被清洗	せんたくされる
て形 清洗	せんたくして	命令形 快清洗	せんたくしろ
た形（過去形） 清洗了	せんたくした	可能形 可以清洗	せんたくできる
たら形（條件形） 清洗的話	せんたくしたら	う形（意向形） 清洗吧	せんたくしよう

△昨日(きのう)洗濯(せんたく)をしました／昨天洗了衣服。

N5 そ そうじ・だす

そうじ【掃除】 打掃，清掃，掃除

名・他サ グループ3

掃除する・掃除します

辭書形(基本形) 打掃	そうじする	たり形 又是打掃	そうじしたり
ない形（否定形） 不打掃	そうじしない	ば形（條件形） 打掃的話	そうじすれば
なかった形（過去否定形） 過去沒打掃	そうじしなかった	させる形（使役形） 使打掃	そうじさせる
ます形（連用形） 打掃	そうじします	られる形（被動形） 被打掃	そうじされる
て形 打掃	そうじして	命令形 快打掃	そうじしろ
た形（過去形） 打掃了	そうじした	可能形 會打掃	そうじできる
たら形（條件形） 打掃的話	そうじしたら	う形（意向形） 打掃吧	そうじしよう

△私（わたし）が掃除（そうじ）をしましょうか／我來打掃好嗎？

だす【出す】 拿出，取出；提出；寄出

他五 グループ1

出す・出します

辭書形(基本形) 拿出	だす	たり形 又是拿出	だしたり
ない形（否定形） 沒拿出	ださない	ば形（條件形） 拿出的話	だせば
なかった形（過去否定形） 過去沒拿出	ださなかった	させる形（使役形） 使拿出	ださせる
ます形（連用形） 拿出	だします	られる形（被動形） 被拿出	だされる
て形 拿出	だして	命令形 快拿出	だせ
た形（過去形） 拿出了	だした	可能形 能拿出	だせる
たら形（條件形） 拿出的話	だしたら	う形（意向形） 拿出吧	だそう

△きのう友達（ともだち）に手紙（てがみ）を出（だ）しました／昨天寄了封信給朋友。

たつ【立つ】 站立；冒，升；出發

自五 グループ1

立(た)つ・立(た)ちます

辭書形(基本形) 站立	たつ	たり形 又是站	たったり
ない形（否定形） 沒站立	たたない	ば形（條件形） 站的話	たてば
なかった形（過去否定形） 過去沒站立	たたなかった	させる形（使役形） 使站立	たたせる
ます形（連用形） 站立	たちます	られる形（被動形） 被升起	たたれる
て形 站立	たって	命令形 快站起來	たて
た形（過去形） 站起來了	たった	可能形 可以站	たてる
たら形（條件形） 站的話	たったら	う形（意向形） 站吧	たとう

△家(いえ)の前(まえ)に女(おんな)の人(ひと)が立(た)っていた／家門前站了個女人。

たのむ【頼む】 請求，要求；委託，託付；依靠

他五 グループ1

頼(たの)む・頼(たの)みます

辭書形(基本形) 請求	たのむ	たり形 又是請求	たのんだり
ない形（否定形） 沒請求	たのまない	ば形（條件形） 請求的話	たのめば
なかった形（過去否定形） 過去沒請求	たのまなかった	させる形（使役形） 使請求	たのませる
ます形（連用形） 請求	たのみます	られる形（被動形） 被請求	たのまれる
て形 請求	たのんで	命令形 快請求	たのめ
た形（過去形） 請求了	たのんだ	可能形 能請求	たのめる
たら形（條件形） 請求的話	たのんだら	う形（意向形） 請求吧	たのもう

△男(おとこ)の人(ひと)が飲(の)み物(もの)を頼(たの)んでいます／男人正在點飲料。

たべる【食べる】 吃

他下一　グループ2

食(た)べる・食(た)べます

辭書形(基本形) 吃	たべる	たり形 又是吃	たべたり
ない形（否定形） 沒吃	たべない	ば形（條件形） 吃的話	たべれば
なかった形（過去否定形） 過去沒吃	たべなかった	させる形（使役形） 使吃	たべさせる
ます形（連用形） 吃	たべます	られる形（被動形） 被吃	たべられる
て形 吃	たべて	命令形 快吃	たべろ
た形（過去形） 吃了	たべた	可能形 可以吃	たべられる
たら形（條件形） 吃的話	たべたら	う形（意向形） 吃吧	たべよう

△レストランで1,000円(せんえん)の魚料理(さかなりょうり)を食(た)べました／
在餐廳裡吃了一道千元的鮮魚料理。

ちがう【違う】 不同，差異；錯誤；違反，不符

自五　グループ1

違(ちが)う・違(ちが)います

辭書形(基本形) 不同	ちがう	たり形 又是不同	ちがったり
ない形（否定形） 沒差異	ちがわない	ば形（條件形） 不同的話	ちがえば
なかった形（過去否定形） 過去沒不同	ちがわなかった	させる形（使役形） 使不同	ちがわせる
ます形（連用形） 不同	ちがいます	られる形（被動形） 被認錯	ちがわれる
て形 不同	ちがって	命令形 不同	ちがえ
た形（過去形） 不同了	ちがった	可能形	———
たら形（條件形） 不同的話	ちがったら	う形（意向形） 不同吧	ちがおう

△「これは山田(やまだ)さんの傘(かさ)ですか。」「いいえ、違(ちが)います。」／
「這是山田小姐的傘嗎？」「不，不是。」

つかう【使う】 使用；雇傭；花費

他五 グループ1

使う・使います

形	變化	形	變化
辭書形(基本形) 使用	つかう	たり形 又是使用	つかったり
ない形（否定形） 不使用	つかわない	ば形（條件形） 使用的話	つかえば
なかった形（過去否定形） 過去沒使用	つかわなかった	させる形（使役形） 讓使用	つかわせる
ます形（連用形） 使用	つかいます	られる形（被動形） 被使用	つかわれる
て形 使用	つかって	命令形 快使用	つかえ
た形（過去形） 使用了	つかった	可能形 可以使用	つかえる
たら形（條件形） 使用的話	つかったら	う形（意向形） 使用吧	つかおう

△和食はお箸を使い、洋食はフォークとナイフを使います／
日本料理用筷子，西洋料理則用餐叉和餐刀。

つかれる【疲れる】 疲倦，疲勞；用舊

自下一 グループ2

疲れる・疲れます

形	變化	形	變化
辭書形(基本形) 疲倦	つかれる	たり形 又是疲倦	つかれたり
ない形（否定形） 沒疲倦	つかれない	ば形（條件形） 疲倦的話	つかれれば
なかった形（過去否定形） 過去沒疲倦	つかれなかった	させる形（使役形） 使疲倦	つかれさせる
ます形（連用形） 疲倦	つかれます	られる形（被動形） 被用舊	つかれられる
て形 疲倦	つかれて	命令形 快疲倦	つかれろ
た形（過去形） 疲倦了	つかれた	可能形	———
たら形（條件形） 疲倦的話	つかれたら	う形（意向形） 疲倦吧	つかれよう

△一日中仕事をして、疲れました／因為工作了一整天，真是累了。

つく【着く】 到，到達，抵達；寄到

自五 グループ1

着く・着きます

辭書形(基本形) 到達	つく	たり形 又是到達	ついたり
ない形（否定形） 沒到達	つかない	ば形（條件形） 到達的話	つけば
なかった形（過去否定形） 過去沒到達	つかなかった	させる形（使役形） 使到達	つかせる
ます形（連用形） 到達	つきます	られる形（被動形） 被寄到	つかれる
て形 到達	ついて	命令形 快到達	つけ
た形（過去形） 到達了	ついた	可能形 會到達	つける
たら形（條件形） 到達的話	ついたら	う形（意向形） 到達吧	つこう

△毎日７時に着きます／每天７點抵達。

つくる【作る】 做，造；創造；寫，創作

他五 グループ1

作る・作ります

辭書形(基本形) 做	つくる	たり形 又是做	つくったり
ない形（否定形） 沒做	つくらない	ば形（條件形） 做的話	つくれば
なかった形（過去否定形） 過去沒做	つくらなかった	させる形（使役形） 使做	つくらせる
ます形（連用形） 做	つくります	られる形（被動形） 被做	つくられる
て形 做	つくって	命令形 快做	つくれ
た形（過去形） 做了	つくった	可能形 可以做	つくれる
たら形（條件形） 做的話	つくったら	う形（意向形） 做吧	つくろう

△昨日料理を作りました／我昨天做了菜。

つける【点ける】 點（火），點燃；扭開（開關），打開 他下一 グループ2

点(つ)ける・点(つ)けます

辭書形(基本形) 點燃	つける	たり形 又是點燃	つけたり
ない形（否定形） 沒點燃	つけない	ば形（條件形） 點燃的話	つければ
なかった形（過去否定形） 過去沒點燃	つけなかった	させる形（使役形） 使點燃	つけさせる
ます形（連用形） 點燃	つけます	られる形（被動形） 被點燃	つけられる
て形 點燃	つけて	命令形 快點燃	つけろ
た形（過去形） 點燃了	つけた	可能形 可以點燃	つけられる
たら形（條件形） 點燃的話	つけたら	う形（意向形） 點燃吧	つけよう

△部屋(へや)の電気(でんき)をつけました／我打開了房間的電燈。

つとめる【勤める】 工作，任職；擔任（某職務） 他下一 グループ2

勤(つと)める・勤(つと)めます

辭書形(基本形) 工作	つとめる	たり形 又是工作	つとめたり
ない形（否定形） 沒工作	つとめない	ば形（條件形） 工作的話	つとめれば
なかった形（過去否定形） 過去沒工作	つとめなかった	させる形（使役形） 使工作	つとめさせる
ます形（連用形） 工作	つとめます	られる形（被動形） 被任職	つとめられる
て形 工作	つとめて	命令形 快工作	つとめろ
た形（過去形） 工作了	つとめた	可能形 能工作	つとめられる
たら形（條件形） 工作的話	つとめたら	う形（意向形） 工作吧	つとめよう

△私(わたし)は銀行(ぎんこう)に３５年間勤(さんじゅうごねんかんつと)めました／我在銀行工作了35年。

でかける【出掛ける】 出去，出門，到…去；要出去 自下一 グループ2

出(で)かける・出(で)かけます

辭書形(基本形) 出去	でかける	たり形 又是出去	でかけたり
ない形（否定形） 沒出去	でかけない	ば形（條件形） 出去的話	でかければ
なかった形（過去否定形） 過去沒出去	でかけなかった	させる形（使役形） 使出去	でかけさせる
ます形（連用形） 出去	でかけます	られる形（被動形） 被叫出去	でかけられる
て形 出去	でかけて	命令形 快出去	でかけろ
た形（過去形） 出去了	でかけた	可能形 能出去	でかけられる
たら形（條件形） 出去的話	でかけたら	う形（意向形） 出去吧	でかけよう

△毎日(まいにち)7時(しちじ)に出(で)かけます／每天7點出門。

できる【出来る】 能，可以，辦得到；做好，做完 自上一 グループ2

出来(でき)る・出来(でき)ます

辭書形(基本形) 可以	できる	たり形 又是可以	できたり
ない形（否定形） 不可以	できない	ば形（條件形） 可以的話	できれば
なかった形（過去否定形） 過去不可以	できなかった	させる形（使役形） 使可以	できさせる
ます形（連用形） 可以	できます	られる形（被動形）	――――
て形 可以	できて	命令形 快做好	できろ
た形（過去形） 可以了	できた	可能形	――――
たら形（條件形） 可以的話	できたら	う形（意向形） 可以吧	できよう

△山田(やまだ)さんはギターもピアノもできますよ／山田小姐既會彈吉他又會彈鋼琴呢！

でる【出る】 出來，出去；離開

自下一 グループ2

出る・出ます

辭書形(基本形) 出來	でる	たり形 又是出來	でたり
ない形（否定形) 沒出來	でない	ば形（條件形) 出來的話	でれば
なかった形（過去否定形) 過去沒出來	でなかった	させる形（使役形) 使出來	でさせる
ます形（連用形) 出來	でます	られる形（被動形) 被離去	でられる
て形 出來	でて	命令形 快出來	でろ
た形（過去形) 出來了	でた	可能形 可以出來	でられる
たら形（條件形) 出來的話	でたら	う形（意向形) 出來吧	でよう

△ 7時に家を出ます／7點出門。

でんわ【電話】 電話；打電話

名・自サ グループ3

電話する・電話します

辭書形(基本形) 打電話	でんわする	たり形 又是打電話	でんわしたり
ない形（否定形) 沒打電話	でんわしない	ば形（條件形) 打電話的話	でんわすれば
なかった形（過去否定形) 過去沒打電話	でんわしなかった	させる形（使役形) 使打電話	でんわさせる
ます形（連用形) 打電話	でんわします	られる形（被動形) 被打電話	でんわされる
て形 打電話	でんわして	命令形 快打電話	でんわしろ
た形（過去形) 打了電話	でんわした	可能形 可以打電話	でんわできる
たら形（條件形) 打電話的話	でんわしたら	う形（意向形) 打電話吧	でんわしよう

△ 林さんは明日村田さんに電話します／林先生明天會打電話給村田先生。

とぶ【飛ぶ】 飛，飛行，飛翔；解雇

自五 グループ1

飛ぶ・飛びます

形	中譯	活用	形	中譯	活用
辭書形(基本形)	飛行	とぶ	たり形	又是飛	とんだり
ない形（否定形）	沒飛	とばない	ば形（條件形）	飛的話	とべば
なかった形（過去否定形）	過去沒飛	とばなかった	させる形（使役形）	使飛	とばせる
ます形（連用形）	飛行	とびます	られる形（被動形）	被解雇	とばれる
て形	飛行	とんで	命令形	快飛	とべ
た形（過去形）	飛了	とんだ	可能形	可以飛	とべる
たら形（條件形）	飛的話	とんだら	う形（意向形）	飛吧	とぼう

△南のほうへ鳥が飛んでいきました／鳥往南方飛去了。

とまる【止まる】 停，停止，停靠；停頓；中斷

自五 グループ1

止まる・止まります

形	中譯	活用	形	中譯	活用
辭書形(基本形)	停止	とまる	たり形	又是停下	とまったり
ない形（否定形）	沒停止	とまらない	ば形（條件形）	停止的話	とまれば
なかった形（過去否定形）	過去沒停止	とまらなかった	させる形（使役形）	使停止	とまらせる
ます形（連用形）	停止	とまります	られる形（被動形）	被停止	とまられる
て形	停止	とまって	命令形	快停止	とまれ
た形（過去形）	停止了	とまった	可能形	可以停	とまれる
たら形（條件形）	停止的話	とまったら	う形（意向形）	停止吧	とまろう

△次の電車は学校の近くに止まりませんから、乗らないでください／下班車不停學校附近，所以請不要搭乘。

とる【取る】 拿取，執，握；採取，摘；（用手）操控

他五 グループ1

取(と)る・取(と)ります

辭書形(基本形) 拿取	とる	たり形 又是拿	とったり
ない形（否定形） 沒拿	とらない	ば形（條件形） 拿的話	とれば
なかった形（過去否定形） 過去沒拿	とらなかった	させる形（使役形） 使拿	とらせる
ます形（連用形） 拿取	とります	られる形（被動形） 被拿	とられる
て形 拿取	とって	命令形 快拿	とれ
た形（過去形） 拿了	とった	可能形 可以拿	とれる
たら形（條件形） 拿的話	とったら	う形（意向形） 拿吧	とろう

△田中(たなか)さん、その新聞(しんぶん)を取(と)ってください／田中先生，請幫我拿那份報紙。

とる【撮る】 拍照，拍攝

他五 グループ1

撮(と)る・撮(と)ります

辭書形(基本形) 拍照	とる	たり形 又是拍照	とったり
ない形（否定形） 沒拍照	とらない	ば形（條件形） 拍照的話	とれば
なかった形（過去否定形） 過去沒拍照	とらなかった	させる形（使役形） 使拍照	とらせる
ます形（連用形） 拍照	とります	られる形（被動形） 被拍照	とられる
て形 拍照	とって	命令形 快拍照	とれ
た形（過去形） 拍過照	とった	可能形 可以拍照	とれる
たら形（條件形） 拍照的話	とったら	う形（意向形） 拍照吧	とろう

△ここで写真(しゃしん)を撮(と)りたいです／我想在這裡拍照。

なく【鳴く】 （鳥，獸，虫等）叫，鳴

自五 グループ1

鳴(な)く・鳴(な)きます

辭書形(基本形) 鳴叫	なく	たり形 又是叫	ないたり
ない形（否定形） 不叫	なかない	ば形（條件形） 叫的話	なけば
なかった形（過去否定形） 過去沒叫	なかなかった	させる形（使役形） 使叫	なかせる
ます形（連用形） 鳴叫	なきます	られる形（被動形） 被叫	なかれる
て形 鳴叫	ないて	命令形 快叫	なけ
た形（過去形） 叫過	ないた	可能形 可以叫	なける
たら形（條件形） 叫的話	ないたら	う形（意向形） 叫吧	なこう

△木(き)の上(うえ)で鳥(とり)が鳴(な)いています／鳥在樹上叫著。

なくす【無くす】 丟失；消除

他五 グループ1

無(な)くす・無(な)くします

辭書形(基本形) 丟失	なくす	たり形 又是丟失	なくしたり
ない形（否定形） 沒丟	なくさない	ば形（條件形） 丟失的話	なくせば
なかった形（過去否定形） 過去沒丟失	なくさなかった	させる形（使役形） 使丟失	なくさせる
ます形（連用形） 丟失	なくします	られる形（被動形） 被丟	なくされる
て形 丟失	なくして	命令形 快丟	なくせ
た形（過去形） 丟失了	なくした	可能形 會丟失	なくせる
たら形（條件形） 丟失的話	なくしたら	う形（意向形） 丟吧	なくそう

△大事(だいじ)なものだから、なくさないでください／
這東西很重要，所以請不要弄丟了。

ならう【習う】 學習；練習

他五　グループ1

習(なら)う・習(なら)います

形	活用	形	活用
辭書形(基本形) 學習	ならう	たり形 又是學習	ならったり
ない形（否定形） 不學習	ならわない	ば形（條件形） 學習的話	ならえば
なかった形（過去否定形） 過去沒學習	ならわなかった	させる形（使役形） 使學習	ならわせる
ます形（連用形） 學習	ならいます	られる形（被動形） 被學習	ならわれる
て形 學習	ならって	命令形 快學習	ならえ
た形（過去形） 學習過	ならった	可能形 會學習	ならえる
たら形（條件形） 學習的話	ならったら	う形（意向形） 學吧	ならおう

△李(り)さんは日本語(にほんご)を習(なら)っています／李小姐在學日語。

ならぶ【並ぶ】 並排，並列，列隊

自五　グループ1

並(なら)ぶ・並(なら)びます

形	活用	形	活用
辭書形(基本形) 並列	ならぶ	たり形 又是並列	ならんだり
ない形（否定形） 沒並列	ならばない	ば形（條件形） 並列的話	ならべば
なかった形（過去否定形） 過去沒並列	ならばなかった	させる形（使役形） 使並列	ならばせる
ます形（連用形） 並列	ならびます	られる形（被動形） 被並列	ならばれる
て形 並列	ならんで	命令形 快並列	ならべ
た形（過去形） 並列了	ならんだ	可能形 可以並列	ならべる
たら形（條件形） 並列的話	ならんだら	う形（意向形） 並列排吧	ならぼう

△私(わたし)と彼女(かのじょ)が二人(ふたり)並(なら)んで立(た)っている／我和她兩人一起並排站著。

ならべる【並べる】 排列；並排；陳列；擺，擺放

他下一 グループ2

並べる・並べます

辭書形(基本形) 並排	ならべる	たり形 又是並排	ならべたり
ない形（否定形） 沒並排	ならべない	ば形（條件形） 並排的話	ならべれば
なかった形（過去否定形） 過去沒並排	ならべなかった	させる形（使役形） 使並排	ならべさせる
ます形（連用形） 並排	ならべます	られる形（被動形） 被並排	ならべられる
て形 並排	ならべて	命令形 快並排	ならべろ
た形（過去形） 並排了	ならべた	可能形 可以並排	ならべられる
たら形（條件形） 並排的話	ならべたら	う形（意向形） 並排吧	ならべよう

△ 玄関(げんかん)にスリッパを並(なら)べた／我在玄關的地方擺放了室內拖鞋。

なる【為る】 成為，變成；當（上）

自五 グループ1

なる・なります

辭書形(基本形) 變成	なる	たり形 又是變成	なったり
ない形（否定形） 沒變成	ならない	ば形（條件形） 變成的話	なれば
なかった形（過去否定形） 過去沒變成	ならなかった	させる形（使役形） 使變成	ならせる
ます形（連用形） 變成	なります	られる形（被動形） 被變成	なられる
て形 變成	なって	命令形 快變成	なれ
た形（過去形） 變成了	なった	可能形 會變成	なれる
たら形（條件形） 變成的話	なったら	う形（意向形） 成為吧	なろう

△ 天気(てんき)が暖(あたた)かくなりました／天氣變暖和了。

ぬぐ【脱ぐ】 脫去，脫掉，摘掉

他五 グループ1

脱(ぬ)ぐ・脱(ぬ)ぎます

形	中文	活用	形	中文	活用
辭書形(基本形)	脫去	ぬぐ	たり形	又是脫	ぬいだり
ない形（否定形）	沒脫	ぬがない	ば形（條件形）	脫的話	ぬげば
なかった形（過去否定形）	過去沒脫	ぬがなかった	させる形（使役形）	使脫	ぬがせる
ます形（連用形）	脫去	ぬぎます	られる形（被動形）	被脫	ぬがれる
て形	脫去	ぬいで	命令形	快脫	ぬげ
た形（過去形）	脫了	ぬいだ	可能形	可以脫	ぬげる
たら形（條件形）	脫的話	ぬいだら	う形（意向形）	脫吧	ぬごう

△ コートを脱(ぬ)いでから、部屋(へや)に入(はい)ります／脫掉外套後進房間。

ねる【寝る】 睡覺，就寢；躺下，臥；有性關係

自下一 グループ2

寝(ね)る・寝(ね)ます

形	中文	活用	形	中文	活用
辭書形(基本形)	睡覺	ねる	たり形	又是睡覺	ねたり
ない形（否定形）	沒睡覺	ねない	ば形（條件形）	睡覺的話	ねれば
なかった形（過去否定形）	過去沒睡覺	ねなかった	させる形（使役形）	使睡覺	ねさせる
ます形（連用形）	睡覺	ねます	られる形（被動形）	被睡	ねられる
て形	睡覺	ねて	命令形	快睡覺	ねろ
た形（過去形）	睡覺了	ねた	可能形	可以睡覺	ねられる
たら形（條件形）	睡覺的話	ねたら	う形（意向形）	睡覺吧	ねよう

△ 疲(つか)れたから、家(いえ)に帰(かえ)ってすぐに寝(ね)ます／因為很累，所以回家後馬上就去睡。

のぼる【登る】 登，上；攀登（山）

自五 グループ1

登(のぼ)る・登(のぼ)ります

辭書形(基本形) 攀登	のぼる	たり形 又是攀登	のぼったり
ない形（否定形） 沒攀登	のぼらない	ば形（條件形） 攀登的話	のぼれば
なかった形（過去否定形） 過去沒攀登	のぼらなかった	させる形（使役形） 使攀登	のぼらせる
ます形（連用形） 攀登	のぼります	られる形（被動形） 被攀登	のぼられる
て形 攀登	のぼって	命令形 快攀登	のぼれ
た形（過去形） 攀登了	のぼった	可能形 可以攀登	のぼれる
たら形（條件形） 攀登的話	のぼったら	う形（意向形） 攀登吧	のぼろう

△ 私(わたし)は友達(ともだち)と山(やま)に登(のぼ)りました／我和朋友去爬了山。

のむ【飲む】 喝，吞，嚥，吃（藥）

他五 グループ1

飲(の)む・飲(の)みます

辭書形(基本形) 喝	のむ	たり形 又是喝	のんだり
ない形（否定形） 沒喝	のまない	ば形（條件形） 喝的話	のめば
なかった形（過去否定形） 過去沒喝	のまなかった	させる形（使役形） 使喝	のませる
ます形（連用形） 喝	のみます	られる形（被動形） 被喝	のまれる
て形 喝	のんで	命令形 快喝	のめ
た形（過去形） 喝了	のんだ	可能形 可以喝	のめる
たら形（條件形） 喝的話	のんだら	う形（意向形） 喝吧	のもう

△ 毎日(まいにち)、薬(くすり)を飲(の)んでください／請每天吃藥。

のる【乗る】 搭乘，騎乘，坐；登上

自五 グループ1

乗（の）る・乗（の）ります

辭書形(基本形) 搭乘	のる	たり形 又是搭乘	のったり
ない形（否定形） 沒搭乘	のらない	ば形（條件形） 搭乘的話	のれば
なかった形（過去否定形） 過去沒搭乘	のらなかった	させる形（使役形） 使搭乘	のらせる
ます形（連用形） 搭乘	のります	られる形（被動形） 被搭乘	のられる
て形 搭乘	のって	命令形 快搭乘	のれ
た形（過去形） 搭乘了	のった	可能形 可以搭乘	のれる
たら形（條件形） 搭乘的話	のったら	う形（意向形） 搭乘吧	のろう

△ここでタクシーに乗（の）ります／我在這裡搭計程車。

はいる【入る】 進，進入；裝入，放入

自五 グループ1

入（はい）る・入（はい）ります

辭書形(基本形) 進去	はいる	たり形 又是進去	はいったり
ない形（否定形） 沒進去	はいらない	ば形（條件形） 進去的話	はいれば
なかった形（過去否定形） 過去沒進去	はいらなかった	させる形（使役形） 使進去	はいらせる
ます形（連用形） 進去	はいります	られる形（被動形） 被裝入	はいられる
て形 進去	はいって	命令形 快進去	はいれ
た形（過去形） 進去了	はいった	可能形 可以進去	はいれる
たら形（條件形） 進去的話	はいったら	う形（意向形） 進去吧	はいろう

△その部屋（へや）に入（はい）らないでください／請不要進去那房間。

はく【履く・穿く】 穿（鞋，襪；褲子等） 他五 グループ1

履く・履きます

辭書形(基本形) 穿上	はく	たり形 又是穿上	はいたり
ない形（否定形） 沒穿上	はかない	ば形（條件形） 穿上的話	はけば
なかった形（過去否定形） 過去沒穿上	はかなかった	させる形（使役形） 使穿上	はかせる
ます形（連用形） 穿上	はきます	られる形（被動形） 被穿上	はかれる
て形 穿上	はいて	命令形 快穿上	はけ
た形（過去形） 穿上了	はいた	可能形 可以穿上	はける
たら形（條件形） 穿上的話	はいたら	う形（意向形） 穿上吧	はこう

△田中さんは今日は青いズボンを穿いています／
田中先生今天穿藍色的褲子。

はじまる【始まる】 開始，開頭；發生；開演，開場 自五 グループ1

始まる・始まります

辭書形(基本形) 開始	はじまる	たり形 又是開始	はじまったり
ない形（否定形） 沒開始	はじまらない	ば形（條件形） 開始的話	はじまれば
なかった形（過去否定形） 過去沒開始	はじまらなかった	させる形（使役形） 使開始	はじまらせる
ます形（連用形） 開始	はじまります	られる形（被動形） 被開演	はじまられる
て形 開始	はじまって	命令形 快開始	はじまれ
た形（過去形） 開始了	はじまった	可能形	———
たら形（條件形） 開始的話	はじまったら	う形（意向形） 開始吧	はじまろう

△もうすぐ夏休みが始まります／暑假即將來臨。

はじめる【始める】 開始，創始；起頭

他下一 グループ2

始(はじ)める・始(はじ)めます

辭書形(基本形) 開始	はじめる	たり形 又是開始	はじめたり
ない形（否定形） 沒開始	はじめない	ば形（條件形） 開始的話	はじめれば
なかった形（過去否定形） 過去沒開始	はじめなかった	させる形（使役形） 使開始	はじめさせる
ます形（連用形） 開始	はじめます	られる形（被動形） 被開創	はじめられる
て形 開始	はじめて	命令形 快開始	はじめろ
た形（過去形） 開始了	はじめた	可能形 可以開始	はじめられる
たら形（條件形） 開始的話	はじめたら	う形（意向形） 開始吧	はじめよう

△ 1時(いちじ)になりました。それではテストを始(はじ)めます／1點了。那麼開始考試。

はしる【走る】 （人，動物）跑步，奔跑；（車，船等）行駛

自五 グループ1

走(はし)る・走(はし)ります

辭書形(基本形) 跑步	はしる	たり形 又是跑步	はしったり
ない形（否定形） 沒跑步	はしらない	ば形（條件形） 跑步的話	はしれば
なかった形（過去否定形） 過去沒跑步	はしらなかった	させる形（使役形） 使跑步	はしらせる
ます形（連用形） 跑步	はしります	られる形（被動形） 被行駛	はしられる
て形 跑步	はしって	命令形 快跑步	はしれ
た形（過去形） 跑步了	はしった	可能形 可以跑步	はしれる
たら形（條件形） 跑步的話	はしったら	う形（意向形） 跑步吧	はしろう

△ 毎日(まいにち)どれぐらい走(はし)りますか／每天大概跑多久？

はたらく【働く】工作，勞動，做工

自五 グループ1

働（はたら）く・働（はたら）きます

辭書形(基本形) 工作	はたらく	たり形 又是工作	はたらいたり
ない形（否定形） 沒工作	はたらかない	ば形（條件形） 工作的話	はたらけば
なかった形（過去否定形） 過去沒工作	はたらかなかった	させる形（使役形） 使工作	はたらかせる
ます形（連用形） 工作	はたらきます	られる形（被動形） 被勞動	はたらかれる
て形 工作	はたらいて	命令形 快工作	はたらけ
た形（過去形） 工作了	はたらいた	可能形 可以工作	はたらける
たら形（條件形） 工作的話	はたらいたら	う形（意向形） 工作吧	はたらこう

△山田（やまだ）さんはご夫婦（ふうふ）でいつも一生懸命働（いっしょうけんめいはたら）いていますね／山田夫婦兩人總是很賣力地工作呢！

はなす【話す】說，講；談話；告訴（別人）

他五 グループ1

話（はな）す・話（はな）します

辭書形(基本形) 講話	はなす	たり形 又是講	はなしたり
ない形（否定形） 沒講話	はなさない	ば形（條件形） 講的話	はなせば
なかった形（過去否定形） 過去沒講話	はなさなかった	させる形（使役形） 使講話	はなさせる
ます形（連用形） 講話	はなします	られる形（被動形） 被講	はなされる
て形 講話	はなして	命令形 快講話	はなせ
た形（過去形） 講了	はなした	可能形 可以講話	はなせる
たら形（條件形） 講的話	はなしたら	う形（意向形） 講話吧	はなそう

△食（た）べながら、話（はな）さないでください／請不要邊吃邊講話。

はる【貼る・張る】 貼上，糊上，黏上

他五 グループ1

貼(は)る・貼(は)ります

辭書形(基本形) 貼上	はる	たり形 又是貼上	はったり
ない形（否定形） 沒貼上	はらない	ば形（條件形） 貼上的話	はれば
なかった形（過去否定形） 過去沒貼上	はらなかった	させる形（使役形） 使貼上	はらせる
ます形（連用形） 貼上	はります	られる形（被動形） 被貼上	はられる
て形 貼上	はって	命令形 快貼上	はれ
た形（過去形） 貼上了	はった	可能形 可以貼上	はれる
たら形（條件形） 貼上的話	はったら	う形（意向形） 貼上吧	はろう

△封筒(ふうとう)に切手(きって)を貼(は)って出(だ)します／在信封上貼上郵票後寄出。

はれる【晴れる】 （天氣）晴，（雨，雪）停止，放晴

自下一 グループ2

晴(は)れる・晴(は)れます

辭書形(基本形) 過去沒放晴	はれる	たり形 又是放晴	はれたり
ない形（否定形） 沒放晴	はれない	ば形（條件形） 放晴的話	はれれば
なかった形（過去否定形） 過去沒放晴	はれなかった	させる形（使役形） 使放晴	はれさせる
ます形（連用形） 放晴	はれます	られる形（被動形） 被消散	はれられる
て形 放晴	はれて	命令形 快放晴	はれろ
た形（過去形） 放晴了	はれた	可能形	——
たら形（條件形） 放晴的話	はれたら	う形（意向形） 放晴吧	はれよう

△あしたは晴(は)れるでしょう／明天應該會放晴吧。

ひく【引く】 拉，拖；翻查；感染（傷風感冒）

他五 グループ1

引く・引きます

辭書形(基本形) 感染	ひく	たり形 又是感染	ひいたり
ない形（否定形） 沒感染	ひかない	ば形（條件形） 感染的話	ひけば
なかった形（過去否定形） 過去沒感染	ひかなかった	させる形（使役形） 使感染	ひかせる
ます形（連用形） 感染	ひきます	られる形（被動形） 被感染	ひかれる
て形 感染	ひいて	命令形 快感染	ひけ
た形（過去形） 感染了	ひいた	可能形 可以感染	ひける
たら形（條件形） 感染的話	ひいたら	う形（意向形） 感染吧	ひこう

△風邪をひきました。あまりご飯を食べたくないです／我感冒了。不大想吃飯。

ひく【弾く】 彈，彈奏，彈撥

他五 グループ1

弾く・弾きます

辭書形(基本形) 彈奏	ひく	たり形 又是彈奏	ひいたり
ない形（否定形） 沒彈奏	ひかない	ば形（條件形） 彈奏的話	ひけば
なかった形（過去否定形） 過去沒彈奏	ひかなかった	させる形（使役形） 使彈奏	ひかせる
ます形（連用形） 彈奏	ひきます	られる形（被動形） 被彈奏	ひかれる
て形 彈奏	ひいて	命令形 快彈奏	ひけ
た形（過去形） 彈奏了	ひいた	可能形 會彈奏	ひける
たら形（條件形） 彈的話	ひいたら	う形（意向形） 彈奏吧	ひこう

△ギターを弾いている人は李さんです／那位在彈吉他的人是李先生。

ふく【吹く】（風）刮，吹；（緊縮嘴唇）吹氣

自五 グループ1

吹く・吹きます

形	活用	形	活用
辭書形(基本形) 刮	ふく	たり形 又是刮	ふいたり
ない形（否定形） 沒刮	ふかない	ば形（條件形） 刮的話	ふけば
なかった形（過去否定形） 過去沒刮	ふかなかった	させる形（使役形） 使吹	ふかせる
ます形（連用形） 刮	ふきます	られる形（被動形） 被吹	ふかれる
て形 刮	ふいて	命令形 快吹	ふけ
た形（過去形） 刮了	ふいた	可能形 會吹	ふける
たら形（條件形） 刮的話	ふいたら	う形（意向形） 吹吧	ふこう

△今日は風が強く吹いています／今天風吹得很強。

ふる【降る】落，下，降（雨，雪，霜等）

自五 グループ1

降る・降ります

形	活用	形	活用
辭書形(基本形) 降落	ふる	たり形 又是降落	ふったり
ない形（否定形） 沒降落	ふらない	ば形（條件形） 降落的話	ふれば
なかった形（過去否定形） 過去沒降落	ふらなかった	させる形（使役形） 使降落	ふらせる
ます形（連用形） 降落	ふります	られる形（被動形） 被降落	ふられる
て形 降落	ふって	命令形 快降落	ふれ
た形（過去形） 降落了	ふった	可能形	——
たら形（條件形） 降落的話	ふったら	う形（意向形） 降落吧	ふろう

△雨が降っているから、今日は出かけません／因為下雨，所以今天不出門。

べんきょう【勉強】努力學習，唸書

自他サ　グループ3

勉強(べんきょう)する・勉強(べんきょう)します

辭書形(基本形) 唸書	べんきょうする	たり形 又是唸書	べんきょうしたり
ない形(否定形) 沒唸書	べんきょうしない	ば形(條件形) 唸書的話	べんきょうすれば
なかった形(過去否定形) 過去沒唸書	べんきょうしなかった	させる形(使役形) 使唸書	べんきょうさせる
ます形(連用形) 唸書	べんきょうします	られる形(被動形) 被學習	べんきょうされる
て形 唸書	べんきょうして	命令形 快唸書	べんきょうしろ
た形(過去形) 唸了書	べんきょうした	可能形 可以唸書	べんきょうできる
たら形(條件形) 唸書的話	べんきょうしたら	う形(意向形) 唸書吧	べんきょうしよう

△金(キム)さんは日本語(にほんご)を勉強(べんきょう)しています／金小姐在學日語。

まがる【曲がる】彎曲；拐彎

自五　グループ1

曲(ま)がる・曲(ま)がります

辭書形(基本形) 彎曲	まがる	たり形 又是彎曲	まがったり
ない形(否定形) 沒彎曲	まがらない	ば形(條件形) 彎曲的話	まがれば
なかった形(過去否定形) 過去沒彎曲	まがらなかった	させる形(使役形) 使彎曲	まがらせる
ます形(連用形) 彎曲	まがります	られる形(被動形) 被彎曲	まがられる
て形 彎曲	まがって	命令形 快彎曲	まがれ
た形(過去形) 彎曲了	まがった	可能形 會彎曲	まがれる
たら形(條件形) 彎曲的話	まがったら	う形(意向形) 彎曲吧	まがろう

△この角(かど)を右(みぎ)に曲(ま)がります／在這個轉角右轉。

まつ【待つ】 等候，等待；期待，指望

他五 グループ1

待つ・待ちます

辭書形(基本形) 等候	まつ	たり形 又是等	まったり
ない形（否定形） 沒等	またない	ば形（條件形） 等的話	まてば
なかった形（過去否定形） 過去沒等	またなかった	させる形（使役形） 使等候	またせる
ます形（連用形） 等候	まちます	られる形（被動形） 被等候	またれる
て形 等候	まって	命令形 等一下	まて
た形（過去形） 等了	まった	可能形 可以等	まてる
たら形（條件形） 等的話	まったら	う形（意向形） 等吧	まとう

△いっしょに待ちましょう／一起等吧！

N5 ま まつ・みがく

みがく【磨く】 刷洗，擦亮；研磨，琢磨

他五 グループ1

磨く・磨きます

辭書形(基本形) 刷洗	みがく	たり形 又是洗	みがいたり
ない形（否定形） 沒洗	みがかない	ば形（條件形） 洗的話	みがけば
なかった形（過去否定形） 過去沒洗	みがかなかった	させる形（使役形） 使刷洗	みがかせる
ます形（連用形） 刷洗	みがきます	られる形（被動形） 被刷洗	みがかれる
て形 刷洗	みがいて	命令形 快洗	みがけ
た形（過去形） 洗了	みがいた	可能形 可以洗	みがける
たら形（條件形） 洗的話	みがいたら	う形（意向形） 洗吧	みがこう

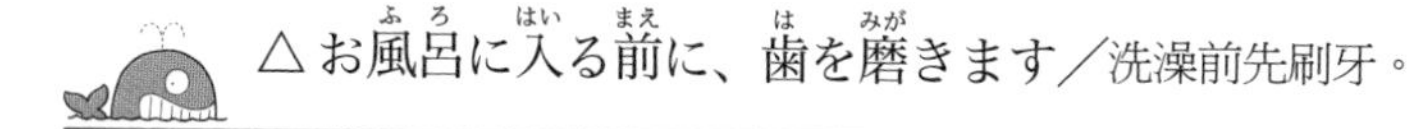

△お風呂に入る前に、歯を磨きます／洗澡前先刷牙。

みせる【見せる】 讓…看，給…看；取得；展示

他下一　グループ2

見せる・見せます

形	活用	形	活用
辭書形(基本形) 讓…看	みせる	たり形 又是讓…看	みせたり
ない形（否定形) 沒讓…看	みせない	ば形（條件形) 讓…看的話	みせれば
なかった形（過去否定形) 過去沒讓…看	みせなかった	させる形（使役形) 使讓…看	みせさせる
ます形（連用形) 讓…看	みせます	られる形（被動形) 被展示	みせられる
て形 讓…看	みせて	命令形 快讓…看	みせろ
た形（過去形) 讓…看了	みせた	可能形 可以讓…看	みせられる
たら形（條件形) 讓…看的話	みせたら	う形（意向形) 讓…看吧	みせよう

△先週友達に母の写真を見せました／上禮拜拿了媽媽的照片給朋友看。

みる【見る】 看，觀看，察看；照料；參觀

他上一　グループ2

見る・見ます

形	活用	形	活用
辭書形(基本形) 觀看	みる	たり形 又是看	みたり
ない形（否定形) 沒看	みない	ば形（條件形) 看的話	みれば
なかった形（過去否定形) 過去沒看	みなかった	させる形（使役形) 使看	みさせる
ます形（連用形) 觀看	みます	られる形（被動形) 被看	みられる
て形 觀看	みて	命令形 快看	みろ
た形（過去形) 看了	みた	可能形 可以看	みられる
たら形（條件形) 看的話	みたら	う形（意向形) 看吧	みよう

△朝ご飯の後でテレビを見ました／早餐後看了電視。

もうす【申す】 叫做，稱；說，告訴

他五 グループ1

申(もう)す・申(もう)します

辭書形(基本形) 叫做	もうす	たり形 又是說	もうしたり
ない形（否定形） 沒說	もうさない	ば形（條件形） 說的話	もうせば
なかった形（過去否定形） 過去沒說	もうさなかった	させる形（使役形） 使說	もうさせる
ます形（連用形） 叫做	もうします	られる形（被動形） 被說	もうされる
て形 叫做	もうして	命令形 快說	もうせ
た形（過去形） 說了	もうした	可能形 可以說	もうせる
たら形（條件形） 說的話	もうしたら	う形（意向形） 說吧	もうそう

△はじめまして、楊(よう)と申(もう)します／初次見面，我姓楊。

もつ【持つ】 拿，帶，持，攜帶

他五 グループ1

持(も)つ・持(も)ちます

辭書形(基本形) 攜帶	もつ	たり形 又是帶	もったり
ない形（否定形） 沒帶	もたない	ば形（條件形） 帶的話	もてば
なかった形（過去否定形） 過去沒帶	もたなかった	させる形（使役形） 使攜帶	もたせる
ます形（連用形） 攜帶	もちます	られる形（被動形） 被攜帶	もたれる
て形 攜帶	もって	命令形 快帶	もて
た形（過去形） 帶了	もった	可能形 可以攜帶	もてる
たら形（條件形） 帶的話	もったら	う形（意向形） 帶吧	もとう

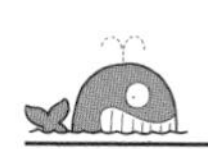
△あなたはお金(かね)を持(も)っていますか／你有帶錢嗎？

やすむ【休む】 休息，歇息；停歇；睡，就寢；請假，缺勤 自他五 グループ1

休(やす)む・休(やす)みます

辭書形(基本形) 休息	やすむ	たり形 又是休息	やすんだり
ない形（否定形） 沒休息	やすまない	ば形（條件形） 休息的話	やすめば
なかった形（過去否定形） 過去沒休息	やすまなかった	させる形（使役形） 使休息	やすませる
ます形（連用形） 休息	やすみます	られる形（被動形） 被停歇	やすまれる
て形 休息	やすんで	命令形 快休息	やすめ
た形（過去形） 休息了	やすんだ	可能形 可以休息	やすめる
たら形（條件形） 休息的話	やすんだら	う形（意向形） 休息吧	やすもう

△疲(つか)れたから、ちょっと休(やす)みましょう／有點累了，休息一下吧。

よぶ【呼ぶ】 呼叫，招呼；邀請；叫來；叫做，稱為 他五 グループ1

呼(よ)ぶ・呼(よ)びます

辭書形(基本形) 呼叫	よぶ	たり形 又是呼叫	よんだり
ない形（否定形） 沒呼叫	よばない	ば形（條件形） 呼叫的話	よべば
なかった形（過去否定形） 過去沒呼叫	よばなかった	させる形（使役形） 使呼叫	よばせる
ます形（連用形） 呼叫	よびます	られる形（被動形） 被呼叫	よばれる
て形 呼叫	よんで	命令形 快呼叫	よべ
た形（過去形） 呼叫了	よんだ	可能形 可以呼叫	よべる
たら形（條件形） 呼叫的話	よんだら	う形（意向形） 呼叫吧	よぼう

△パーティーに中山(なかやま)さんを呼(よ)びました／我請了中山小姐來參加派對。

よむ【読む】 閱讀，看；唸，朗讀

他五　グループ1

読む・読みます

辭書形(基本形) 閱讀	よむ	たり形 又是閱讀	よんだり
ない形（否定形） 沒閱讀	よまない	ば形（條件形） 閱讀的話	よめば
なかった形（過去否定形） 過去沒閱讀	よまなかった	させる形（使役形） 使閱讀	よませる
ます形（連用形） 閱讀	よみます	られる形（被動形） 被閱讀	よまれる
て形 閱讀	よんで	命令形 快閱讀	よめ
た形（過去形） 閱讀了	よんだ	可能形 會閱讀	よめる
たら形（條件形） 閱讀的話	よんだら	う形（意向形） 閱讀吧	よもう

△私は毎日、コーヒーを飲みながら新聞を読みます／
我每天邊喝咖啡邊看報紙。

りょうり【料理】 菜餚，飯菜；做菜，烹調；處理

自他サ　グループ3

料理する・料理します

辭書形(基本形) 做菜	りょうりする	たり形 又是做菜	りょうりしたり
ない形（否定形） 沒做菜	りょうりしない	ば形（條件形） 做菜的話	りょうりすれば
なかった形（過去否定形） 過去沒做菜	りょうりしなかった	させる形（使役形） 使做菜	りょうりさせる
ます形（連用形） 做菜	りょうりします	られる形（被動形） 被處理	りょうりされる
て形 做菜	りょうりして	命令形 快做菜	りょうりしろ
た形（過去形） 做了菜	りょうりした	可能形 可以做菜	りょうりできる
たら形（條件形） 做菜的話	りょうりしたら	う形（意向形） 做菜吧	りょうりしよう

△この料理は肉と野菜で作ります／這道料理是用肉和蔬菜烹調的。

りょこう【旅行】 旅行，旅遊，遊歷

名・自サ グループ3

旅行する・旅行します

辭書形(基本形) 旅行	りょこうする	たり形 又是旅行	りょこうしたり
ない形（否定形） 沒旅行	りょこうしない	ば形（條件形） 旅行的話	りょこうすれば
なかった形（過去否定形） 過去沒旅行	りょこうし なかった	させる形（使役形） 使旅行	りょこうさせる
ます形（連用形） 旅行	りょこうします	られる形（被動形） 被遊歷	りょこうされる
て形 旅行	りょこうして	命令形 快旅行	りょこうしろ
た形（過去形） 遊歷了	りょこうした	可能形 可以旅行	りょこうできる
たら形（條件形） 旅行的話	りょこうしたら	う形（意向形） 旅行吧	りょこうしよう

△外国に旅行に行きます／我要去外國旅行。

れんしゅう【練習】 練習，反覆學習

名・他サ グループ3

練習する・練習します

辭書形(基本形) 練習	れんしゅうする	たり形 又是練習	れんしゅうしたり
ない形（否定形） 沒練習	れんしゅうしない	ば形（條件形） 練習的話	れんしゅうすれば
なかった形（過去否定形） 過去沒練習	れんしゅうし なかった	させる形（使役形） 使練習	れんしゅうさせる
ます形（連用形） 練習	れんしゅうします	られる形（被動形） 被練習	れんしゅうされる
て形 練習	れんしゅうして	命令形 快練習	れんしゅうしろ
た形（過去形） 練習了	れんしゅうした	可能形 可以練習	れんしゅうできる
たら形（條件形） 練習的話	れんしゅうしたら	う形（意向形） 練習吧	れんしゅうしよう

△何度も発音の練習をしたから、発音はきれいになった／
因為不斷地練習發音，所以發音變漂亮了。

わかる【分かる】 知道，明白；懂得，理解

自五 グループ1

分(わ)かる・分(わ)かります

辭書形(基本形) 知道	わかる	たり形 又是知道	わたしたり
ない形（否定形） 不知道	わからない	ば形（條件形） 知道的話	わかれば
なかった形（過去否定形） 過去不知道	わからなかった	させる形（使役形） 使知道	わからせる
ます形（連用形） 知道	わかります	られる形（被動形） 被知道	わかられる
て形 知道	わかって	命令形 快明白	わかれ
た形（過去形） 知道了	わかった	可能形	――
たら形（條件形） 知道的話	わたしたら	う形（意向形） 知道吧	わかろう

△「この花(はな)はあそこにおいてください。」「はい、分(わ)かりました。」／「請把這束花放在那裡。」「好，我知道了。」

わすれる【忘れる】 忘記，忘掉；忘懷，忘卻；遺忘

忘(わす)れる・忘(わす)れます

辭書形(基本形) 忘記	わすれる	たり形 又是忘記	わたしたり
ない形（否定形） 沒忘記	わすれない	ば形（條件形） 忘記的話	わすれれば
なかった形（過去否定形） 過去沒忘記	わすれなかった	させる形（使役形） 使忘記	わすれさせる
ます形（連用形） 忘記	わすれます	られる形（被動形） 被忘記	わすれられる
て形 忘記	わすれて	命令形 快忘記	わすれろ
た形（過去形） 忘記了	わすれた	可能形 會忘記	わすれられる
たら形（條件形） 忘記的話	わたしたら	う形（意向形） 忘記吧	わすれよう

△彼女(かのじょ)の電話番号(でんわばんごう)を忘(わす)れた／我忘記了她的電話號碼。

わたす【渡す】 交給，遞給，交付；轉交

他五 グループ1

渡す・渡します

辭書形(基本形) 交給	わたす	たり形 又是知道	わしたり
ない形（否定形） 沒交	わたさない	ば形（條件形） 交的話	わたせば
なかった形（過去否定形） 過去沒交	わたさなかった	させる形（使役形） 使交	わたさせる
ます形（連用形） 交給	わたします	られる形（被動形） 被轉交	わたされる
て形 交給	わたして	命令形 快交	わたせ
た形（過去形） 交了	わたした	可能形 會交	わたせる
たら形（條件形） 交的話	わたしたら	う形（意向形） 交吧	わたそう

△兄に新聞を渡した／我拿了報紙給哥哥。

わたる【渡る】 渡，過（河）；（從海外）渡來

自五 グループ1

渡る・渡ります

辭書形(基本形) 渡過	わたる	たり形 又是渡過	わたったり
ない形（否定形） 沒忘記	わすれない	ば形（條件形） 渡過的話	わたれば
なかった形（過去否定形） 過去沒忘記	わすれなかった	させる形（使役形） 使渡過	わたらせる
ます形（連用形） 渡過	わたります	られる形（被動形） 被渡過	わたられる
て形 渡過	わたって	命令形 快渡過	わたれ
た形（過去形） 過了	わたった	可能形 可以過	わたれる
たら形（條件形） 渡過的話	わたったら	う形（意向形） 過吧	わたろう

△この川を渡ると東京です／過了這條河就是東京。

動詞單字
N4

あう【合う】 合；一致，合適；相配；符合；正確

自五 グループ1

合う・合います

辭書形(基本形) 配合	あう	たり形 又是配合	あったり
ない形（否定形） 不配合	あわない	ば形（條件形） 配合的話	あえば
なかった形（過去否定形） 過去沒配	あわなかった	させる形（使役形） 使配合	あわせる
ます形（連用形） 配合	あいます	られる形（被動形） 被配合	あわれる
て形 配合	あって	命令形 快配合	あえ
た形（過去形） 配合了	あった	可能形	——
たら形（條件形） 配合的話	あったら	う形（意向形） 配合吧	あおう

△時間が合えば、会いたいです／如果時間允許，希望能見一面。

あがる【上がる】 登上；升高，上升；發出(聲音)；(從水中)出來；(事情)完成

自五 グループ1

上がる・上がります

辭書形(基本形) 上升	あがる	たり形 又是上升	あがったり
ない形（否定形） 沒上升	あがらない	ば形（條件形） 上升的話	あがれば
なかった形（過去否定形） 過去沒上升	あがらなかった	させる形（使役形） 使上升	あがらせる
ます形（連用形） 上升	あがります	られる形（被動形） 被上升	あがられる
て形 上升	あがって	命令形 快上升	あがれ
た形（過去形） 上升了	あがった	可能形 可以上升	あがれる
たら形（條件形） 上升的話	あがったら	う形（意向形） 上升吧	あがろう

△野菜の値段が上がるようだ／青菜的價格好像要上漲了。

あげる【上げる】 給；送；交出；獻出

他下一 グループ2

上(あ)げる・上(あ)げます

辭書形(基本形) 送給	あげる	たり形 又是送	あげたり
ない形（否定形） 沒送	あげない	ば形（條件形） 送的話	あげれば
なかった形（過去否定形） 過去沒送	あげなかった	させる形（使役形） 使送	あげさせる
ます形（連用形） 送給	あげます	られる形（被動形） 被送出	あげられる
て形 送給	あげて	命令形 快送	あげろ
た形（過去形） 送了	あげた	可能形 可以送	あげられる
たら形（條件形） 送的話	あげたら	う形（意向形） 送吧	あげよう

△ほしいなら、あげますよ／如果想要，就送你。

あつまる【集まる】 聚集，集合

自五 グループ1

集(あつ)まる・集(あつ)まります

辭書形(基本形) 集合	あつまる	たり形 又是集合	あつまったり
ない形（否定形） 沒集合	あつまらない	ば形（條件形） 集合的話	あつまれば
なかった形（過去否定形） 過去沒集合	あつまらなかった	させる形（使役形） 使集合	あつまらせる
ます形（連用形） 集合	あつまります	られる形（被動形） 被集合	あつまられる
て形 集合	あつまって	命令形 快集合	あつまれ
た形（過去形） 集合了	あつまった	可能形 會集合	あつまれる
たら形（條件形） 集合的話	あつまったら	う形（意向形） 集合吧	あつまろう

△パーティーに、1,000人(にん)も集(あつ)まりました／多達1000人，聚集在派對上。

あつめる【集める】 集合；收集；集中

他下一 グループ2

集(あつ)める・集(あつ)めます

辭書形(基本形) 收集	あつめる	たり形 又是收集	あつめたり
ない形（否定形） 沒收集	あつめない	ば形（條件形） 收集的話	あつめれば
なかった形（過去否定形） 過去沒收集	あつめなかった	させる形（使役形） 使收集	あつめさせる
ます形（連用形） 收集	あつめます	られる形（被動形） 被收集	あつめられる
て形 收集	あつめて	命令形 快收集	あつめろ
た形（過去形） 收集了	あつめた	可能形 可以收集	あつめられる
たら形（條件形） 收集的話	あつめたら	う形（意向形） 收集吧	あつめよう

△生徒(せいと)たちを、教室(きょうしつ)に集(あつ)めなさい／叫學生到教室集合。

あやまる【謝る】 道歉，謝罪；認錯；謝絕

自五 グループ1

謝(あやま)る・謝(あやま)ります

辭書形(基本形) 道歉	あやまる	たり形 又是道歉	あやまったり
ない形（否定形） 沒道歉	あやまらない	ば形（條件形） 道歉的話	あやまれば
なかった形（過去否定形） 過去沒道歉	あやまらなかった	させる形（使役形） 使道歉	あやまらせる
ます形（連用形） 道歉	あやまります	られる形（被動形） 被道歉	あやまられる
て形 道歉	あやまって	命令形 快道歉	あやまれ
た形（過去形） 道歉了	あやまった	可能形 會道歉	あやまれる
たら形（條件形） 道歉的話	あやまったら	う形（意向形） 道歉吧	あやまろう

△そんなに謝(あやま)らなくてもいいですよ／不必道歉到那種地步。

いきる【生きる】 活，生存；生活；致力於…

自上一 グループ2

生きる・生きます

辭書形(基本形) 生存	いきる	たり形 又是活	いきたり
ない形（否定形） 沒活	いきない	ば形（條件形） 活的話	いきれば
なかった形（過去否定形） 過去沒活	いきなかった	させる形（使役形） 使活	いきさせる
ます形（連用形） 生存	いきます	られる形（被動形） 被致力於…	いきられる
て形 生存	いきて	命令形 活下去	いきろ
た形（過去形） 活了	いきた	可能形 可以活	いきられる
たら形（條件形） 活的話	いきたら	う形（意向形） 活吧	いきよう

△生活彼は、一人で生きていくそうです／聽說他打算一個人活下去。

いじめる【苛める】 欺負，虐待；捉弄；折磨

他下一 グループ2

いじめる・いじめます

辭書形(基本形) 欺負	いじめる	たり形 又是欺負	いじめたり
ない形（否定形） 沒欺負	いじめない	ば形（條件形） 欺負的話	いじめれば
なかった形（過去否定形） 過去沒欺負	いじめなかった	させる形（使役形） 使欺負	いじめさせる
ます形（連用形） 欺負	いじめます	られる形（被動形） 被欺負	いじめられる
て形 欺負	いじめて	命令形 快欺負	いじめろ
た形（過去形） 欺負了	いじめた	可能形 會欺負	いじめられる
たら形（條件形） 欺負的話	いじめたら	う形（意向形） 欺負吧	いじめよう

△弱いものを苛める人は一番かっこう悪い／
霸凌弱勢的人，是最差勁的人。

いそぐ【急ぐ】 快，急忙，趕緊

自五 グループ1

急ぐ・急ぎます

形	活用	形	活用
辭書形(基本形) 急忙	いそぐ	たり形 又是急	いそいだり
ない形（否定形) 不急	いそがない	ば形（條件形) 急的話	いそげば
なかった形（過去否定形) 過去不急	いそがなかった	させる形（使役形) 使趕緊	いそがせる
ます形（連用形) 急忙	いそぎます	られる形（被動形) 被加緊	いそがれる
て形 急忙	いそいで	命令形 趕快	いそげ
た形（過去形) 急忙了	いそいだ	可能形 能快	いそげる
たら形（條件形) 急的話	いそいだら	う形（意向形) 快點吧	いそごう

△もし急ぐなら先に行ってください／如果你趕時間的話，就請先走吧！

いたす【致す】 （「する」的謙恭說法）做，辦；致

自他五，補動 グループ1

致す・致します

形	活用	形	活用
辭書形(基本形) 做	いたす	たり形 又是做	いたしたり
ない形（否定形) 沒做	いたさない	ば形（條件形) 做的話	いたせば
なかった形（過去否定形) 過去沒做	いたさなかった	させる形（使役形) 使做	いたさせる
ます形（連用形) 做	いたします	られる形（被動形) 被做	いたされる
て形 做	いたして	命令形 快做	いたせ
た形（過去形) 做了	いたした	可能形 可以做	いたせる
たら形（條件形) 做的話	いたしたら	う形（意向形) 做吧	いたそう

△このお菓子は、変わった味が致しますね／這個糕點的味道有些特別。

いただく【頂く・戴く】 領受；領取；吃，喝；頂

他五 グループ1

頂く・頂きます

辭書形(基本形) 領受	いただく	たり形 又是領受	いただいたり
ない形（否定形） 不領受	いただかない	ば形（條件形） 領受的話	いただけば
なかった形（過去否定形） 過去沒領受	いただかなかった	させる形（使役形） 使領受	いただかせる
ます形（連用形） 領受	いただきます	られる形（被動形） 被領取	いただかれる
て形 領受	いただいて	命令形 快領受	いただけ
た形（過去形） 領受了	いただいた	可能形 可以領受	いただける
たら形（條件形） 領受的話	いただいたら	う形（意向形） 領受吧	いただこう

△お菓子が足りないなら、私はいただかなくてもかまいません／如果糕點不夠的話，我不用吃也沒關係。

いのる【祈る】 祈禱；祝福

他五 グループ1

祈る・祈ります

辭書形(基本形) 祈禱	いのる	たり形 又是祈禱	いのったり
ない形（否定形） 沒祈禱	いのらない	ば形（條件形） 祈禱的話	いのれば
なかった形（過去否定形） 過去沒祈禱	いのらなかった	させる形（使役形） 使祈禱	いのらせる
ます形（連用形） 祈禱	いのります	られる形（被動形） 被祝福	いのられる
て形 祈禱	いのって	命令形 快祈禱	いのれ
た形（過去形） 祈禱了	いのった	可能形 可以祈禱	いのれる
たら形（條件形） 祈禱的話	いのったら	う形（意向形） 祈禱吧	いのろう

△みんなで、平和のために祈るところです／大家正要為和平而祈禱。

いらっしゃる 來，去，在（尊敬語）

自五 グループ1

いらっしゃる・いらっしゃいます

辭書形(基本形) 來	いらっしゃる	たり形 又是來	いらっしゃったり
ない形（否定形） 沒來	いらっしゃらない	ば形（條件形） 來的話	いらっしゃれば
なかった形（過去否定形） 過去沒來	いらっしゃらなかった	させる形（使役形） 使來	いらっしゃらせる
ます形（連用形） 來	いらっしゃいます	られる形（被動形） 被離去	いらっしゃられる
て形 來	いらっしゃって	命令形 快來	いらっしゃい
た形（過去形） 來了	いらっしゃった	可能形 會來	いらっしゃれる
たら形（條件形） 來的話	いらっしゃったら	う形（意向形） 來吧	いらっしゃろう

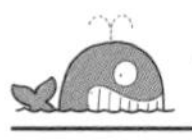

△お忙（いそが）しかったら、いらっしゃらなくてもいいですよ／
如果忙的話，不必來也沒關係喔！

うえる【植える】 種植；培養

他下一 グループ2

植（う）える・植（う）えます

辭書形(基本形) 種植	うえる	たり形 又是種植	うえたり
ない形（否定形） 沒種植	うえない	ば形（條件形） 種植的話	うえれば
なかった形（過去否定形） 過去沒種植	うえなかった	させる形（使役形） 使種植	うえさせる
ます形（連用形） 種植	うえます	られる形（被動形） 被種植	うえられる
て形 種植	うえて	命令形 快種植	うえろ
た形（過去形） 種植了	うえた	可能形 可以種植	うえれる
たら形（條件形） 種植的話	うえたら	う形（意向形） 種植吧	うえよう

△栽培花（さいばいはな）の種（たね）をさしあげますから、植（う）えてみてください／
我送你花的種子，你試種看看。

うかがう【伺う】 拜訪；請教，打聽（謙讓語） 他五 グループ1

伺う・伺います

辭書形(基本形) 拜訪	うかがう	たり形 又是拜訪	うかがったり
ない形（否定形） 沒拜訪	うかがわない	ば形（條件形） 拜訪的話	うかがえば
なかった形（過去否定形） 過去沒拜訪	うかがわなかった	させる形（使役形） 使拜訪	うかがわせる
ます形（連用形） 拜訪	うかがいます	られる形（被動形） 被拜訪	うかがわれる
て形 拜訪	うかがって	命令形 快拜訪	うかがえ
た形（過去形） 拜訪了	うかがった	可能形 可以拜訪	うかがえる
たら形（條件形） 拜訪的話	うかがったら	う形（意向形） 拜訪吧	うかがおう

△先生のお宅にうかがったことがあります／我拜訪過老師家。

うける【受ける】 接受，承接；受到；得到；遭受；接受；應考 自他下一 グループ2

受ける・受けます

辭書形(基本形) 接受	うける	たり形 又是接受	うけたり
ない形（否定形） 不接受	うけない	ば形（條件形） 接受的話	うければ
なかった形（過去否定形） 過去沒接受	うけなかった	させる形（使役形） 使接受	うけさせる
ます形（連用形） 接受	うけます	られる形（被動形） 被接受	うけられる
て形 接受	うけて	命令形 快接受	うけろ
た形（過去形） 接受了	うけた	可能形 可以接受	うけられる
たら形（條件形） 接受的話	うけたら	う形（意向形） 接受吧	うけよう

△いつか、大学院を受けたいと思います／我將來想報考研究所。

N4

う

うごく・うつ

うごく【動く】 變動，移動；擺動；改變；行動，運動；感動，動搖

自五 グループ1

動く・動きます

辭書形(基本形) 移動	うごく	たり形 又是移動	うごいたり
ない形（否定形） 沒移動	うごかない	ば形（條件形） 移動的話	うごけば
なかった形（過去否定形） 過去沒移動	うごかなかった	させる形（使役形） 使移動	うごかせる
ます形（連用形） 移動	うごきます	られる形（被動形） 被移動	うごかれる
て形 移動	うごいて	命令形 快移動	うごけ
た形（過去形） 移動了	うごいた	可能形 可以移動	うごける
たら形（條件形） 移動的話	うごいたら	う形（意向形） 移動吧	うごこう

△動かずに、そこで待っていてください／請不要離開，在那裡等我。

うつ【打つ】 打擊，打；標記

他五 グループ1

打つ・打ちます

辭書形(基本形) 打擊	うつ	たり形 又是打	うったり
ない形（否定形） 沒打	うたない	ば形（條件形） 打的話	うてば
なかった形（過去否定形） 過去沒打	うたなかった	させる形（使役形） 使打	うたせる
ます形（連用形） 打擊	うちます	られる形（被動形） 被打	うたれる
て形 打擊	うって	命令形 快打	うて
た形（過去形） 打了	うった	可能形 可以打	うてる
たら形（條件形） 打的話	うったら	う形（意向形） 打吧	うとう

△イチローがホームランを打ったところだ／一朗正好擊出全壘打。

うつす【写す】 抄；拍照，照相；描寫，描繪

他五　グループ1

写(うつ)す・写(うつ)します

辭書形(基本形) 拍照	うつす	たり形 又是拍照	うつしたり
ない形（否定形) 不拍照	うつさない	ば形（條件形) 拍照的話	うつせば
なかった形（過去否定形) 過去沒拍照	うつさなかった	させる形（使役形) 使拍照	うつさせる
ます形（連用形) 拍照	うつします	られる形（被動形) 被拍照	うつされる
て形 拍照	うつして	命令形 快拍照	うつせ
た形（過去形) 拍照了	うつした	可能形 可以拍照	うつせる
たら形（條件形) 拍照的話	うつしたら	う形（意向形) 拍照吧	うつそう

△写真(しゃしん)を写(うつ)してあげましょうか／我幫你照相吧！

うつる【映る】 反射，映照；相襯

自五　グループ1

映(うつ)る・映(うつ)ります

辭書形(基本形) 映照	うつる	たり形 又是映照	うつったり
ない形（否定形) 沒映照	うつらない	ば形（條件形) 映照的話	うつれば
なかった形（過去否定形) 過去沒映照	うつらなかった	させる形（使役形) 使映照	うつらせる
ます形（連用形) 映照	うつります	られる形（被動形) 被襯托	うつられる
て形 映照	うつって	命令形 快映照	うつれ
た形（過去形) 映照了	うつった	可能形 會映照	うつれる
たら形（條件形) 映照的話	うつったら	う形（意向形) 映照吧	うつろう

△写真(しゃしん)に写(うつ)る自分(じぶん)よりも鏡(かがみ)に映(うつ)る自分(じぶん)の方(ほう)が綺麗(きれい)だ／
鏡子裡的自己比照片中的自己好看。

うつる【移る】 移動；變心；傳染；時光流逝；轉移

自五 グループ1

移る・移ります

辭書形(基本形) 移動	うつる	たり形 又是移動	うつったり
ない形（否定形） 沒移動	うつらない	ば形（條件形） 移動的話	うつれば
なかった形（過去否定形） 過去沒移動	うつらなかった	させる形（使役形） 使移動	うつらせる
ます形（連用形） 移動	うつります	られる形（被動形） 被移動	うつられる
て形 移動	うつって	命令形 快移動	うつれ
た形（過去形） 移動了	うつった	可能形 可以移動	うつれる
たら形（條件形） 移動的話	うつったら	う形（意向形） 移動吧	うつろう

△あちらの席にお移りください／請移到那邊的座位。

えらぶ【選ぶ】 選擇

他五 グループ1

選ぶ・選びます

辭書形(基本形) 選擇	えらぶ	たり形 又是選擇	えらんだり
ない形（否定形） 沒選擇	えらばない	ば形（條件形） 選擇的話	えらべば
なかった形（過去否定形） 過去沒選擇	えらばなかった	させる形（使役形） 使選擇	えらばせる
ます形（連用形） 選擇	えらびます	られる形（被動形） 被選擇	えらばれる
て形 選擇	えらんで	命令形 快選擇	えらべ
た形（過去形） 選擇了	えらんだ	可能形 可以選擇	えらべる
たら形（條件形） 選擇的話	えらんだら	う形（意向形） 選擇吧	えらぼう

△好きなのをお選びください／請選您喜歡的。

おいでになる 來，去，在，光臨，駕臨（尊敬語） 他五 グループ1

おいでになる・おいでになります

辭書形(基本形) 來	おいでになる	たり形 又是來	おいでになったり
ない形（否定形） 沒來	おいでにならない	ば形（條件形） 來的話	おいでになれば
なかった形（過去否定形） 過去沒來	おいでにならなかった	させる形（使役形） 使來	おいでにならせる
ます形（連用形） 來	おいでになります	られる形（被動形） 您來	おいでになられる
て形 來	おいでになって	命令形	———
た形（過去形） 來了	おいでになった	可能形 可以來	おいでになれる
たら形（條件形） 來的話	おいでになったら	う形（意向形） 來吧	おいでになろう

△明日（あした）のパーティーに、社長（しゃちょう）はおいでになりますか／明天的派對，社長會蒞臨嗎？

おくる【送る】 寄送；派；送行；度過；標上(假名) 他五 グループ1

送（おく）る・送（おく）ります

辭書形(基本形) 寄送	おくる	たり形 又是寄	おくったり
ない形（否定形） 沒寄	おくらない	ば形（條件形） 寄的話	おくれば
なかった形（過去否定形） 過去沒寄	おくらなかった	させる形（使役形） 使寄	おくらせる
ます形（連用形） 寄送	おくります	られる形（被動形） 被寄	おくられる
て形 寄送	おくって	命令形 快寄	おくれ
た形（過去形） 寄了	おくった	可能形 可以寄	おくれる
たら形（條件形） 寄的話	おくったら	う形（意向形） 寄吧	おくろう

△東京（とうきょう）にいる息子（むすこ）に、お金（かね）を送（おく）ってやりました／寄錢給在東京的兒子了。

N4 お おいでになる・おくる

おくれる【遅れる】 遅到；緩慢；耽擱

自下一 グループ2

遅(おく)れる・遅(おく)れます

形	活用	形	活用
辭書形(基本形) 遲到	おくれる	たり形 又是遲到	おくれたり
ない形（否定形） 沒遲到	おくれない	ば形（條件形） 遲到的話	おくれれば
なかった形（過去否定形） 過去沒遲到	おくれなかった	させる形（使役形） 使遲到	おくれさせる
ます形（連用形） 遲到	おくれます	られる形（被動形） 被耽擱	おくれられる
て形 遲到	おくれて	命令形 給我遲到	おくれろ
た形（過去形） 遲到了	おくれた	可能形	――――
たら形（條件形） 遲到的話	おくれたら	う形（意向形） 遲些吧	おくれよう

△時間(じかん)に遅(おく)れるな／不要遲到。

おこす【起こす】 扶起；叫醒；發生；引起；翻起

他五 グループ1

起(お)こす・起(お)こします

形	活用	形	活用
辭書形(基本形) 叫醒	おこす	たり形 又是叫醒	おこしたり
ない形（否定形） 沒叫醒	おこさない	ば形（條件形） 叫醒的話	おこせば
なかった形（過去否定形） 過去沒叫醒	おこさなかった	させる形（使役形） 使叫醒	おこさせる
ます形（連用形） 叫醒	おこします	られる形（被動形） 被叫醒	おこされる
て形 叫醒	おこして	命令形 快叫醒	おこせ
た形（過去形） 叫醒了	おこした	可能形 可以叫醒	おこせる
たら形（條件形） 叫醒的話	おこしたら	う形（意向形） 叫醒吧	おこそう

△父(ちち)は、「明日(あした)の朝(あさ)、６時(じ)に起(お)こしてくれ。」と言(い)った／
父親說：「明天早上六點叫我起床」。

おこなう【行う・行なう】 舉行，舉辦；修行

他五 グループ1

行う・行います

辭書形(基本形) 舉行	おこなう	たり形 又是舉行	おこなったり
ない形（否定形） 不舉行	おこなわない	ば形（條件形） 舉行的話	おこなえば
なかった形（過去否定形） 過去沒舉行	おこなわなかった	させる形（使役形） 使舉行	おこなわせる
ます形（連用形） 舉行	おこないます	られる形（被動形） 被舉行	おこなわれる
て形 舉行	おこなって	命令形 快舉行	おこなえ
た形（過去形） 舉行了	おこなった	可能形 可以舉行	おこなえる
たら形（條件形） 舉行的話	おこなったら	う形（意向形） 舉行吧	おこなおう

△来週、音楽会が行われる／音樂將會在下禮拜舉行。

おこる【怒る】 生氣；斥責

自五 グループ1

怒る・怒ります

辭書形(基本形) 生氣	おこる	たり形 又是生氣	おこったり
ない形（否定形） 沒生氣	おこらない	ば形（條件形） 生氣的話	おこれば
なかった形（過去否定形） 過去沒生氣	おこらなかった	させる形（使役形） 使生氣	おこらせる
ます形（連用形） 生氣	おこります	られる形（被動形） 被斥責	おこられる
て形 生氣	おこって	命令形 快生氣	おこれ
た形（過去形） 生氣了	おこった	可能形 會生氣	おこれる
たら形（條件形） 生氣的話	おこったら	う形（意向形） 生氣吧	おころう

△なにかあったら怒られるのはいつも長男の私だ／只要有什麼事，被罵的永遠都是生為長子的我。

おちる【落ちる】 落下；掉落；降低，下降；落選

自上一 グループ2

落ちる・落ちます

辭書形(基本形) 掉落	おちる	たり形 又是掉落	おちたり
ない形（否定形） 沒掉落	おちない	ば形（條件形） 掉落的話	おちれば
なかった形（過去否定形） 過去沒掉落	おちなかった	させる形（使役形） 使掉落	おちさせる
ます形（連用形） 掉落	おちます	られる形（被動形） 被掉落	おちられる
て形 掉落	おちて	命令形 快掉落	おちろ
た形（過去形） 掉落了	おちた	可能形	――
たら形（條件形） 掉落的話	おちたら	う形（意向形） 掉落吧	おちよう

△何か、机から落ちましたよ／有東西從桌上掉下來了喔！

おっしゃる 說，講，叫；稱呼；提醒

他五 グループ1

おっしゃる・おっしゃいます

辭書形(基本形) 說	おっしゃる	たり形 又是說	おっしゃったり
ない形（否定形） 沒說	おっしゃらない	ば形（條件形） 說的話	おっしゃれば
なかった形（過去否定形） 過去沒說	おっしゃらなかった	させる形（使役形） 使說	おっしゃらせる
ます形（連用形） 說	おっしゃいます	られる形（被動形） 被提醒	おっしゃられる
て形 說	おっしゃって	命令形 快說	おっしゃい
た形（過去形） 說了	おっしゃった	可能形 會說	おっしゃれる
たら形（條件形） 說的話	おっしゃったら	う形（意向形） 說吧	おっしゃろう

△なにかおっしゃいましたか／您說什麼呢？

おとす【落とす】 掉下；弄掉

他五 グループ1

落（お）とす・落（お）とします

辭書形(基本形) 掉下	おとす	たり形 又是掉下	おとしたり
ない形（否定形） 沒掉下	おとさない	ば形（條件形） 掉落的話	おとせば
なかった形（過去否定形） 過去沒掉下	おとさなかった	させる形（使役形） 使掉下	おとさせる
ます形（連用形） 掉下	おとします	られる形（被動形） 被弄掉	おとされる
て形 掉下	おとして	命令形 快弄掉	おとせ
た形（過去形） 掉落了	おとした	可能形 會弄掉	おとせる
たら形（條件形） 掉落的話	おとしたら	う形（意向形） 弄掉吧	おとそう

△落（お）としたら割（わ）れますから、気（き）をつけて／掉下就破了，小心點！

おどる【踊る】 跳舞，舞蹈；操縱

自五 グループ1

踊（おど）る・踊（おど）ります

辭書形(基本形) 跳舞	おどる	たり形 又是跳舞	おどったり
ない形（否定形） 沒跳舞	おどらない	ば形（條件形） 跳舞的話	おどれば
なかった形（過去否定形） 過去沒跳舞	おどらなかった	させる形（使役形） 使跳舞	おどらせる
ます形（連用形） 跳舞	おどります	られる形（被動形） 被操縱	おどられる
て形 跳舞	おどって	命令形 快跳舞	おどれ
た形（過去形） 跳了舞	おどった	可能形 可以跳舞	おどれる
たら形（條件形） 跳舞的話	おどったら	う形（意向形） 跳舞吧	おどろう

△私（わたし）はタンゴが踊（おど）れます／我會跳探戈舞。

おどろく【驚く】 驚嚇，吃驚，驚奇

自五 グループ1

驚く・驚きます

辭書形(基本形) 吃驚	おどろく	たり形 又是吃驚	おどろいたり
ない形（否定形） 沒吃驚	おどろかない	ば形（條件形） 吃驚的話	おどろけば
なかった形（過去否定形） 過去沒吃驚	おどろかなかった	させる形（使役形） 使吃驚	おどろかせる
ます形（連用形） 吃驚	おどろきます	られる形（被動形） 被嚇到	おどろかれる
て形 吃驚	おどろいて	命令形 快吃驚	おどろけ
た形（過去形） 吃了一驚	おどろいた	可能形 會吃驚	おどろける
たら形（條件形） 吃驚的話	おどろいたら	う形（意向形） 吃驚吧	おどろこう

△彼にはいつも、驚かされる／我總是被他嚇到。

おもいだす【思い出す】 想起來，回想

他五 グループ1

思い出す・思い出します

辭書形(基本形) 想起來	おもいだす	たり形 又是想起	おもいだしたり
ない形（否定形） 沒想起來	おもいださない	ば形（條件形） 想起來的話	おもいだせば
なかった形（過去否定形） 過去沒想起來	おもいださなかった	させる形（使役形） 使想起來	おもいださせる
ます形（連用形） 想起來	おもいだします	られる形（被動形） 被想起來	おもいだされる
て形 想起來	おもいだして	命令形 快想起來	おもいだせ
た形（過去形） 想了起來	おもいだした	可能形 可以想起來	おもいだせる
たら形（條件形） 想起來的話	おもいだしたら	う形（意向形） 想起來吧	おもいだそう

△明日は休みだということを思い出した／我想起明天是放假。

おもう【思う】 想，思考；覺得；相信；猜想；感覺；懷念 他五 グループ1

思う・思います

辭書形(基本形) 覺得	おもう	たり形 又是覺得	おもったり
ない形（否定形） 不認為	おもわない	ば形（條件形） 認為的話	おもえば
なかった形（過去否定形） 過去沒覺得	おもわなかった	させる形（使役形） 使覺得	おもわせる
ます形（連用形） 覺得	おもいます	られる形（被動形） 被懷念	おもわれる
て形 覺得	おもって	命令形 快覺得	おもえ
た形（過去形） 思考了	おもった	可能形 會覺得	おもえる
たら形（條件形） 認為的話	おもったら	う形（意向形） 思考吧	おもおう

△悪かったと思うなら、謝りなさい／如果覺得自己不對，就去賠不是。

おりる【下りる・降りる】 下來；下車；退位 自上一 グループ2

降りる・降ります

辭書形(基本形) 下來	おりる	たり形 又是下來	おりたり
ない形（否定形） 沒下來	おりない	ば形（條件形） 下來的話	おりれば
なかった形（過去否定形） 過去沒下來	おりなかった	させる形（使役形） 使下來	おりさせる
ます形（連用形） 下來	おります	られる形（被動形） 被弄下來	おりられる
て形 下來	おりて	命令形 快下來	おりろ
た形（過去形） 下來了	おりた	可能形 可以下來	おりられる
たら形（條件形） 下來的話	おりたら	う形（意向形） 下來吧	おりよう

△この階段は下りやすい／這個階梯很好下。

おる【折る】 摺疊；折斷

他五 グループ1

折る・折ります

辭書形(基本形) 折斷	おる	たり形 又是折斷	おったり
ない形（否定形） 沒折斷	おらない	ば形（條件形） 折斷的話	おれば
なかった形（過去否定形） 過去沒折斷	おらなかった	させる形（使役形） 使折斷	おらせる
ます形（連用形） 折斷	おります	られる形（被動形） 被折斷	おられる
て形 折斷	おって	命令形 快折斷	おれ
た形（過去形） 折斷了	おった	可能形 可以折斷	おれる
たら形（條件形） 折斷的話	おったら	う形（意向形） 折斷吧	おろう

△公園の花を折ってはいけません／不可以採摘公園裡的花。

おる【居る】 在，存在；有（「いる」的謙讓語）

自五 グループ1

居る・居ります

辭書形(基本形) 在	おる	たり形 又是在	おったり
ない形（否定形） 不在	おらない	ば形（條件形） 在的話	おれば
なかった形（過去否定形） 過去不在	おらなかった	させる形（使役形） 使存在	おらせる
ます形（連用形） 在	おります	られる形（被動形） 被存在	おられる
て形 在	おって	命令形 在	おれ
た形（過去形） 在了	おった	可能形 會在	おれる
たら形（條件形） 在的話	おったら	う形（意向形） 在吧	おろう

△本日は18時まで会社におります／今天我會待在公司，一直到下午六點。

おれる【折れる】 折彎；折斷；拐彎；屈服

自下一 グループ2

折れる・折れます

辭書形(基本形) 折彎	おれる	たり形 又是折彎	おれたり
ない形（否定形） 沒折彎	おれない	ば形（條件形） 折彎的話	おれれば
なかった形（過去否定形） 過去沒折彎	おれなかった	させる形（使役形） 使折彎	おれさせる
ます形（連用形） 折彎	おれます	られる形（被動形） 被折彎	おれられる
て形 折彎	おれて	命令形 快折彎	おれろ
た形（過去形） 折彎了	おれた	可能形	———
たら形（條件形） 折彎的話	おれたら	う形（意向形） 折彎吧	おれよう

△台風で、枝が折れるかもしれない／樹枝或許會被颱風吹斷。

かえる【変える】 改變；變更

他下一 グループ2

変える・変えます

辭書形(基本形) 改變	かえる	たり形 又是改變	かえたり
ない形（否定形） 沒改變	かえない	ば形（條件形） 改變的話	かえれば
なかった形（過去否定形） 過去沒改變	かえなかった	させる形（使役形） 使改變	かえさせる
ます形（連用形） 改變	かえます	られる形（被動形） 被改變	かえられる
て形 改變	かえて	命令形 快改變	かえろ
た形（過去形） 改變了	かえた	可能形 會改變	かえられる
たら形（條件形） 改變的話	かえたら	う形（意向形） 改變吧	かえよう

△がんばれば、人生を変えることもできるのだ／
只要努力，人生也可以改變的。

かける【欠ける】 缺損；缺少

自下一 グループ2

欠(か)ける・欠(か)けます

辭書形(基本形) 缺少	かける	たり形 又是缺少	かけたり
ない形（否定形) 沒缺少	かけない	ば形（條件形) 缺少的話	かければ
なかった形（過去否定形) 過去沒缺少	かけなかった	させる形（使役形) 使缺少	かけさせる
ます形（連用形) 缺少	かけます	られる形（被動形) 被缺損	かけられる
て形 缺少	かけて	命令形 快缺少	かけろ
た形（過去形) 缺少了	かけた	可能形	――――
たら形（條件形) 缺少的話	かけたら	う形（意向形) 缺少吧	かけよう

△メンバーが一人(ひとり)欠(か)けたままだ／成員一直缺少一個人。

かける【駆ける・駈ける】 奔跑，快跑

自下一 グループ2

駆(か)ける・駆(か)けます

辭書形(基本形) 奔跑	かける	たり形 又是奔跑	かけたり
ない形（否定形) 沒奔跑	かけない	ば形（條件形) 奔跑的話	かければ
なかった形（過去否定形) 過去沒奔跑	かけなかった	させる形（使役形) 使奔跑	かけさせる
ます形（連用形) 奔跑	かけます	られる形（被動形) 被跑	かけられる
て形 奔跑	かけて	命令形 快跑	かけろ
た形（過去形) 跑了	かけた	可能形 會跑	かけられる
たら形（條件形) 奔跑的話	かけたら	う形（意向形) 跑吧	かけよう

△うちから駅(えき)までかけたので、疲(つか)れてしまった／從家裡跑到車站，所以累壞了。

かける【掛ける】 懸掛；坐；蓋上；放在…之上；提交；澆；開動；花費；寄託；鎖上；（數學）乘；使…負擔（如給人添麻煩）

掛(か)ける・掛(か)けます

辭書形(基本形) 坐下	かける	たり形 又是坐下	かけたり
ない形（否定形） 沒坐下	かけない	ば形（條件形） 坐下的話	かければ
なかった形（過去否定形） 過去沒坐下	かけなかった	させる形（使役形） 使坐下	かけさせる
ます形（連用形） 坐下	かけます	られる形（被動形） 被花費	かけられる
て形 坐下	かけて	命令形 快坐下	かけろ
た形（過去形） 坐下了	かけた	可能形 能坐下	かけられる
たら形（條件形） 坐下的話	かけたら	う形（意向形） 坐下吧	かけよう

△椅子(いす)に掛(か)けて話(はなし)をしよう／讓我們坐下來講吧！

かざる【飾る】 擺飾，裝飾；粉飾，潤色

他五 グループ1

飾(かざ)る・飾(かざ)ります

辭書形(基本形) 擺飾	かざる	たり形 又是擺飾	かざったり
ない形（否定形） 沒擺飾	かざらない	ば形（條件形） 擺飾的話	かざれば
なかった形（過去否定形） 過去沒擺飾	かざらなかった	させる形（使役形） 使擺飾	かざらせる
ます形（連用形） 擺飾	かざります	られる形（被動形） 被擺飾	かざられる
て形 擺飾	かざって	命令形 快擺飾	かざれ
た形（過去形） 擺飾了	かざった	可能形 可以擺飾	かざれる
たら形（條件形） 擺飾的話	かざったら	う形（意向形） 擺飾吧	かざろう

△花(はな)をそこにそう飾(かざ)るときれいですね／花像那樣擺在那裡，就很漂亮了。

かたづける【片付ける】 收拾，打掃；解決

他下一　グループ2

片付ける・片付けます

辭書形(基本形) 收拾	かたづける	たり形 又是收拾	かたづけたり
ない形（否定形） 沒收拾	かたづけない	ば形（條件形） 收拾的話	かたづければ
なかった形（過去否定形） 過去沒收拾	かたづけなかった	させる形（使役形） 使收拾	かたづけさせる
ます形（連用形） 收拾	かたづけます	られる形（被動形） 被收拾	かたづけられる
て形 收拾	かたづけて	命令形 快收拾	かたづけろ
た形（過去形） 收拾了	かたづけた	可能形 可以收拾	かたづけられる
たら形（條件形） 收拾的話	かたづけたら	う形（意向形） 收拾吧	かたづけよう

△教室を片付けようとしていたら、先生が来た／正打算整理教室的時候，老師就來了。

かつ【勝つ】 贏，勝利；克服

自五　グループ1

勝つ・勝ちます

辭書形(基本形) 勝利	かつ	たり形 又是勝利	かったり
ない形（否定形） 沒勝利	かたない	ば形（條件形） 勝利的話	かてば
なかった形（過去否定形） 過去沒勝利	かたなかった	させる形（使役形） 使贏	かたせる
ます形（連用形） 勝利	かちます	られる形（被動形） 被贏	かたれる
て形 勝利	かって	命令形 快贏	かて
た形（過去形） 勝利了	かった	可能形 會贏	かてる
たら形（條件形） 勝利的話	かったら	う形（意向形） 贏吧	かとう

△試合に勝ったら、100万円やろう／如果比賽贏了，就給你一百萬日圓。

かまう【構う】 在意，理會；逗弄

自他五　グループ1

構う・構います

辭書形(基本形) 理會	かまう	たり形 又是理會	かまったり
ない形（否定形） 沒理會	かまわない	ば形（條件形） 理會的話	かまえば
なかった形（過去否定形） 過去沒理會	かまわなかった	させる形（使役形） 使在意	かまわせる
ます形（連用形） 理會	かまいます	られる形（被動形） 被理會	かまわれる
て形 理會	かまって	命令形 在意	かまえ
た形（過去形） 理會了	かまった	可能形 會在意	かまえる
たら形（條件形） 理會的話	かまったら	う形（意向形） 在意吧	かまおう

△あんな男（おとこ）にはかまうな／不要理會那種男人。

かむ【噛む】 咬

他五　グループ1

噛む・噛みます

辭書形(基本形) 咬	かむ	たり形 又是咬	かんだり
ない形（否定形） 沒咬	かまない	ば形（條件形） 咬的話	かめば
なかった形（過去否定形） 過去沒咬	かまなかった	させる形（使役形） 使咬	かませる
ます形（連用形） 咬	かみます	られる形（被動形） 被咬	かまれる
て形 咬	かんで	命令形 快咬	かめ
た形（過去形） 咬了	かんだ	可能形 可以咬	かめる
たら形（條件形） 咬的話	かんだら	う形（意向形） 咬吧	かもう

△犬（いぬ）にかまれました／被狗咬了。

かよう【通う】 來往，往來（兩地間）；通連，相通；流通

自五 グループ1

通う・通います

辭書形（基本形） 來往	かよう	たり形 又是來往	かよったり
ない形（否定形） 沒來往	かよわない	ば形（條件形） 來往的話	かよえば
なかった形（過去否定形） 過去沒來往	かよわなかった	させる形（使役形） 使來往	かよわせる
ます形（連用形） 來往	かよいます	られる形（被動形） 被流通	かよわれる
て形 來往	かよって	命令形 快來往	かよえ
た形（過去形） 來往了	かよった	可能形 可以來往	かよえる
たら形（條件形） 來往的話	かよったら	う形（意向形） 來往吧	かよおう

△学校に通うことができて、まるで夢を見ているようだ／
能夠上學，簡直像作夢一樣。

かわく【乾く】 乾；口渴

自五 グループ1

乾く・乾きます

辭書形（基本形） 口渴	かわく	たり形 又是口渴	かわいたり
ない形（否定形） 沒口渴	かわかない	ば形（條件形） 口渴的話	かわけば
なかった形（過去否定形） 過去沒口渴	かわかなかった	させる形（使役形） 使乾	かわかせる
ます形（連用形） 口渴	かわきます	られる形（被動形） 被弄乾	かわかれる
て形 口渴	かわいて	命令形 快乾	かわけ
た形（過去形） 口渴了	かわいた	可能形	———
たら形（條件形） 口渴的話	かわいたら	う形（意向形） 乾吧	かわこう

△洗濯物が、そんなに早く乾くはずがありません／
洗好的衣物，不可能那麼快就乾。

かわる【変わる】 變化，改變；奇怪；與眾不同

自五 グループ1

変(か)わる・変(か)わります

辭書形(基本形) 變化	かわる	たり形 又是變化	かわったり
ない形（否定形) 沒變化	かわらない	ば形（條件形) 變化的話	かわれば
なかった形（過去否定形) 過去沒變化	かわらなかった	させる形（使役形) 使變化	かわらせる
ます形（連用形) 變化	かわります	られる形（被動形) 被改變	かわられる
て形 變化	かわって	命令形 快變化	かわれ
た形（過去形) 變化了	かわった	可能形 會變化	かわれる
たら形（條件形) 變化的話	かわったら	う形（意向形) 變吧	かわろう

△彼(かれ)は、考(かんが)えが変(か)わったようだ／他的想法好像變了。

かんがえる【考える】 想，思考；考慮；認為

他下一 グループ2

考(かんが)える・考(かんが)えます

辭書形(基本形) 思考	かんがえる	たり形 又是思考	かんがえたり
ない形（否定形) 沒思考	かんがえない	ば形（條件形) 思考的話	かんがえれば
なかった形（過去否定形) 過去沒思考	かんがえなかった	させる形（使役形) 使思考	かんがえさせる
ます形（連用形) 思考	かんがえます	られる形（被動形) 被認為	かんがえられる
て形 思考	かんがえて	命令形 快思考	かんがえろ
た形（過去形) 思考了	かんがえた	可能形 能思考	かんがえられる
たら形（條件形) 思考的話	かんがえたら	う形（意向形) 思考吧	かんがえよう

△その問題(もんだい)は、彼(かれ)に考(かんが)えさせます／我讓他想那個問題。

がんばる【頑張る】 努力，加油；堅持

自五 グループ1

頑張る・頑張ります

辭書形(基本形) 努力	がんばる	たり形 又是努力	がんばったり
ない形（否定形） 不努力	がんばらない	ば形（條件形） 努力的話	がんばれば
なかった形（過去否定形） 過去沒努力	がんばらなかった	させる形（使役形） 使努力	がんばらせる
ます形（連用形） 努力	がんばります	られる形（被動形） 被挺	がんばられる
て形 努力	がんばって	命令形 快努力	がんばれ
た形（過去形） 努力了	がんばった	可能形 會努力	がんばれる
たら形（條件形） 努力的話	がんばったら	う形（意向形） 努力吧	がんばろう

△父に、合格するまでがんばれと言われた／父親要我努力，直到考上為止。

きこえる【聞こえる】 聽得見，能聽到；聽起來像是…；聞名

自下一 グループ2

聞こえる・聞こえます

辭書形(基本形) 聽得見	きこえる	たり形 又是聽得見	きこえたり
ない形（否定形） 沒聽得見	きこえない	ば形（條件形） 聽得見的話	きこえれば
なかった形（過去否定形） 過去沒聽得見	きこえなかった	させる形（使役形） 使聽得見	きこえさせる
ます形（連用形） 聽得見	きこえます	られる形（被動形） 被聽見	きこえられる
て形 聽得見	きこえて	命令形 快聽見	きこえろ
た形（過去形） 聽得見了	きこえた	可能形	――
たら形（條件形） 聽得見的話	きこえたら	う形（意向形） 聽得見吧	きこえよう

△電車の音が聞こえてきました／聽到電車的聲音了。

きまる【決まる】 決定；規定；決定勝負

自五 グループ1

決まる・決まります

辭書形(基本形) 決定	きまる	たり形 又是決定	きまったり
ない形 (否定形) 沒決定	きまらない	ば形 (條件形) 決定的話	きまれば
なかった形 (過去否定形) 過去沒決定	きまらなかった	させる形 (使役形) 使決定	きまらせる
ます形 (連用形) 決定	きまります	られる形 (被動形) 被決定	きまられる
て形 決定	きまって	命令形 快決定	きまれ
た形 (過去形) 決定了	きまった	可能形	――――
たら形 (條件形) 決定的話	きまったら	う形 (意向形) 決定吧	きまろう

△先生が来るかどうか、まだ決まっていません／老師還沒決定是否要來。

きめる【決める】 決定；規定；認定

他下一 グループ2

決める・決めます

辭書形(基本形) 決定	きめる	たり形 又是決定	きめたり
ない形 (否定形) 沒決定	きめない	ば形 (條件形) 決定的話	きめれば
なかった形 (過去否定形) 過去沒決定	きめなかった	させる形 (使役形) 使決定	きめさせる
ます形 (連用形) 決定	きめます	られる形 (被動形) 被決定	きめられる
て形 決定	きめて	命令形 快決定	きめろ
た形 (過去形) 決定了	きめた	可能形 會決定	きめられる
たら形 (條件形) 決定的話	きめたら	う形 (意向形) 決定吧	きめよう

△予定をこう決めました／行程就這樣決定了。

くださる【下さる】 給，給予，授予（「くれる」的尊敬語） 他五 グループ1

くださる・くださいます

形		形	
辭書形(基本形) 給予	くださる	たり形 又是給	くださったり
ない形（否定形） 不給	くださらない	ば形（條件形） 給的話	くだされば
なかった形（過去否定形） 過去沒給	くださらなかった	させる形（使役形） 使給	くださせる
ます形（連用形） 給予	くださいます	られる形（被動形） 被授予	くだされる
て形 給予	くださって	命令形 快給	くだされ
た形（過去形） 給了	くださった	可能形	———
たら形（條件形） 給的話	くださったら	う形（意向形） 給吧	くださろう

△先生が、今本をくださったところです／老師剛把書給我。

くらべる【比べる】 比較 他下一 グループ2

比べる・比べます

形		形	
辭書形(基本形) 比較	くらべる	たり形 又是比較	くらべたり
ない形（否定形） 沒比較	くらべない	ば形（條件形） 比較的話	くらべれば
なかった形（過去否定形） 過去沒比較	くらべなかった	させる形（使役形） 使比較	くらべさせる
ます形（連用形） 比較	くらべます	られる形（被動形） 被比較	くらべられる
て形 比較	くらべて	命令形 快比較	くらべろ
た形（過去形） 比較了	くらべた	可能形 會比較	くらべられる
たら形（條件形） 比較的話	くらべたら	う形（意向形） 比較吧	くらべよう

△妹と比べると、姉の方がやっぱり美人だ／跟妹妹比起來，姊姊果然是美女。

くれる【呉れる】 給我

他下一 グループ2

くれる・くれます

辭書形(基本形) 給我	くれる	たり形 又是給我	くれたり
ない形 (否定形) 沒給我	くれない	ば形 (條件形) 給我的話	くれれば
なかった形 (過去否定形) 過去沒給我	くれなかった	させる形 (使役形) 使給我	くれさせる
ます形 (連用形) 給我	くれます	られる形 (被動形)	――
て形 給我	くれて	命令形 快給我	くれ
た形 (過去形) 給我了	くれた	可能形	――
たら形 (條件形) 給我的話	くれたら	う形 (意向形) 給我吧	くれよう

△そのお金(かね)を私(わたし)にくれ／那筆錢給我。

くれる【暮れる】 日暮，天黑；到了尾聲，年終；沉浸於…

自下一 グループ2

暮(く)れる・暮(く)れます

辭書形(基本形) 天黑	くれる	たり形 又是天黑	くれたり
ない形 (否定形) 沒天黑	くれない	ば形 (條件形) 天黑的話	くれれば
なかった形 (過去否定形) 過去沒天黑	くれなかった	させる形 (使役形) 使天黑	くれさせる
ます形 (連用形) 天黑	くれます	られる形 (被動形) 被沉浸於…	くれられる
て形 天黑	くれて	命令形 快天黑	くれろ
た形 (過去形) 天黑了	くれた	可能形	――
たら形 (條件形) 天黑的話	くれたら	う形 (意向形) 天黑吧	くれよう

△日(ひ)が暮(く)れたのに、子(こ)どもたちはまだ遊(あそ)んでいる／
天都黑了，孩子們卻還在玩。

N4 く くれる・くれる

ごらんになる【ご覧になる】 看，閱讀（尊敬語） 他五 グループ1

ご覧（らん）になる・ご覧（らん）になります

辭書形(基本形) 閱讀	ごらんになる	たり形 又是閱讀	ごらんになったり
ない形（否定形) 沒閱讀	ごらんにならない	ば形（條件形) 閱讀的話	ごらんになれば
なかった形（過去否定形) 過去沒閱讀	ごらんにならなかった	させる形（使役形) 使閱讀	ごらんにならせる
ます形（連用形) 閱讀	ごらんになります	られる形（被動形) 被閱讀	ごらんになられる
て形 閱讀	ごらんになって	命令形	————
た形（過去形) 閱讀了	ごらんになった	可能形 可以閱讀	ごらんになれる
たら形（條件形) 閱讀的話	ごらんになったら	う形（意向形) 閱讀吧	ごらんになろう

△ここから、富士山（ふじさん）をごらんになることができます／從這裡可以看到富士山。

こわす【壊す】 弄碎；破壞；兌換 他五 グループ1

壊（こわ）す・壊（こわ）します

辭書形(基本形) 弄碎	こわす	たり形 又是弄碎	こわしたり
ない形（否定形) 沒弄碎	こわさない	ば形（條件形) 弄碎的話	こわせば
なかった形（過去否定形) 過去沒弄碎	こわさなかった	させる形（使役形) 使弄碎	こわさせる
ます形（連用形) 弄碎	こわします	られる形（被動形) 被弄碎	こわされる
て形 弄碎	こわして	命令形 快弄碎	こわせ
た形（過去形) 弄碎了	こわした	可能形 會弄碎	こわせる
たら形（條件形) 弄碎的話	こわしたら	う形（意向形) 弄碎吧	こわそう

△コップを壊（こわ）してしまいました／摔破杯子了。

こわれる【壊れる】 壞掉，損壞；故障

自下一 グループ2

壊（こわ）れる・壊（こわ）れます

辭書形(基本形) 損壞	こわれる	たり形 又是損壞	こわれたり
ない形（否定形） 沒損壞	こわれない	ば形（條件形） 損壞的話	こわれれば
なかった形（過去否定形） 過去沒損壞	こわれなかった	させる形（使役形） 使損壞	こわれさせる
ます形（連用形） 損壞	こわれます	られる形（被動形） 被弄壞	こわれられる
て形 損壞	こわれて	命令形 快弄壞	こわれろ
た形（過去形） 損壞了	こわれた	可能形	———
たら形（條件形） 損壞的話	こわれたら	う形（意向形） 弄壞吧	こわれよう

△台風（たいふう）で、窓（まど）が壊（こわ）れました／窗戶因颱風，而壞掉了。

さがす【探す・捜す】 尋找，找尋

他五 グループ1

探（さが）す・探（さが）します

辭書形(基本形) 尋找	さがす	たり形 又是尋找	さがしたり
ない形（否定形） 沒尋找	さがさない	ば形（條件形） 尋找的話	さがせば
なかった形（過去否定形） 過去沒尋找	さがさなかった	させる形（使役形） 使尋找	さがさせる
ます形（連用形） 尋找	さがします	られる形（被動形） 被搜尋	さがされる
て形 尋找	さがして	命令形 快尋找	さがせ
た形（過去形） 尋找了	さがした	可能形 可以尋找	さがせる
たら形（條件形） 尋找的話	さがしたら	う形（意向形） 尋找吧	さがそう

△彼（かれ）が財布（さいふ）をなくしたので、一緒（いっしょ）に探（さが）してやりました／他的錢包不見了，所以一起幫忙尋找。

N4 さ さがる・さげる

さがる【下がる】下降；下垂；降低（價格、程度、溫度等）；衰退　自五　グループ1

下がる・下がります

辭書形(基本形) 下降	さがる	たり形 又是下降	さがったり
ない形（否定形） 沒下降	さがらない	ば形（條件形） 下降的話	さがれば
なかった形（過去否定形） 過去沒下降	さがらなかった	させる形（使役形） 使下降	さがらせる
ます形（連用形） 下降	さがります	られる形（被動形） 被下降	さがられる
て形 下降	さがって	命令形 快下降	さがれ
た形（過去形） 下降了	さがった	可能形 會下降	さがれる
たら形（條件形） 下降的話	さがったら	う形（意向形） 下降吧	さがろう

△気温が下がる／氣溫下降。

さげる【下げる】降低，向下；掛；躲開；整理，收拾　他下一　グループ2

下げる・下げます

辭書形(基本形) 降低	さげる	たり形 又是降低	さげたり
ない形（否定形） 沒降低	さげない	ば形（條件形） 降低的話	さげれば
なかった形（過去否定形） 過去沒降低	さげなかった	させる形（使役形） 使降低	さげさせる
ます形（連用形） 降低	さげます	られる形（被動形） 被降低	さげられる
て形 降低	さげて	命令形 快降低	さげろ
た形（過去形） 降低了	さげた	可能形 會降低	さげられる
たら形（條件形） 降低的話	さげたら	う形（意向形） 降低吧	さげよう

△飲み終わったら、コップを下げます／一喝完了，杯子就會收走。

さしあげる【差し上げる】給（「あげる」的謙讓語） 他下一 グループ2

差し上げる・差し上げます

辭書形(基本形) 給	さしあげる	たり形 又是給	さしあげたり
ない形（否定形） 沒給	さしあげない	ば形（條件形） 給的話	さしあげれば
なかった形（過去否定形） 過去沒給	さしあげなかった	させる形（使役形） 使給	さしあげさせる
ます形（連用形） 給	さしあげます	られる形（被動形） 被贈予	さしあげられる
て形 給	さしあげて	命令形 快給	さしあげろ
た形（過去形） 給了	さしあげた	可能形 會給	さしあげられる
たら形（條件形） 給的話	さしあげたら	う形（意向形） 給吧	さしあげよう

△差し上げた薬を、毎日お飲みになってください／開給您的藥，請每天服用。

さわぐ【騒ぐ】吵鬧，喧囂；慌亂，慌張；激動 自五 グループ1

騒ぐ・騒ぎます

辭書形(基本形) 吵鬧	さわぐ	たり形 又是吵鬧	さわいだり
ない形（否定形） 沒吵鬧	さわがない	ば形（條件形） 吵鬧的話	さわげば
なかった形（過去否定形） 過去沒吵鬧	さわがなかった	させる形（使役形） 使吵鬧	さわがせる
ます形（連用形） 吵鬧	さわぎます	られる形（被動形） 被吵	さわがれる
て形 吵鬧	さわいで	命令形 快吵	さわげ
た形（過去形） 吵了	さわいだ	可能形 可以吵	さわげる
たら形（條件形） 吵鬧的話	さわいだら	う形（意向形） 吵吧	さわごう

△教室で騒いでいるのは、誰なの／是誰在教室吵鬧呀？

さわる【触る】 碰觸，觸摸；接觸；觸怒，觸犯

自五 グループ1

触る・触ります

辭書形(基本形) 碰觸	さわる	たり形 又是碰觸	さわったり
ない形（否定形） 沒碰觸	さわらない	ば形（條件形） 碰觸的話	さわれば
なかった形（過去否定形） 過去沒碰觸	さわらなかった	させる形（使役形） 使碰觸	さわらせる
ます形（連用形） 碰觸	さわります	られる形（被動形） 被碰觸	さわられる
て形 碰觸	さわって	命令形 快碰觸	さわれ
た形（過去形） 碰觸了	さわった	可能形 可以碰觸	さわれる
たら形（條件形） 碰觸的話	さわったら	う形（意向形） 碰觸吧	さわろう

△このボタンには、絶対触ってはいけない／絕對不可觸摸這個按紐。

しかる【叱る】 責備，責罵

他五 グループ1

叱る・叱ります

辭書形(基本形) 責備	しかる	たり形 又是責備	しかったり
ない形（否定形） 沒責備	しからない	ば形（條件形） 責備的話	しかれば
なかった形（過去否定形） 過去沒責備	しからなかった	させる形（使役形） 使責備	しからせる
ます形（連用形） 責備	しかります	られる形（被動形） 被責備	しかられる
て形 責備	しかって	命令形 快責備	しかれ
た形（過去形） 責備了	しかった	可能形 會責備	しかれる
たら形（條件形） 責備的話	しかったら	う形（意向形） 責備吧	しかろう

△子どもをああしかっては、かわいそうですよ／
把小孩罵成那樣，就太可憐了。

しらせる【知らせる】 通知，讓對方知道

他下一 グループ2

知らせる・知らせます

辭書形(基本形) 通知	しらせる	たり形 又是通知	しらせたり
ない形（否定形) 沒通知	しらせない	ば形（條件形) 通知的話	しらせれば
なかった形（過去否定形) 過去沒通知	しらせなかった	させる形（使役形) 使通知	しらせさせる
ます形（連用形) 通知	しらせます	られる形（被動形) 被通知	しらせられる
て形 通知	しらせて	命令形 快通知	しらせろ
た形（過去形) 通知了	しらせた	可能形 會通知	しらせられる
たら形（條件形) 通知的話	しらせたら	う形（意向形) 通知吧	しらせよう

△このニュースを彼に知らせてはいけない／這個消息不可以讓他知道。

しらべる【調べる】 查閱，調查；檢查；搜查

他下一 グループ2

調べる・調べます

辭書形(基本形) 查閱	しらべる	たり形 又是查閱	しらべたり
ない形（否定形) 沒查閱	しらべない	ば形（條件形) 查閱的話	しらべれば
なかった形（過去否定形) 過去沒查閱	しらべなかった	させる形（使役形) 使查閱	しらべさせる
ます形（連用形) 查閱	しらべます	られる形（被動形) 被查閱	しらべられる
て形 查閱	しらべて	命令形 快查閱	しらべろ
た形（過去形) 查閱了	しらべた	可能形 可以查閱	しらべられる
たら形（條件形) 查閱的話	しらべたら	う形（意向形) 查閱吧	しらべよう

△出かける前に電車の時間を調べておいた／出門前先查了電車的時刻表。

すぎる【過ぎる】 超過；過於；經過

自上一 グループ2

過(す)ぎる・過(す)ぎます

辭書形(基本形) 超過	すぎる	たり形 又是超過	すぎたり
ない形（否定形） 沒超過	すぎない	ば形（條件形） 超過的話	すぎれば
なかった形（過去否定形） 過去沒超過	すぎなかった	させる形（使役形） 使超過	すぎさせる
ます形（連用形） 超過	すぎます	られる形（被動形） 被超過	すぎられる
て形 超過	すぎて	命令形 快超過	すぎろ
た形（過去形） 超過了	すぎた	可能形 可以超過	すぎられる
たら形（條件形） 超過的話	すぎたら	う形（意向形） 超過吧	すぎよう

△そんなにいっぱいくださったら、多(おお)すぎます／您給我那麼大的量，真的太多了。

すく【空く】 飢餓；空間中的人或物的數量減少，變少；空缺

自五 グループ1

空(す)く・空(す)きます

辭書形(基本形) 飢餓	すく	たり形 又是餓	すいたり
ない形（否定形） 沒餓	すかない	ば形（條件形） 飢餓的話	すけば
なかった形（過去否定形） 過去沒餓	すかなかった	させる形（使役形） 使飢餓	すかせる
ます形（連用形） 飢餓	すきます	られる形（被動形） 被空缺	すかれる
て形 飢餓	すいて	命令形 快餓	すけ
た形（過去形） 餓了	すいた	可能形	———
たら形（條件形） 飢餓的話	すいたら	う形（意向形） 飢餓吧	すこう

△おなかもすいたし、のどもかわきました／肚子也餓了，口也渴了。

すすむ【進む】 進展，前進；上升（級別等）；進步；（鐘）快；引起食慾 自五 グループ1

進む・進みます

辭書形(基本形) 前進	すすむ	たり形 又是前進	すすんだり
ない形（否定形） 沒前進	すすまない	ば形（條件形） 前進的話	すすめば
なかった形（過去否定形） 過去沒前進	すすまなかった	させる形（使役形） 使前進	すすませる
ます形（連用形） 前進	すすみます	られる形（被動形） 被增進	すすまれる
て形 前進	すすんで	命令形 快前進	すすめ
た形（過去形） 前進了	すすんだ	可能形 可以前進	すすめる
たら形（條件形） 前進的話	すすんだら	う形（意向形） 前進吧	すすもう

△敵が強すぎて、彼らは進むことも戻ることもできなかった／敵人太強了，讓他們陷入進退兩難的局面。

すてる【捨てる】 丟掉，拋棄；放棄 他下一 グループ2

捨てる・捨てます

辭書形(基本形) 丟掉	すてる	たり形 又是丟掉	すてたり
ない形（否定形） 沒丟掉	すてない	ば形（條件形） 丟掉的話	すてれば
なかった形（過去否定形） 過去沒丟掉	すてなかった	させる形（使役形） 使丟掉	すてさせる
ます形（連用形） 丟掉	すてます	られる形（被動形） 被丟掉	すてられる
て形 丟掉	すてて	命令形 快丟掉	すてろ
た形（過去形） 丟掉了	すてた	可能形 可以丟掉	すてられる
たら形（條件形） 丟掉的話	すてたら	う形（意向形） 丟掉吧	すてよう

△いらないものは、捨ててしまってください／不要的東西，請全部丟掉。

すべる【滑る】滑（倒）；滑動；（手）滑；不及格，落榜；下跌 自五 グループ1

滑る・滑ります

辭書形(基本形) 滑	すべる	たり形 又是滑	すべったり
ない形（否定形） 不滑	すべらない	ば形（條件形） 滑的話	すべれば
なかった形（過去否定形） 過去不滑	すべらなかった	させる形（使役形） 使滑	すべらせる
ます形（連用形） 滑	すべります	られる形（被動形） 被滑落	すべられる
て形 滑	すべって	命令形 快滑	すべれ
た形（過去形） 滑了	すべった	可能形 會滑	すべれる
たら形（條件形） 滑的話	すべったら	う形（意向形） 滑吧	すべろう

△この道は、雨の日はすべるらしい／這條路，下雨天好像很滑。

すむ【済む】（事情）完結，結束；過得去，沒問題；（問題）解決，（事情）了結 自五 グループ1

済む・済みます

辭書形(基本形) 結束	すむ	たり形 又是結束	すんだり
ない形（否定形） 沒結束	すまない	ば形（條件形） 結束的話	すめば
なかった形（過去否定形） 過去沒結束	すまなかった	させる形（使役形） 使結束	すませる
ます形（連用形） 結束	すみます	られる形（被動形） 被結束	すまれる
て形 結束	すんで	命令形 快結束	すめ
た形（過去形） 結束了	すんだ	可能形	――
たら形（條件形） 結束的話	すんだら	う形（意向形） 結束吧	すもう

△用事が済んだら、すぐに帰ってもいいよ／
要是事情辦完的話，馬上回去也沒關係喔！

そだてる【育てる】 撫育，培植；培養

他下一 グループ2

育(そだ)てる・育(そだ)てます

形	活用	形	活用
辭書形(基本形) 培植	そだてる	たり形 又是培植	そだてたり
ない形（否定形） 沒培植	そだてない	ば形（條件形） 培植的話	そだてれば
なかった形（過去否定形） 過去沒培植	そだてなかった	させる形（使役形） 使培植	そだてさせる
ます形（連用形） 培植	そだてます	られる形（被動形） 被培植	そだてられる
て形 培植	そだてて	命令形 快培植	そだてろ
た形（過去形） 培植了	そだてた	可能形 能培植	そだてられる
たら形（條件形） 培植的話	そだてたら	う形（意向形） 培植吧	そだてよう

△蘭(らん)は育(そだ)てにくいです／蘭花很難培植。

ぞんじあげる【存じ上げる】 知道（自謙語）

存(ぞん)じ上(あ)げる・存(ぞん)じ上(あ)げます

形	活用	形	活用
辭書形(基本形) 知道	ぞんじあげる	たり形 又是知道	ぞんじあげたり
ない形（否定形） 不知道	ぞんじあげない	ば形（條件形） 知道的話	ぞんじあげれば
なかった形（過去否定形） 過去不知道	ぞんじあげなかった	させる形（使役形） 使知道	ぞんじあげさせる
ます形（連用形） 知道	ぞんじあげます	られる形（被動形） 被知道	ぞんじあげられる
て形 知道	ぞんじあげて	命令形 快知道	ぞんじあげろ
た形（過去形） 知道了	ぞんじあげた	可能形 會知道	ぞんじあげられる
たら形（條件形） 知道的話	ぞんじあげたら	う形（意向形） 知道吧	ぞんじあげよう

△お名前(なまえ)は存(ぞん)じ上(あ)げております／久仰大名。

たおれる【倒れる】 倒下；垮台；死亡

自下一　グループ2

倒れる・倒れます

形	日語	形	日語
辭書形(基本形) 倒下	たおれる	たり形 又是倒下	たおれたり
ない形（否定形） 沒倒下	たおれない	ば形（條件形） 倒下的話	たおれれば
なかった形（過去否定形） 過去沒倒下	たおれなかった	させる形（使役形） 使倒下	たおれさせる
ます形（連用形） 倒下	たおれます	られる形（被動形） 被弄倒	たおれられる
て形 倒下	たおれて	命令形 快倒下	たおれろ
た形（過去形） 倒下了	たおれた	可能形	———
たら形（條件形） 倒下的話	たおれたら	う形（意向形） 倒下吧	たおれよう

△倒れにくい建物を作りました／蓋了一棟不容易倒塌的建築物。

たす【足す】 補足，增加

他五　グループ1

足す・足します

形	日語	形	日語
辭書形(基本形) 補足	たす	たり形 又是補足	たしたり
ない形（否定形） 沒補足	たさない	ば形（條件形） 補足的話	たせば
なかった形（過去否定形） 過去沒補足	たさなかった	させる形（使役形） 使補足	たさせる
ます形（連用形） 補足	たします	られる形（被動形） 被補足	たされる
て形 補足	たして	命令形 快補足	たせ
た形（過去形） 補足了	たした	可能形 可以補足	たせる
たら形（條件形） 補足的話	たしたら	う形（意向形） 補足吧	たそう

△数字を足していくと、全部で100になる／數字加起來，總共是一百。

たずねる【訪ねる】 拜訪，訪問；探訪

他下一 グループ2

訪ねる・訪ねます

形	意思	活用	形	意思	活用
辭書形(基本形)	拜訪	たずねる	たり形	又是拜訪	たずねたり
ない形（否定形）	沒拜訪	たずねない	ば形（條件形）	拜訪的話	たずねれば
なかった形（過去否定形）	過去沒拜訪	たずねなかった	させる形（使役形）	使拜訪	たずねさせる
ます形（連用形）	拜訪	たずねます	られる形（被動形）	被探訪	たずねられる
て形	拜訪	たずねて	命令形	快拜訪	たずねろ
た形（過去形）	拜訪了	たずねた	可能形	可以拜訪	たずねられる
たら形（條件形）	拜訪的話	たずねたら	う形（意向形）	拜訪吧	たずねよう

△最近は、先生を訪ねることが少なくなりました／
最近比較少去拜訪老師。

たずねる【尋ねる】 問，打聽；詢問

他下一 グループ2

尋ねる・尋ねます

形	意思	活用	形	意思	活用
辭書形(基本形)	打聽	たずねる	たり形	又是打聽	たずねたり
ない形（否定形）	沒打聽	たずねない	ば形（條件形）	打聽的話	たずねれば
なかった形（過去否定形）	過去沒打聽	たずねなかった	させる形（使役形）	使打聽	たずねさせる
ます形（連用形）	打聽	たずねます	られる形（被動形）	被打聽	たずねられる
て形	打聽	たずねて	命令形	快打聽	たずねろ
た形（過去形）	打聽了	たずねた	可能形	可以打聽	たずねられる
たら形（條件形）	打聽的話	たずねたら	う形（意向形）	打聽吧	たずねよう

△彼に尋ねたけれど、分からなかったのです／
雖然去請教過他了，但他不知道。

たてる【立てる】 立起，訂立；揚起；維持

他下一 グループ2

立(た)てる・立(た)てます

辭書形(基本形) 立起	たてる	たり形 又是立起	たてたり
ない形（否定形） 沒立起	たてない	ば形（條件形） 立起的話	たてれば
なかった形（過去否定形） 過去沒立起	たてなかった	させる形（使役形） 使立起	たてさせる
ます形（連用形） 立起	たてます	られる形（被動形） 被立起	たてられる
て形 立起	たてて	命令形 快立起	たてろ
た形（過去形） 立起了	たてた	可能形 可以立起	たてられる
たら形（條件形） 立起的話	たてたら	う形（意向形） 立起吧	たてよう

△自分(じぶん)で勉強(べんきょう)の計画(けいかく)を立(た)てることになっています／
要我自己訂定讀書計畫。

たてる【建てる】 建造

他下一 グループ2

建(た)てる・建(た)てます

辭書形(基本形) 建造	たてる	たり形 又是建造	たてたり
ない形（否定形） 沒建造	たてない	ば形（條件形） 建造的話	たてれば
なかった形（過去否定形） 過去沒建造	たてなかった	させる形（使役形） 使建造	たてさせる
ます形（連用形） 建造	たてます	られる形（被動形） 被建造	たてられる
て形 建造	たてて	命令形 快建造	たてろ
た形（過去形） 建造了	たてた	可能形 可以建造	たてられる
たら形（條件形） 建造的話	たてたら	う形（意向形） 建造吧	たてよう

△こんな家(いえ)を建(た)てたいと思(おも)います／我想蓋這樣的房子。

たのしむ【楽しむ】享受，欣賞，快樂；以…為消遣；期待，盼望 他五 グループ1

楽しむ・楽しみます

辭書形(基本形) 享受	たのしむ	たり形 又是享受	たのしんだり
ない形（否定形) 沒享受	たのしまない	ば形（條件形) 享受的話	たのしめば
なかった形（過去否定形) 過去沒享受	たのしまなかった	させる形（使役形) 使享受	たのしませる
ます形（連用形) 享受	たのしみます	られる形（被動形) 被享受	たのしまれる
て形 享受	たのしんで	命令形 快享受	たのしめ
た形（過去形) 享受了	たのしんだ	可能形 可以享受	たのしめる
たら形（條件形) 享受的話	たのしんだら	う形（意向形) 享受吧	たのしもう

△公園は桜を楽しむ人でいっぱいだ／公園裡到處都是賞櫻的人群。

たりる【足りる】足夠；可湊合 自上一 グループ2

足りる・足ります

辭書形(基本形) 足夠	たりる	たり形 又是足夠	たりたり
ない形（否定形) 沒足夠	たりない	ば形（條件形) 足夠的話	たりれば
なかった形（過去否定形) 過去沒足夠	たりなかった	させる形（使役形) 使湊足	たりさせる
ます形（連用形) 足夠	たります	られる形（被動形) 被湊足	たりられる
て形 足夠	たりて	命令形 快湊足	たりろ
た形（過去形) 足夠了	たりた	可能形	———
たら形（條件形) 足夠的話	たりたら	う形（意向形) 湊足吧	たりよう

△1万円あれば、足りるはずだ／如果有一萬日圓，應該是夠的。

N4

つ

つかまえる・つく

つかまえる【捕まえる】 逮捕，抓；握住

他下一 グループ2

捕(つか)まえる・捕(つか)まえます

辭書形(基本形) 逮捕	つかまえる	たり形 又是逮捕	つかまえたり
ない形（否定形） 沒逮捕	つかまえない	ば形（條件形） 逮捕的話	つかまえれば
なかった形（過去否定形） 過去沒逮捕	つかまえなかった	させる形（使役形） 使逮捕	つかまえさせる
ます形（連用形） 逮捕	つかまえます	られる形（被動形） 被逮捕	つかまえられる
て形 逮捕	つかまえて	命令形 快逮捕	つかまえろ
た形（過去形） 逮捕了	つかまえた	可能形 可以逮捕	つかまえられる
たら形（條件形） 逮捕的話	つかまえたら	う形（意向形） 逮捕吧	つかまえよう

△彼(かれ)が泥棒(どろぼう)ならば、捕(つか)まえなければならない／如果他是小偷，就非逮捕不可。

つく【点く】 點上，（火）點著

自五 グループ1

点(つ)く・点(つ)きます

辭書形(基本形) 點上	つく	たり形 又是點上	ついたり
ない形（否定形） 沒點上	つかない	ば形（條件形） 點上的話	つけば
なかった形（過去否定形） 過去沒點上	つかなかった	させる形（使役形） 使點上	つかせる
ます形（連用形） 點上	つきます	られる形（被動形） 被點上	つかれる
て形 點上	ついて	命令形 快點上	つけ
た形（過去形） 點上了	ついた	可能形	――
たら形（條件形） 點上的話	ついたら	う形（意向形） 點上吧	つこう

△あの家(いえ)は、昼(ひる)も電気(でんき)がついたままだ／那戶人家，白天燈也照樣點著。

つける【付ける】 裝上，附上；塗上

他下一 グループ2

付(つ)ける・付(つ)けます

辭書形(基本形) 裝上	つける	たり形 又是裝上	つけたり
ない形（否定形） 沒裝上	つけない	ば形（條件形） 裝上的話	つければ
なかった形（過去否定形） 過去沒裝上	つけなかった	させる形（使役形） 使裝上	つけさせる
ます形（連用形） 裝上	つけます	られる形（被動形） 被裝上	つけられる
て形 裝上	つけて	命令形 快裝上	つけろ
た形（過去形） 裝上了	つけた	可能形 可以裝上	つけられる
たら形（條件形） 裝上的話	つけたら	う形（意向形） 裝上吧	つけよう

△ハンドバッグに光(ひか)る飾(かざ)りを付(つ)けた／在手提包上別上了閃閃發亮的綴飾。

つける【漬ける】 浸泡；醃

他下一 グループ2

漬(つ)ける・漬(つ)けます

辭書形(基本形) 浸泡	つける	たり形 又是浸泡	つけたり
ない形（否定形） 沒浸泡	つけない	ば形（條件形） 浸泡的話	つければ
なかった形（過去否定形） 過去沒浸泡	つけなかった	させる形（使役形） 使浸泡	つけさせる
ます形（連用形） 浸泡	つけます	られる形（被動形） 被浸泡	つけられる
て形 浸泡	つけて	命令形 快浸泡	つけろ
た形（過去形） 浸泡了	つけた	可能形 可以浸泡	つけられる
たら形（條件形） 浸泡的話	つけたら	う形（意向形） 浸泡吧	つけよう

△母(はは)は、果物(くだもの)を酒(さけ)に漬(つ)けるように言(い)った／媽媽說要把水果醃在酒裡。

つける【点ける】 打開（家電類）；點燃

他下一 グループ2

点ける・点けます

形	活用	形	活用
辭書形(基本形) 打開	つける	たり形 又是打開	つけたり
ない形（否定形） 沒打開	つけない	ば形（條件形） 打開的話	つければ
なかった形（過去否定形） 過去沒打開	つけなかった	させる形（使役形） 使打開	つけさせる
ます形（連用形） 打開	つけます	られる形（被動形） 被打開	つけられる
て形 打開	つけて	命令形 快打開	つけろ
た形（過去形） 打開了	つけた	可能形 可以打開	つけられる
たら形（條件形） 打開的話	つけたら	う形（意向形） 打開吧	つけよう

△クーラーをつけるより、窓を開けるほうがいいでしょう／
與其開冷氣，不如打開窗戶來得好吧！

つたえる【伝える】 傳達，轉告；傳導

他下一 グループ2

伝える・伝えます

形	活用	形	活用
辭書形(基本形) 傳達	つたえる	たり形 又是傳達	つたえたり
ない形（否定形） 沒傳達	つたえない	ば形（條件形） 傳達的話	つたえれば
なかった形（過去否定形） 過去沒傳達	つたえなかった	させる形（使役形） 使傳達	つたえさせる
ます形（連用形） 傳達	つたえます	られる形（被動形） 被傳達	つたえられる
て形 傳達	つたえて	命令形 快傳達	つたえろ
た形（過去形） 傳達了	つたえた	可能形 可以傳達	つたえられる
たら形（條件形） 傳達的話	つたえたら	う形（意向形） 傳達吧	つたえよう

△私が忙しいということを、彼に伝えてください／請轉告他我很忙。

つづく【続く】 繼續；接連；跟著

自五 グループ1

続く・続きます

辭書形(基本形) 繼續	つづく	たり形 又是繼續	つづいたり
ない形（否定形） 沒繼續	つづかない	ば形（條件形） 繼續的話	つづけば
なかった形（過去否定形） 過去沒繼續	つづかなかった	させる形（使役形） 使繼續	つづかせる
ます形（連用形） 繼續	つづきます	られる形（被動形） 被持續	つづかれる
て形 繼續	つづいて	命令形 快繼續	つづけ
た形（過去形） 繼續了	つづいた	可能形 可以繼續	つづける
たら形（條件形） 繼續的話	つづいたら	う形（意向形） 繼續吧	つづこう

△雨は来週も続くらしい／雨好像會持續到下週。

つづける【続ける】 持續，繼續；接著

他下一 グループ2

続ける・続けます

辭書形(基本形) 持續	つづける	たり形 又是持續	つづけたり
ない形（否定形） 沒持續	つづけない	ば形（條件形） 持續的話	つづければ
なかった形（過去否定形） 過去沒持續	つづけなかった	させる形（使役形） 使持續	つづけさせる
ます形（連用形） 持續	つづけます	られる形（被動形） 被持續	つづけられる
て形 持續	つづけて	命令形 快持續	つづけろ
た形（過去形） 持續了	つづけた	可能形 可以持續	つづけられる
たら形（條件形） 持續的話	つづけたら	う形（意向形） 持續吧	つづけよう

△一度始めたら、最後まで続けろよ／既然開始了，就要堅持到底喔！

つつむ【包む】 包住，包起來；隱藏，隱瞞

他五 グループ1

包（つつ）む・包（つつ）みます

辭書形(基本形) 包住	つつむ	たり形 又是包住	つつんだり
ない形（否定形） 沒包住	つつまない	ば形（條件形） 包住的話	つつめば
なかった形（過去否定形） 過去沒包住	つつまなかった	させる形（使役形） 使包住	つつませる
ます形（連用形） 包住	つつみます	られる形（被動形） 被包住	つつまれる
て形 包住	つつんで	命令形 快包住	つつめ
た形（過去形） 包住了	つつんだ	可能形 可以包住	つつめる
たら形（條件形） 包住的話	つつんだら	う形（意向形） 包住吧	つつもう

△必要（ひつよう）なものを全部（ぜんぶ）包（つつ）んでおく／把要用的東西全包起來。

つる【釣る】 釣魚；引誘

他五 グループ1

釣（つ）る・釣（つ）ります

辭書形(基本形) 釣	つる	たり形 又是釣	つったり
ない形（否定形） 沒釣	つらない	ば形（條件形） 釣的話	つれば
なかった形（過去否定形） 過去沒魚	つらなかった	させる形（使役形） 使釣	つらせる
ます形（連用形） 釣	つります	られる形（被動形） 被引誘	つられる
て形 釣	つって	命令形 快釣	つれ
た形（過去形） 釣了	つった	可能形 可以釣	つれる
たら形（條件形） 釣的話	つったら	う形（意向形） 釣吧	つろう

△ここで魚（さかな）を釣（つ）るな／不要在這裡釣魚。

つれる【連れる】 帶領，帶著

他下一　グループ2

連れる・連れます

形	中譯	活用	形	中譯	活用
辭書形(基本形)	帶領	つれる	たり形	又是帶領	つれたり
ない形（否定形）	沒帶領	つれない	ば形（條件形）	帶領的話	つれれば
なかった形（過去否定形）	過去沒帶領	つれなかった	させる形（使役形）	使帶領	つれさせる
ます形（連用形）	帶領	つれます	られる形（被動形）	被帶領	つれられる
て形	帶領	つれて	命令形	快帶領	つれろ
た形（過去形）	帶領了	つれた	可能形	可以帶領	つれられる
たら形（條件形）	帶領的話	つれたら	う形（意向形）	帶領吧	つれよう

△子どもを幼稚園に連れて行ってもらいました／
請他幫我帶小孩去幼稚園了。

できる【出来る】 完成；能夠；做出；發生；出色

自上一　グループ2

出来る・出来ます

形	中譯	活用	形	中譯	活用
辭書形(基本形)	完成	できる	たり形	又是完成	できたり
ない形（否定形）	沒完成	できない	ば形（條件形）	完成的話	できれば
なかった形（過去否定形）	過去沒完成	できなかった	させる形（使役形）	使完成	できさせる
ます形（連用形）	完成	できます	られる形（被動形）		———
て形	完成	できて	命令形	快完成	できろ
た形（過去形）	完成了	できた	可能形		———
たら形（條件形）	完成的話	できたら	う形（意向形）	完成吧	できよう

△1週間でできるはずだ／一星期應該就可以完成的。

でございます 是（「だ」、「です」、「である」的鄭重說法） 連語

でござる・でございます

辭書形(基本形) 是	でござる	たり形 又是	でございましたり
ない形（否定形） 不是	でございません	ば形（條件形） 是的話	でございますれば
なかった形（過去否定形） 過去不是	でございませんでした	させる形（使役形）	———
ます形（連用形） 是	でございます	られる形（被動形）	———
て形 是	でございまして	命令形	———
た形（過去形） 是了	でございました	可能形	———
たら形（條件形） 是的話	でございましたら	う形（意向形） 是吧	でございましょう

△店員は、「こちらはたいへん高級なワインでございます。」と言いました／店員說：「這是非常高級的葡萄酒」。

てつだう【手伝う】 幫忙 自他五 グループ1

手伝う・手伝います

辭書形(基本形) 幫忙	てつだう	たり形 又是幫忙	てつだったり
ない形（否定形） 沒幫忙	てつだわない	ば形（條件形） 幫忙的話	てつだえば
なかった形（過去否定形） 過去沒幫忙	てつだわなかった	させる形（使役形） 使幫忙	てつだわせる
ます形（連用形） 幫忙	てつだいます	られる形（被動形） 被幫忙	てつだわれる
て形 幫忙	てつだって	命令形 快幫忙	てつだえ
た形（過去形） 幫忙了	てつだった	可能形 可以幫忙	てつだえる
たら形（條件形） 幫忙的話	てつだったら	う形（意向形） 幫忙吧	てつだおう

△いつでも、手伝ってあげます／我無論何時都樂於幫你的忙。

とおる【通る】 經過；通過；穿透；合格；知名；了解；進來 自五 グループ1

通る・通ります

辭書形(基本形) 經過	とおる	たり形 又是經過	とおったり
ない形（否定形） 沒經過	とおらない	ば形（條件形） 經過的話	とおれば
なかった形（過去否定形） 過去沒經過	とおらなかった	させる形（使役形） 使經過	とおらせる
ます形（連用形） 經過	とおります	られる形（被動形） 被穿過	とおられる
て形 經過	とおって	命令形 快經過	とおれ
た形（過去形） 經過了	とおった	可能形 可以經過	とおれる
たら形（條件形） 經過的話	とおったら	う形（意向形） 經過吧	とおろう

△私は、あなたの家の前を通ることがあります／我有時會經過你家前面。

とどける【届ける】 送達；送交；申報，報告 他下一 グループ2

届ける・届けます

辭書形(基本形) 送達	とどける	たり形 又是送達	とどけたり
ない形（否定形） 沒送達	とどけない	ば形（條件形） 送達的話	とどければ
なかった形（過去否定形） 過去沒送達	とどけなかった	させる形（使役形） 使送達	とどけさせる
ます形（連用形） 送達	とどけます	られる形（被動形） 被送達	とどけられる
て形 送達	とどけて	命令形 快送達	とどけろ
た形（過去形） 送達了	とどけた	可能形 可以送達	とどけられる
たら形（條件形） 送達的話	とどけたら	う形（意向形） 送達吧	とどけよう

△忘れ物を届けてくださって、ありがとう／謝謝您幫我把遺失物送回來。

とまる【止まる】 停止；止住；堵塞

自五 グループ1

止まる・止まります

辭書形(基本形) 停止	とまる	たり形 又是停止	とまったり
ない形（否定形） 沒停止	とまらない	ば形（條件形） 停止的話	とまれば
なかった形（過去否定形） 過去沒停止	とまらなかった	させる形（使役形） 使停止	とまらせる
ます形（連用形） 停止	とまります	られる形（被動形） 被停止	とまられる
て形 停止	とまって	命令形 快停止	とまれ
た形（過去形） 停止了	とまった	可能形 可以停止	とまれる
たら形（條件形） 停止的話	とまったら	う形（意向形） 停止吧	とまろう

△今、ちょうど機械が止まったところだ／現在機器剛停了下來。

とまる【泊まる】 住宿，過夜；（船）停泊

自五 グループ1

泊まる・泊まります

辭書形(基本形) 過夜	とまる	たり形 又是過夜	とまったり
ない形（否定形） 沒過夜	とまらない	ば形（條件形） 過夜的話	とまれば
なかった形（過去否定形） 過去沒過夜	とまらなかった	させる形（使役形） 使過夜	とまらせる
ます形（連用形） 過夜	とまります	られる形（被動形） 被停泊	とまられる
て形 過夜	とまって	命令形 過夜	とまれ
た形（過去形） 過夜了	とまった	可能形 可以過夜	とまれる
たら形（條件形） 過夜的話	とまったら	う形（意向形） 過夜吧	とまろう

△お金持ちじゃないんだから、いいホテルに泊まるのはやめなきゃ／既然不是有錢人，就得打消住在高級旅館的主意才行。

とめる【止める】 關掉，停止

他下一 グループ2

止(と)める・止(と)めます

辭書形(基本形) 關掉	とめる	たり形 又是關掉	とめたり
ない形（否定形） 沒關掉	とめない	ば形（條件形） 關掉的話	とめれば
なかった形（過去否定形） 過去沒關掉	とめなかった	させる形（使役形） 使關掉	とめさせる
ます形（連用形） 關掉	とめます	られる形（被動形） 被關掉	とめられる
て形 關掉	とめて	命令形 快關掉	とめろ
た形（過去形） 關掉了	とめた	可能形 可以關掉	とめられる
たら形（條件形） 關掉的話	とめたら	う形（意向形） 關掉吧	とめよう

△その動(うご)きつづけている機械(きかい)を止(と)めてください／請關掉那台不停轉動的機械。

とりかえる【取り替える】 交換；更換

取(と)り替(か)える・取(と)り替(か)えます

辭書形(基本形) 更換	とりかえる	たり形 又是更換	とりかえたり
ない形（否定形） 沒更換	とりかえない	ば形（條件形） 更換的話	とりかえれば
なかった形（過去否定形） 過去沒更換	とりかえなかった	させる形（使役形） 使更換	とりかえさせる
ます形（連用形） 更換	とりかえます	られる形（被動形） 被更換	とりかえられる
て形 更換	とりかえて	命令形 快更換	とりかえろ
た形（過去形） 更換了	とりかえた	可能形 可以更換	とりかえられる
たら形（條件形） 更換的話	とりかえたら	う形（意向形） 更換吧	とりかえよう

△新(あたら)しい商品(しょうひん)と取(と)り替(か)えられます／可以更換新產品。

なおす【直す】 修理；改正；整理；更改

他五 グループ1

直す・直します

辭書形(基本形) 修理	なおす	たり形 又是修理	なおしたり
ない形（否定形） 沒修理	なおさない	ば形（條件形） 修理的話	なおせば
なかった形（過去否定形） 過去沒修理	なおさなかった	させる形（使役形） 使修理	なおさせる
ます形（連用形） 修理	なおします	られる形（被動形） 被修理	なおされる
て形 修理	なおして	命令形 快修理	なおせ
た形（過去形） 修理了	なおした	可能形 可以修理	なおせる
たら形（條件形） 修理的話	なおしたら	う形（意向形） 修理吧	なおそう

△自転車を直してやるから、持ってきなさい／
我幫你修理腳踏車，去把它牽過來。

なおる【治る】 治癒，痊愈

自五 グループ1

治る・治ります

辭書形(基本形) 治癒	なおる	たり形 又是治癒	なおったり
ない形（否定形） 沒治癒	なおらない	ば形（條件形） 治癒的話	なおれば
なかった形（過去否定形） 過去沒治癒	なおらなかった	させる形（使役形） 使治癒	なおらせる
ます形（連用形） 治癒	なおります	られる形（被動形） 被治癒	なおられる
て形 治癒	なおって	命令形 快治癒	なおれ
た形（過去形） 治癒了	なおった	可能形	———
たら形（條件形） 治癒的話	なおったら	う形（意向形） 治癒吧	なおろう

△風邪が治ったのに、今度はけがをしました／
感冒才治好，這次卻換受傷了。

なおる【直る】 改正；修理；回復；變更

自五 グループ1

直(なお)る・直(なお)ります

辭書形(基本形) 修理	なおる	たり形 又是修理	なおったり
ない形（否定形） 沒修理	なおらない	ば形（條件形） 修理的話	なおれば
なかった形（過去否定形） 過去沒修理	なおらなかった	させる形（使役形） 使修理	なおらせる
ます形（連用形） 修理	なおります	られる形（被動形） 被修理	なおられる
て形 修理	なおって	命令形 快修理	なおれ
た形（過去形） 修理了	なおった	可能形	――――
たら形（條件形） 修理的話	なおったら	う形（意向形） 修理吧	なおろう

△この車(くるま)は、土曜日(どようび)までに直(なお)りますか／這輛車星期六以前能修好嗎？

なくす【無くす】 弄丟，搞丟

他五 グループ1

無(な)くす・無(な)くします

辭書形(基本形) 弄丟	なくす	たり形 又是弄丟	なくしたり
ない形（否定形） 沒弄丟	なくさない	ば形（條件形） 弄丟的話	なくせば
なかった形（過去否定形） 過去沒弄丟	なくさなかった	させる形（使役形） 使弄丟	なくさせる
ます形（連用形） 弄丟	なくします	られる形（被動形） 被弄丟	なくされる
て形 弄丟	なくして	命令形 快丟	なくせ
た形（過去形） 弄丟了	なくした	可能形 可以弄丟	なくせる
たら形（條件形） 弄丟的話	なくしたら	う形（意向形） 弄丟吧	なくそう

△財布(さいふ)をなくしたので、本(ほん)が買(か)えません／錢包弄丟了，所以無法買書。

なくなる【亡くなる】 去世，死亡

他五 グループ1

亡(な)くなる・亡(な)くなります

辭書形(基本形) 去世	なくなる	たり形 又是去世	なくなったり
ない形（否定形） 沒去世	なくならない	ば形（條件形） 去世的話	なくなれば
なかった形（過去否定形） 過去沒去世	なくならなかった	させる形（使役形） 使去世	なくならせる
ます形（連用形） 去世	なくなります	られる形（被動形） 被棄世	なくなられる
て形 去世	なくなって	命令形 快死	なくなれ
た形（過去形） 去世了	なくなった	可能形	———
たら形（條件形） 去世的話	なくなったら	う形（意向形） 去世吧	なくなろう

△おじいちゃんがなくなって、みんな悲(かな)しんでいる／
爺爺過世了，大家都很哀傷。

なくなる【無くなる】 不見，遺失；用光了

自五 グループ1

無(な)くなる・無(な)くなります

辭書形(基本形) 遺失	なくなる	たり形 又是遺失	なくなったり
ない形（否定形） 沒遺失	なくならない	ば形（條件形） 遺失的話	なくなれば
なかった形（過去否定形） 過去沒遺失	なくならなかった	させる形（使役形） 使消失	なくならせる
ます形（連用形） 遺失	なくなります	られる形（被動形） 被消失	なくなられる
て形 遺失	なくなって	命令形 快消失	なくなれ
た形（過去形） 遺失了	なくなった	可能形	———
たら形（條件形） 遺失的話	なくなったら	う形（意向形） 消失吧	なくなろう

△きのうもらった本(ほん)が、なくなってしまった／昨天拿到的書不見了。

なげる【投げる】 丟，拋；摔；提供；投射；放棄

自下一 グループ2

投(な)げる・投(な)げます

辭書形(基本形) 丟	なげる	たり形 又是丟	なげたり
ない形（否定形） 沒丟	なげない	ば形（條件形） 丟的話	なげれば
なかった形（過去否定形） 過去沒丟	なげなかった	させる形（使役形） 使丟	なげさせる
ます形（連用形） 丟	なげます	られる形（被動形） 被丟棄	なげられる
て形 丟	なげて	命令形 快丟	なげろ
た形（過去形） 丟了	なげた	可能形 可以丟	なげられる
たら形（條件形） 丟的話	なげたら	う形（意向形） 丟吧	なげよう

△そのボールを投(な)げてもらえますか／可以請你把那個球丟過來嗎？

なさる 做（「する」的尊敬語）

他五 グループ1

なさる・なさいます

辭書形(基本形) 做	なさる	たり形 又是做	なさったり
ない形（否定形） 沒做	なさらない	ば形（條件形） 做的話	なされば
なかった形（過去否定形） 過去沒做	なさらなかった	させる形（使役形） 使做	なさせる
ます形（連用形） 做	なさいます	られる形（被動形） 被做	なされる
て形 做	なさって	命令形 快做	なされ
た形（過去形） 做了	なさった	可能形 可以做	———
たら形（條件形） 做的話	なさったら	う形（意向形） 做吧	なさろう

△どうして、あんなことをなさったのですか／您為什麼會做那種事呢？

なる【鳴る】 響，叫

自五 グループ1

鳴る・鳴ります

形	活用	形	活用
辭書形(基本形) 叫	なる	たり形 又是叫	なったり
ない形（否定形） 沒叫	ならない	ば形（條件形） 叫的話	なれば
なかった形（過去否定形） 過去沒叫	ならなかった	させる形（使役形） 使叫	ならせる
ます形（連用形） 叫	なります	られる形（被動形） 被叫	なられる
て形 叫	なって	命令形 快叫	なれ
た形（過去形） 叫了	なった	可能形	——
たら形（條件形） 叫的話	なったら	う形（意向形） 叫吧	なろう

△ベルが鳴りはじめたら、書くのをやめてください／
鈴聲一響起，就請停筆。

なれる【慣れる】 習慣；熟悉

自下一 グループ2

慣れる・慣れます

形	活用	形	活用
辭書形(基本形) 習慣	なれる	たり形 又是習慣	なれたり
ない形（否定形） 不習慣	なれない	ば形（條件形） 習慣的話	なれれば
なかった形（過去否定形） 過去沒習慣	なれなかった	させる形（使役形） 使習慣	なれさせる
ます形（連用形） 習慣	なれます	られる形（被動形） 被習慣	なれられる
て形 習慣	なれて	命令形 快習慣	なれろ
た形（過去形） 習慣了	なれた	可能形 可以習慣	なれられる
たら形（條件形） 習慣的話	なれたら	う形（意向形） 習慣吧	なれよう

△毎朝５時に起きるということに、もう慣れました／
已經習慣每天早上五點起床了。

にげる【逃げる】 逃走，逃跑；逃避；領先（運動競賽） 自下一 グループ2

逃げる・逃げます

辭書形(基本形) 逃走	にげる	たり形 又是逃走	にげたり
ない形（否定形） 沒逃走	にげない	ば形（條件形） 逃走的話	にげれば
なかった形（過去否定形） 過去沒逃走	にげなかった	させる形（使役形） 使逃走	にげさせる
ます形（連用形） 逃走	にげます	られる形（被動形） 被逃	にげられる
て形 逃走	にげて	命令形 快逃	にげろ
た形（過去形） 逃走了	にげた	可能形 會逃	にげられる
たら形（條件形） 逃走的話	にげたら	う形（意向形） 逃吧	にげよう

△警官が来たぞ。逃げろ／警察來了，快逃！

にる【似る】 相像，類似 自上一 グループ2

似る・似ます

辭書形(基本形) 相像	にる	たり形 又是像	にたり
ない形（否定形） 不像	にない	ば形（條件形） 像的話	にれば
なかった形（過去否定形） 過去沒像	になかった	させる形（使役形） 使像	にさせる
ます形（連用形） 相像	にます	られる形（被動形） 被相像	にられる
て形 相像	にて	命令形 快像	にろ
た形（過去形） 像了	にた	可能形	——
たら形（條件形） 像的話	にたら	う形（意向形） 像吧	によう

△私は、妹ほど母に似ていない／我不像妹妹那麼像媽媽。

ぬすむ【盗む】 偷盜，盜竊

他五 グループ1

盗む・盗みます

辭書形(基本形) 偷盜	ぬすむ	たり形 又是偷	ぬすんだり
ない形（否定形） 沒偷	ぬすまない	ば形（條件形） 偷的話	ぬすめば
なかった形（過去否定形） 過去沒偷	ぬすまなかった	させる形（使役形） 使偷	ぬすませる
ます形（連用形） 偷盜	ぬすみます	られる形（被動形） 被偷	ぬすまれる
て形 偷盜	ぬすんで	命令形 快偷	ぬすめ
た形（過去形） 偷了	ぬすんだ	可能形 可以偷	ぬすめる
たら形（條件形） 偷的話	ぬすんだら	う形（意向形） 偷吧	ぬすもう

△お金を盗まれました／我的錢被偷了。

ぬる【塗る】 塗抹，塗上

他五 グループ1

塗る・塗ります

辭書形(基本形) 塗抹	ぬる	たり形 又是塗抹	ぬったり
ない形（否定形） 沒塗抹	ぬらない	ば形（條件形） 塗抹的話	ぬれば
なかった形（過去否定形） 過去沒塗抹	ぬらなかった	させる形（使役形） 使塗抹	ぬらせる
ます形（連用形） 塗抹	ぬります	られる形（被動形） 被塗抹	ぬられる
て形 塗抹	ぬって	命令形 快塗抹	ぬれ
た形（過去形） 塗抹了	ぬった	可能形 可以塗抹	ぬれる
たら形（條件形） 塗抹的話	ぬったら	う形（意向形） 塗抹吧	ぬろう

△赤とか青とか、いろいろな色を塗りました／
紅的啦、藍的啦，塗上了各種顏色。

ぬれる【濡れる】 淋濕

自下一 グループ2

濡れる・濡れます

辭書形(基本形) 淋濕	ぬれる	たり形 又是淋濕	ぬれたり
ない形（否定形） 沒淋濕	ぬれない	ば形（條件形） 淋濕的話	ぬれれば
なかった形（過去否定形） 過去沒淋濕	ぬれなかった	させる形（使役形） 使淋濕	ぬれさせる
ます形（連用形） 淋濕	ぬれます	られる形（被動形） 被淋濕	ぬれられる
て形 淋濕	ぬれて	命令形 快淋濕	ぬれろ
た形（過去形） 淋濕了	ぬれた	可能形 會淋濕	ぬれられる
たら形（條件形） 淋濕的話	ぬれたら	う形（意向形） 淋濕吧	ぬれよう

△雨のために、濡れてしまいました／因為下雨而被雨淋濕了。

ねむる【眠る】 睡覺；閑置

自五 グループ1

眠る・眠ります

辭書形(基本形) 睡覺	ねむる	たり形 又是睡覺	ねむったり
ない形（否定形） 沒睡覺	ねむらない	ば形（條件形） 睡覺的話	ねむれば
なかった形（過去否定形） 過去沒睡覺	ねむらなかった	させる形（使役形） 使睡覺	ねむらせる
ます形（連用形） 睡覺	ねむります	られる形（被動形） 被閑置	ねむられる
て形 睡覺	ねむって	命令形 快睡	ねむれ
た形（過去形） 睡覺了	ねむった	可能形 可以睡覺	ねむれる
たら形（條件形） 睡覺的話	ねむったら	う形（意向形） 睡覺吧	ねむろう

△薬を使って、眠らせた／用藥讓他入睡。

のこる【残る】 剩餘，剩下；遺留

自五 グループ1

残る・残ります

形	活用	形	活用
辭書形(基本形) 剩餘	のこる	たり形 又是剩餘	のこったり
ない形（否定形） 沒剩餘	のこらない	ば形（條件形） 剩餘的話	のこれば
なかった形（過去否定形） 過去沒剩餘	のこらなかった	させる形（使役形） 使留下	のこらせる
ます形（連用形） 剩餘	のこります	られる形（被動形） 被留下	のこられる
て形 剩餘	のこって	命令形 快留下	のこれ
た形（過去形） 剩餘了	のこった	可能形	――――
たら形（條件形） 剩餘的話	のこったら	う形（意向形） 留下吧	のころう

△みんなあまり食べなかったために、食べ物が残った／因為大家都不怎麼吃，所以食物剩了下來。

のりかえる【乗り換える】 轉乘，換車；改變

自他下一 グループ2

乗り換える・乗り換えます

形	活用	形	活用
辭書形(基本形) 轉乘	のりかえる	たり形 又是轉乘	のりかえたり
ない形（否定形） 沒轉乘	のりかえない	ば形（條件形） 轉乘的話	のりかえれば
なかった形（過去否定形） 過去沒轉乘	のりかえなかった	させる形（使役形） 使轉乘	のりかえさせる
ます形（連用形） 轉乘	のりかえます	られる形（被動形） 被改變	のりかえられる
て形 轉乘	のりかえて	命令形 快轉乘	のりかえろ
た形（過去形） 轉乘了	のりかえた	可能形 可以轉乘	のりかえられる
たら形（條件形） 轉乘的話	のりかえたら	う形（意向形） 轉乘吧	のりかえよう

△新宿でＪＲにお乗り換えください／請在新宿轉搭JR線。

はく【履く】 穿（鞋、襪）

他五 グループ1

履く・履きます

辭書形(基本形) 穿	はく	たり形 又是穿	はいたり
ない形（否定形） 沒穿	はかない	ば形（條件形） 穿的話	はけば
なかった形（過去否定形） 過去沒穿	はかなかった	させる形（使役形） 使穿	はかせる
ます形（連用形） 穿	はきます	られる形（被動形） 被穿	はかれる
て形 穿	はいて	命令形 快穿	はけ
た形（過去形） 穿了	はいた	可能形 可以穿	はける
たら形（條件形） 穿的話	はいたら	う形（意向形） 穿吧	はこう

△靴を履いたまま、入らないでください／請勿穿著鞋進入。

はこぶ【運ぶ】 運送，搬運；進行

自他五 グループ1

運ぶ・運びます

辭書形(基本形) 運送	はこぶ	たり形 又是運送	はこんだり
ない形（否定形） 沒運送	はこばない	ば形（條件形） 運送的話	はこべば
なかった形（過去否定形） 過去沒運送	はこばなかった	させる形（使役形） 使運送	はこばせる
ます形（連用形） 運送	はこびます	られる形（被動形） 被運送	はこばれる
て形 運送	はこんで	命令形 快運送	はこべ
た形（過去形） 運送了	はこんだ	可能形 可以運送	はこべる
たら形（條件形） 運送的話	はこんだら	う形（意向形） 運送吧	はこぼう

△その商品は、店の人が運んでくれます／
那個商品，店裡的人會幫我送過來。

はじめる【始める】 開始；開創；發（老毛病） 他下一 グループ2

始（はじ）める・始（はじ）めます

辭書形(基本形) 開始	はじめる	たり形 又是開始	はじめたり
ない形（否定形） 沒開始	はじめない	ば形（條件形） 開始的話	はじめれば
なかった形（過去否定形） 過去沒開始	はじめなかった	させる形（使役形） 使開始	はじめさせる
ます形（連用形） 開始	はじめます	られる形（被動形） 被開始	はじめられる
て形 開始	はじめて	命令形 快開始	はじめろ
た形（過去形） 開始了	はじめた	可能形 可以開始	はじめられる
たら形（條件形） 開始的話	はじめたら	う形（意向形） 開始吧	はじめよう

△ベルが鳴（な）るまで、テストを始（はじ）めてはいけません／在鈴聲響起前，不能開始考試。

はらう【払う】 付錢；除去；處裡；驅趕；揮去 他五 グループ1

払（はら）う・払（はら）います

辭書形(基本形) 付錢	はらう	たり形 又是付錢	はらったり
ない形（否定形） 沒付錢	はらわない	ば形（條件形） 付錢的話	はらえば
なかった形（過去否定形） 過去沒付錢	はらわなかった	させる形（使役形） 使付錢	はらわせる
ます形（連用形） 付錢	はらいます	られる形（被動形） 被驅趕	はらわれる
て形 付錢	はらって	命令形 快付錢	はらえ
た形（過去形） 付錢了	はらった	可能形 會付錢	はらえる
たら形（條件形） 付錢的話	はらったら	う形（意向形） 付錢吧	はらおう

△来週（らいしゅう）までに、お金（かね）を払（はら）わなくてはいけない／下星期前得付款。

ひえる【冷える】 變冷；變冷淡，冷卻

自下一 グループ2

冷える・冷えます

辭書形(基本形) 變冷	ひえる	たり形 又是變冷	ひえたり
ない形（否定形） 沒變冷	ひえない	ば形（條件形） 變冷的話	ひえれば
なかった形（過去否定形） 過去沒變冷	ひえなかった	させる形（使役形） 使變冷	ひえさせる
ます形（連用形） 變冷	ひえます	られる形（被動形） 被冷卻	ひえられる
て形 變冷	ひえて	命令形 快變冷	ひえろ
た形（過去形） 變冷了	ひえた	可能形	———
たら形（條件形） 變冷的話	ひえたら	う形（意向形） 變冷吧	ひえよう

△夜は冷えるのに、毛布がないのですか／晚上會冷，沒有毛毯嗎？

ひかる【光る】 發光，發亮；出眾

自五 グループ1

光る・光ります

辭書形(基本形) 發光	ひかる	たり形 又是發光	ひかったり
ない形（否定形） 沒發光	ひからない	ば形（條件形） 發光的話	ひかれば
なかった形（過去否定形） 過去沒發光	ひからなかった	させる形（使役形） 使發光	ひからせる
ます形（連用形） 發光	ひかります	られる形（被動形） 被打亮	ひかられる
て形 發光	ひかって	命令形 快發光	ひかれ
た形（過去形） 發光了	ひかった	可能形 可以發光	ひかれる
たら形（條件形） 發光的話	ひかったら	う形（意向形） 發光吧	ひかろう

△夕べ、川で青く光る魚を見ました／
昨晚在河裡看到身上泛著青光的魚兒。

ひっこす【引っ越す】 搬家；搬遷

自五 グループ1

引っ越す・引っ越します

形	活用	形	活用
辞書形(基本形) 搬家	ひっこす	たり形 又是搬家	ひっこしたり
ない形（否定形） 沒搬家	ひっこさない	ば形（條件形） 搬家的話	ひっこせば
なかった形（過去否定形） 過去沒搬家	ひっこさなかった	させる形（使役形） 使搬家	ひっこさせる
ます形（連用形） 搬家	ひっこします	られる形（被動形） 被搬遷	ひっこされる
て形 搬家	ひっこして	命令形 快搬家	ひっこせ
た形（過去形） 搬家了	ひっこした	可能形 會搬家	ひっこせる
たら形（條件形） 搬家的話	ひっこしたら	う形（意向形） 搬家吧	ひっこそう

△大阪に引っ越すことにしました／決定搬到大阪。

ひらく【開く】 綻放；打開；拉開；開拓；開設；開導；差距

自他五 グループ1

開く・開きます

形	活用	形	活用
辞書形(基本形) 綻放	ひらく	たり形 又是綻放	ひらいたり
ない形（否定形） 沒綻放	ひらかない	ば形（條件形） 綻放的話	ひらけば
なかった形（過去否定形） 過去沒綻放	ひらかなかった	させる形（使役形） 使綻放	ひらかせる
ます形（連用形） 綻放	ひらきます	られる形（被動形） 被綻放	ひらかれる
て形 綻放	ひらいて	命令形 快綻放	ひらけ
た形（過去形） 綻放了	ひらいた	可能形 可以綻放	ひらける
たら形（條件形） 綻放的話	ひらいたら	う形（意向形） 綻放吧	ひらこう

△ばらの花が開きだした／玫瑰花綻放開來了。

ひろう【拾う】 撿拾；挑出；接；叫車

他五 グループ1

拾う・拾います

辭書形(基本形) 撿拾	ひろう	たり形 又是撿拾	ひろったり
ない形（否定形） 沒撿拾	ひろわない	ば形（條件形） 撿拾的話	ひろえば
なかった形（過去否定形） 過去沒撿拾	ひろわなかった	させる形（使役形） 使撿拾	ひろわせる
ます形（連用形） 撿拾	ひろいます	られる形（被動形） 被撿拾	ひろわれる
て形 撿拾	ひろって	命令形 快撿拾	ひろえ
た形（過去形） 撿拾了	ひろった	可能形 可以撿拾	ひろえる
たら形（條件形） 撿拾的話	ひろったら	う形（意向形） 撿拾吧	ひろおう

△公園でごみを拾わせられた／被叫去公園撿垃圾。

ふえる【増える】 增加

自下一 グループ2

増える・増えます

辭書形(基本形) 增加	ふえる	たり形 又是增加	ふえたり
ない形（否定形） 沒增加	ふえない	ば形（條件形） 增加的話	ふえれば
なかった形（過去否定形） 過去沒增加	ふえなかった	させる形（使役形） 使增加	ふえさせる
ます形（連用形） 增加	ふえます	られる形（被動形） 被增加	ふえられる
て形 增加	ふえて	命令形 快增加	ふえろ
た形（過去形） 增加了	ふえた	可能形	―――
たら形（條件形） 增加的話	ふえたら	う形（意向形） 增加吧	ふえよう

△結婚しない人が増えだした／不結婚的人變多了。

ふとる【太る】 胖，肥胖；增加

自五 グループ1

太(ふと)る・太(ふと)ります

辭書形(基本形) 肥胖	ふとる	たり形 又是肥胖	ふとったり
ない形（否定形） 不胖	ふとらない	ば形（條件形） 胖的話	ふとれば
なかった形（過去否定形） 過去不胖	ふとらなかった	させる形（使役形） 使胖	ふとらせる
ます形（連用形） 肥胖	ふとります	られる形（被動形） 被增胖	ふとられる
て形 肥胖	ふとって	命令形 快胖	ふとれ
た形（過去形） 肥胖了	ふとった	可能形 會胖	ふとれる
たら形（條件形） 胖的話	ふとったら	う形（意向形） 胖吧	ふとろう

△ああ太(ふと)っていると、苦(くる)しいでしょうね／一胖成那樣，會很辛苦吧！

ふむ【踏む】 踩住，踩到；踏上；實踐

他五 グループ1

踏(ふ)む・踏(ふ)みます

辭書形(基本形) 踩到	ふむ	たり形 又是踩到	ふんだり
ない形（否定形） 沒踩到	ふまない	ば形（條件形） 踩到的話	ふめば
なかった形（過去否定形） 過去沒踩到	ふまなかった	させる形（使役形） 使踩到	ふませる
ます形（連用形） 踩到	ふみます	られる形（被動形） 被踩到	ふまれる
て形 踩到	ふんで	命令形 快踩	ふめ
た形（過去形） 踩到了	ふんだ	可能形 會踩到	ふめる
たら形（條件形） 踩到的話	ふんだら	う形（意向形） 踩吧	ふもう

△電車(でんしゃ)の中(なか)で、足(あし)を踏(ふ)まれたことはありますか／在電車裡有被踩過腳嗎？

ほめる【褒める】 誇獎

他下一 グループ2

褒める・褒めます

辭書形(基本形) 誇獎	ほめる	たり形 又是誇獎	ほめたり
ない形(否定形) 沒誇獎	ほめない	ば形(條件形) 誇獎的話	ほめれば
なかった形(過去否定形) 過去沒誇獎	ほめなかった	させる形(使役形) 使誇獎	ほめさせる
ます形(連用形) 誇獎	ほめます	られる形(被動形) 被誇獎	ほめられる
て形 誇獎	ほめて	命令形 快誇獎	ほめろ
た形(過去形) 誇獎了	ほめた	可能形 會誇獎	ほめられる
たら形(條件形) 誇獎的話	ほめたら	う形(意向形) 誇吧	ほめよう

△部下を育てるには、褒めることが大事です／
培育部屬，給予讚美是很重要的。

まいる【参る】 來・去(「行く」、「来る」的謙讓語)；認輸；參拜；耗盡

自五 グループ1

参る・参ります

辭書形(基本形) 去	まいる	たり形 又是去	まいったり
ない形(否定形) 沒去	まいらない	ば形(條件形) 去的話	まいれば
なかった形(過去否定形) 過去沒去	まいらなかった	させる形(使役形) 使去	まいらせる
ます形(連用形) 去	まいります	られる形(被動形) 被耗盡	まいられる
て形 去	まいって	命令形 快去	まいれ
た形(過去形) 去了	まいった	可能形 會去	まいれる
たら形(條件形) 去的話	まいったら	う形(意向形) 去吧	まいろう

△ご都合がよろしかったら、２時にまいります／
如果您時間方便，我兩點過去。

まける【負ける】 輸；屈服

自下一 グループ2

負ける・負けます

形	活用	形	活用
辭書形(基本形) 輸	まける	たり形 又是輸	まけたり
ない形（否定形） 沒輸	まけない	ば形（條件形） 輸的話	まければ
なかった形（過去否定形） 過去沒輸	まけなかった	させる形（使役形） 使輸	まけさせる
ます形（連用形） 輸	まけます	られる形（被動形） 被屈服	まけられる
て形 輸	まけて	命令形 快輸	まけろ
た形（過去形） 輸了	まけた	可能形 會輸	まけられる
たら形（條件形） 輸的話	まけたら	う形（意向形） 輸吧	まけよう

△がんばれよ。ぜったい負けるなよ／加油喔！千萬別輸了！

まちがえる【間違える】 錯；弄錯

他下一 グループ2

間違える・間違えます

形	活用	形	活用
辭書形(基本形) 錯	まちがえる	たり形 又是錯	まちがえたり
ない形（否定形） 沒錯	まちがえない	ば形（條件形） 錯的話	まちがえれば
なかった形（過去否定形） 過去沒錯	まちがえなかった	させる形（使役形） 使錯	まちがえさせる
ます形（連用形） 錯	まちがえます	られる形（被動形） 被弄錯	まちがえられる
て形 錯	まちがえて	命令形 快弄錯	まちがえろ
た形（過去形） 錯了	まちがえた	可能形	———
たら形（條件形） 錯的話	まちがえたら	う形（意向形） 弄錯吧	まちがえよう

△先生は、間違えたところを直してくださいました／
老師幫我訂正了錯誤的地方。

まにあう【間に合う】 來得及，趕得上；夠用

自五 グループ1

間に合う・間に合います

辭書形(基本形) 來得及	まにあう	たり形 又是來得及	まにあったり
ない形（否定形） 沒來得及	まにあわない	ば形（條件形） 來得及的話	まにあえば
なかった形（過去否定形） 過去沒來得及	まにあわなかった	させる形（使役形） 使來得及	まにあわせる
ます形（連用形） 來得及	まにあいます	られる形（被動形） 被頂用	まにあわれる
て形 來得及	まにあって	命令形 來得及	まにあえ
た形（過去形） 來得及了	まにあった	可能形 可以來得及	まにあえる
たら形（條件形） 來得及的話	まにあったら	う形（意向形） 來得及吧	まにあおう

△タクシーに乗らなくちゃ、間に合わないですよ／要是不搭計程車，就來不及了唷！

まわる【回る】 轉動；走動；旋轉；繞道；轉移

自五 グループ1

回る・回ります

辭書形(基本形) 轉動	まわる	たり形 又是轉動	まわったり
ない形（否定形） 沒轉動	まわらない	ば形（條件形） 轉動的話	まわれば
なかった形（過去否定形） 過去沒轉動	まわらなかった	させる形（使役形） 使轉動	まわらせる
ます形（連用形） 轉動	まわります	られる形（被動形） 被轉動	まわられる
て形 轉動	まわって	命令形 快轉動	まわれ
た形（過去形） 轉動了	まわった	可能形 可以轉動	まわれる
たら形（條件形） 轉動的話	まわったら	う形（意向形） 轉動吧	まわろう

△村の中を、あちこち回るところです／正要到村裡到處走動走動。

みえる【見える】 看見；看得見；看起來

自下一 グループ2

見える・見えます

形	活用	形	活用
辭書形(基本形) 看見	みえる	たり形 又是看見	みえたり
ない形（否定形） 沒看見	みえない	ば形（條件形） 看見的話	みえれば
なかった形（過去否定形） 過去沒看見	みえなかった	させる形（使役形） 使看見	みえさせる
ます形（連用形） 看見	みえます	られる形（被動形） 被看見	みえられる
て形 看見	みえて	命令形 快看	みえろ
た形（過去形） 看見了	みえた	可能形	———
たら形（條件形） 看見的話	みえたら	う形（意向形） 看吧	みえよう

△ここから東京タワーが見えるはずがない／
從這裡不可能看得到東京鐵塔。

みつかる【見付かる】 發現；找到

自五 グループ1

見つかる・見つかります

形	活用	形	活用
辭書形(基本形) 發現	みつかる	たり形 又是發現	みつかったり
ない形（否定形） 沒發現	みつからない	ば形（條件形） 發現的話	みつかれば
なかった形（過去否定形） 過去沒發現	みつからなかった	させる形（使役形） 使發現	みつからせる
ます形（連用形） 發現	みつかります	られる形（被動形） 被發現	みつかられる
て形 發現	みつかって	命令形 快發現	みつかれ
た形（過去形） 發現了	みつかった	可能形	———
たら形（條件形） 發現的話	みつかったら	う形（意向形） 發現吧	みつかろう

△財布は見つかったかい／錢包找到了嗎？

みつける【見付ける】 找到，發現；目睹

他下一 グループ2

見付ける・見付けます

辭書形(基本形) 找到	みつける	たり形 又是找到	みつけたり
ない形（否定形） 沒找到	みつけない	ば形（條件形） 找到的話	みつければ
なかった形（過去否定形） 過去沒找到	みつけなかった	させる形（使役形） 使找到	みつけさせる
ます形（連用形） 找到	みつけます	られる形（被動形） 被找到	みつけられる
て形 找到	みつけて	命令形 快找	みつけろ
た形（過去形） 找到了	みつけた	可能形 可以找到	みつけられる
たら形（條件形） 找到的話	みつけたら	う形（意向形） 找吧	みつけよう

△どこでも、仕事を見つけることができませんでした／不管到哪裡都找不到工作。

むかう【向かう】 面向，面對；指向

自五 グループ1

向かう・向かいます

辭書形(基本形) 面對	むかう	たり形 又是面對	むかったり
ない形（否定形） 沒面對	むかわない	ば形（條件形） 面對的話	むかえば
なかった形（過去否定形） 過去沒面對	むかわなかった	させる形（使役形） 使面對	むかわせる
ます形（連用形） 面對	むかいます	られる形（被動形） 被指向	むかわれる
て形 面對	むかって	命令形 快面對	むかえ
た形（過去形） 面對了	むかった	可能形 可以面對	むかえる
たら形（條件形） 對向的話	むかったら	う形（意向形） 面對吧	むかおう

△船はゆっくりとこちらに向かってきます／船隻緩緩地向這邊駛來。

むかえる【迎える】 迎接；邀請；娶，招；迎合

他下一 グループ2

迎(むか)える・迎(むか)えます

辭書形(基本形) 迎接	むかえる	たり形 又是迎接	むかえたり
ない形(否定形) 沒迎接	むかえない	ば形(條件形) 迎接的話	むかえれば
なかった形(過去否定形) 過去沒迎接	むかえなかった	させる形(使役形) 使迎接	むかえさせる
ます形(連用形) 迎接	むかえます	られる形(被動形) 被迎接	むかえられる
て形 迎接	むかえて	命令形 快迎接	むかえろ
た形(過去形) 迎接了	むかえた	可能形 能迎接	むかえられる
たら形(條件形) 迎接的話	むかえたら	う形(意向形) 迎接吧	むかえよう

△高橋(たかはし)さんを迎(むか)えるため、空港(くうこう)まで行(い)ったが、会(あ)えなかった／為了接高橋先生，趕到了機場，但卻沒能碰到面。

めしあがる【召し上がる】 吃・喝（「食べる」、「飲む」的尊敬語）

他五 グループ1

召(め)し上(あ)がる・召(め)し上(あ)がります

辭書形(基本形) 吃	めしあがる	たり形 又是吃	めしあがったり
ない形(否定形) 沒吃	めしあがらない	ば形(條件形) 吃的話	めしあがれば
なかった形(過去否定形) 過去沒吃	めしあがらなかった	させる形(使役形) 使吃	めしあがらせる
ます形(連用形) 吃	めしあがります	られる形(被動形) 被吃	めしあがられる
て形 吃	めしあがって	命令形 快吃	めしあがれ
た形(過去形) 吃了	めしあがった	可能形 可以吃	めしあがれる
たら形(條件形) 吃的話	めしあがったら	う形(意向形) 吃吧	めしあがろう

△お菓子(かし)を召(め)し上(あ)がりませんか／要不要吃一點點心呢？

もうしあげる【申し上げる】說（「言う」的謙讓語）　他下一　グループ2

申し上げる・申し上げます

形	活用	形	活用
辭書形(基本形) 說	もうしあげる	たり形 又是說	もうしあげたり
ない形（否定形） 沒說	もうしあげない	ば形（條件形） 說的話	もうしあげれば
なかった形（過去否定形） 過去沒說	もうしあげなかった	させる形（使役形） 讓說	もうしあげさせる
ます形（連用形） 說	もうしあげます	られる形（被動形） 被說	もうしあげられる
て形 說	もうしあげて	命令形 快說	もうしあげろ
た形（過去形） 說了	もうしあげた	可能形 可以說	もうしあげられる
たら形（條件形） 說的話	もうしあげたら	う形（意向形） 說吧	もうしあげよう

△先生にお礼を申し上げようと思います／我想跟老師道謝。

もうす【申す】說，叫（「言う」的謙讓語）　他五　グループ1

申す・申します

形	活用	形	活用
辭書形(基本形) 說	もうす	たり形 又是說	もうしたり
ない形（否定形） 沒說	もうさない	ば形（條件形） 說的話	もうせば
なかった形（過去否定形） 過去沒說	もうさなかった	させる形（使役形） 讓說	もうさせる
ます形（連用形） 說	もうします	られる形（被動形） 被說	もうされる
て形 說	もうして	命令形 快說	もうせ
た形（過去形） 說了	もうした	可能形 可以說	もうせる
たら形（條件形） 說的話	もうしたら	う形（意向形） 說吧	もうそう

△「雨が降りそうです。」と申しました／我說：「好像要下雨了」。

もてる【持てる】 能拿，能保持；受歡迎，吃香

自下一 グループ2

もてる・もてます

辭書形(基本形) 能拿	もてる	たり形 又是能拿	もてたり
ない形（否定形） 不能拿	もてない	ば形（條件形） 能拿的話	もてれば
なかった形（過去否定形） 過去不能拿	もてなかった	させる形（使役形） 使能拿	もてさせる
ます形（連用形） 能拿	もてます	られる形（被動形） 被人捧	もてられる
て形 能拿	もてて	命令形 能著	もてろ
た形（過去形） 能拿了	もてた	可能形	――――
たら形（條件形） 能拿的話	もてたら	う形（意向形） 能拿吧	もてよう

△大学生(だいがくせい)の時(とき)が一番(いちばん)もてました／大學時期是最受歡迎的時候。

もどる【戻る】 回到；折回

自五 グループ1

戻(もど)る・戻(もど)ります

辭書形(基本形) 折回	もどる	たり形 又是折回	もどったり
ない形（否定形） 沒折回	もどらない	ば形（條件形） 折回的話	もどれば
なかった形（過去否定形） 過去沒折回	もどらなかった	させる形（使役形） 使折回	もどらせる
ます形（連用形） 折回	もどります	られる形（被動形） 被折回	もどられる
て形 折回	もどって	命令形 快折回	もどれ
た形（過去形） 折回了	もどった	可能形 可以折回	もどれる
たら形（條件形） 折回的話	もどったら	う形（意向形） 折回吧	もどろう

△こう行(い)って、こう行(い)けば、駅(えき)に戻(もど)れます／
這樣走，再這樣走下去，就可以回到車站。

もらう【貰う】 收到，拿到

他五 グループ1

もらう・もらいます

辭書形(基本形) 收到	もらう	たり形 又是收到	もらったり
ない形（否定形） 沒收到	もらわない	ば形（條件形） 收到的話	もらえば
なかった形（過去否定形） 過去沒收到	もらわなかった	させる形（使役形） 使收到	もらわせる
ます形（連用形） 收到	もらいます	られる形（被動形） 被收到	もらわれる
て形 收到	もらって	命令形 快收到	もらえ
た形（過去形） 收到了	もらった	可能形 可以收到	もらえる
たら形（條件形） 收到的話	もらったら	う形（意向形） 收到吧	もらおう

△私（わたし）は、もらわなくてもいいです／不用給我也沒關係。

やく【焼く】 焚燒；烤；曬；嫉妒

他五 グループ1

焼（や）く・焼（や）きます

辭書形(基本形) 焚燒	やく	たり形 又是焚燒	やいたり
ない形（否定形） 沒焚燒	やかない	ば形（條件形） 焚燒的話	やけば
なかった形（過去否定形） 過去沒焚燒	やかなかった	させる形（使役形） 使焚燒	やかせる
ます形（連用形） 焚燒	やきます	られる形（被動形） 被焚燒	やかれる
て形 焚燒	やいて	命令形 快焚燒	やけ
た形（過去形） 焚燒了	やいた	可能形 可以焚燒	やける
たら形（條件形） 焚燒的話	やいたら	う形（意向形） 焚燒吧	やこう

△肉（にく）を焼（や）きすぎました／肉烤過頭了。

やくにたつ【役に立つ】 有幫助，有用

慣用句 グループ1

役に立つ・役に立ちます

辭書形(基本形) 有幫助	やくにたつ	たり形 又是有幫助	やくにたったり
ない形（否定形) 沒有幫助	やくにたたない	ば形（條件形) 有幫助的話	やくにたてば
なかった形（過去否定形) 過去沒有幫助	やくにたたなかった	させる形（使役形) 使有幫助	やくにたたせる
ます形（連用形) 有幫助	やくにたちます	られる形（被動形) 被派上用場	やくにたたれる
て形 有幫助	やくにたって	命令形 快受用	やくにたて
た形（過去形) 有幫助了	やくにたった	可能形 可以有幫助	やくにたてる
たら形（條件形) 有幫助的話	やくにたったら	う形（意向形) 有幫助吧	やくにたとう

△その辞書は役に立つかい／那辭典有用嗎？

やける【焼ける】 烤熟；（被）烤熟；曬黑；燥熱；感到嫉妒

自下一 グループ2

焼ける・焼けます

辭書形(基本形) 烤熟	やける	たり形 又是烤熟	やけたり
ない形（否定形) 沒烤熟	やけない	ば形（條件形) 烤熟的話	やければ
なかった形（過去否定形) 過去沒烤熟	やけなかった	させる形（使役形) 使烤熟	やけさせる
ます形（連用形) 烤熟	やけます	られる形（被動形) 被烤熟	やけられる
て形 烤熟	やけて	命令形 快烤熟	やけろ
た形（過去形) 烤熟了	やけた	可能形	――
たら形（條件形) 烤熟的話	やけたら	う形（意向形) 烤熟吧	やけよう

△ケーキが焼けたら、お呼びいたします／蛋糕烤好後我會叫您的。

やせる【痩せる】 痩；貧瘠；減少

自下一 グループ2

痩(や)せる・痩(や)せます

辭書形(基本形) 痩	やせる	たり形 又是痩	やせたり
ない形（否定形） 沒痩	やせない	ば形（條件形） 痩的話	やせれば
なかった形（過去否定形） 過去沒痩	やせなかった	させる形（使役形） 使痩	やせさせる
ます形（連用形） 痩	やせます	られる形（被動形） 被減少	やせられる
て形 痩	やせて	命令形 快痩	やせろ
た形（過去形） 痩了	やせた	可能形 可以痩	やせられる
たら形（條件形） 痩的話	やせたら	う形（意向形） 痩吧	やせよう

△先生(せんせい)は、少(すこ)し痩(や)せられたようですね／老師您好像痩了。

やむ【止む】 停止

自五 グループ1

止(や)む・止(や)みます

辭書形(基本形) 停止	やむ	たり形 又是停止	やんだり
ない形（否定形） 沒停止	やまない	ば形（條件形） 停止的話	やめば
なかった形（過去否定形） 過去沒停止	やまなかった	させる形（使役形） 使停止	やませる
ます形（連用形） 停止	やみます	られる形（被動形） 被停止	やまれる
て形 停止	やんで	命令形 快停止	やめ
た形（過去形） 停止了	やんだ	可能形 可以停止	やめる
たら形（條件形） 停止的話	やんだら	う形（意向形） 停止吧	やもう

△雨(あめ)がやんだら、出(で)かけましょう／如果雨停了，就出門吧！

やめる【辞める】 停止；取消；離職

他下一 グループ2

辞める・辞めます

辭書形(基本形) 停止	やめる	たり形 又是停止	やめたり
ない形（否定形) 沒停止	やめない	ば形（條件形) 停止的話	やめれば
なかった形（過去否定形) 過去沒停止	やめなかった	させる形（使役形) 使停止	やめさせる
ます形（連用形) 停止	やめます	られる形（被動形) 被停止	やめられる
て形 停止	やめて	命令形 快停止	やめろ
た形（過去形) 停止了	やめた	可能形 可以停止	やめられる
たら形（條件形) 停止的話	やめたら	う形（意向形) 停止吧	やめよう

△こう考えると、会社を辞めたほうがいい／這樣一想，還是離職比較好。

やめる【止める】 停止

他下一 グループ2

止める・止めます

辭書形(基本形) 停止	やめる	たり形 又是停止	やめたり
ない形（否定形) 沒停止	やめない	ば形（條件形) 停止的話	やめれば
なかった形（過去否定形) 過去沒停止	やめなかった	させる形（使役形) 使停止	やめさせる
ます形（連用形) 停止	やめます	られる形（被動形) 被停止	やめられる
て形 停止	やめて	命令形 快停止	やめろ
た形（過去形) 停止了	やめた	可能形 可以停止	やめられる
たら形（條件形) 停止的話	やめたら	う形（意向形) 停止吧	やめよう

△好きなゴルフをやめるつもりはない／我不打算放棄我所喜歡的高爾夫。

やる【遣る】 派；給，給予；做

他五 グループ1

やる・やります

辭書形(基本形) 給	やる	たり形 又是給	やったり
ない形（否定形） 沒給	やらない	ば形（條件形） 給的話	やれば
なかった形（過去否定形） 過去沒給	やらなかった	させる形（使役形） 使給	やらせる
ます形（連用形） 給	やります	られる形（被動形） 被給予	やられる
て形 給	やって	命令形 快給	やれ
た形（過去形） 給了	やった	可能形 可以給	やれる
たら形（條件形） 給的話	やったら	う形（意向形） 給吧	やろう

△動物（どうぶつ）にえさをやっちゃだめです／不可以給動物餵食。

ゆれる【揺れる】 搖動；動搖

自下一 グループ2

揺（ゆ）れる・揺（ゆ）れます

辭書形(基本形) 搖動	ゆれる	たり形 又是搖動	ゆれたり
ない形（否定形） 沒搖動	ゆれない	ば形（條件形） 搖動的話	ゆれれば
なかった形（過去否定形） 過去沒搖動	ゆれなかった	させる形（使役形） 使搖動	ゆれさせる
ます形（連用形） 搖動	ゆれます	られる形（被動形） 被搖動	ゆれられる
て形 搖動	ゆれて	命令形 快搖動	ゆれろ
た形（過去形） 搖動了	ゆれた	可能形 可以搖動	ゆれられる
たら形（條件形） 搖動的話	ゆれたら	う形（意向形） 搖動吧	ゆれよう

△地震（じしん）で家（いえ）が激（はげ）しく揺（ゆ）れた／房屋因地震而劇烈的搖晃。

よごれる【汚れる】 髒污；齷齪

自下一 グループ2

汚(よご)れる・汚(よご)れます

辭書形(基本形) 髒污	よごれる	たり形 又是髒	よごれたり
ない形（否定形） 沒髒	よごれない	ば形（條件形） 髒的話	よごれれば
なかった形（過去否定形） 過去沒髒	よごれなかった	させる形（使役形） 使髒	よごれさせる
ます形（連用形） 髒污	よごれます	られる形（被動形） 被弄髒	よごれられる
て形 髒污	よごれて	命令形 快弄髒	よごれろ
た形（過去形） 髒了	よごれた	可能形 會弄髒	よごれられる
たら形（條件形） 髒的話	よごれたら	う形（意向形） 弄髒吧	よごれよう

△汚(よご)れたシャツを洗(あら)ってもらいました／
我請他幫我把髒的襯衫拿去送洗了。

よろこぶ【喜ぶ】 高興

自五 グループ1

喜(よろこ)ぶ・喜(よろこ)びます

辭書形(基本形) 高興	よろこぶ	たり形 又是高興	よろこんだり
ない形（否定形） 不高興	よろこばない	ば形（條件形） 高興的話	よろこべば
なかった形（過去否定形） 過去不高興	よろこばなかった	させる形（使役形） 使高興	よろこばせる
ます形（連用形） 高興	よろこびます	られる形（被動形） 被喜歡	よろこばれる
て形 高興	よろこんで	命令形 快高興	よろこべ
た形（過去形） 高興了	よろこんだ	可能形 會高興	よろこべる
たら形（條件形） 高興的話	よろこんだら	う形（意向形） 高興吧	よろこぼう

△弟(おとうと)と遊(あそ)んでやったら、とても喜(よろこ)びました／
我陪弟弟玩，結果他非常高興。

わかす【沸かす】 煮沸；使沸騰

他五 グループ1

沸かす・沸かします

辭書形(基本形) 煮沸	わかす	たり形 又是煮沸	わかしたり
ない形（否定形） 沒煮沸	わかさない	ば形（條件形） 煮沸的話	わかせば
なかった形（過去否定形） 過去沒煮沸	わかさなかった	させる形（使役形） 使煮沸	わかさせる
ます形（連用形） 煮沸	わかします	られる形（被動形） 被煮沸	わかされる
て形 煮沸	わかして	命令形 快煮沸	わかせ
た形（過去形） 煮沸了	わかした	可能形 可以煮沸	わかせる
たら形（條件形） 煮沸的話	わかしたら	う形（意向形） 煮沸吧	わかそう

△ここでお湯が沸かせます／這裡可以將水煮開。

わかれる【別れる】 分別，分開

自下一 グループ2

別れる・別れます

辭書形(基本形) 分開	わかれる	たり形 又是分開	わかれたり
ない形（否定形） 沒分開	わかれない	ば形（條件形） 分開的話	わかれれば
なかった形（過去否定形） 過去沒分開	わかれなかった	させる形（使役形） 使分開	わかれさせる
ます形（連用形） 分開	わかれます	られる形（被動形） 被分開	わかれられる
て形 分開	わかれて	命令形 快分開	わかれろ
た形（過去形） 分開了	わかれた	可能形 會分開	わかれられる
たら形（條件形） 分開的話	わかれたら	う形（意向形） 分開吧	わかれよう

△若い二人は、両親に別れさせられた／兩位年輕人，被父母給強行拆散了。

N4 わ わく・わらう

わく【沸く】煮沸，煮開；興奮

自五 グループ1

沸く・沸きます

辭書形(基本形) 煮沸	わく	たり形 又是煮沸	わいたり
ない形（否定形） 沒煮沸	わかない	ば形（條件形） 煮沸的話	わけば
なかった形（過去否定形） 過去沒煮沸	わかなかった	させる形（使役形） 使煮沸	わかせる
ます形（連用形） 煮沸	わきます	られる形（被動形） 被煮沸	わかれる
て形 煮沸	わいて	命令形 快煮沸	わけ
た形（過去形） 煮沸了	わいた	可能形	――
たら形（條件形） 煮沸的話	わいたら	う形（意向形） 煮沸吧	わこう

△お湯が沸いたら、ガスをとめてください／熱水開了，就請把瓦斯關掉。

わらう【笑う】笑；譏笑

自五 グループ1

笑う・笑います

辭書形(基本形) 笑	わらう	たり形 又是笑	わらったり
ない形（否定形） 沒笑	わらわない	ば形（條件形） 笑的話	わらえば
なかった形（過去否定形） 過去沒笑	わらわなかった	させる形（使役形） 使笑	わらわせる
ます形（連用形） 笑	わらいます	られる形（被動形） 被笑	わらわれる
て形 笑	わらって	命令形 快笑	わらえ
た形（過去形） 笑了	わらった	可能形 會笑	わらえる
たら形（條件形） 笑的話	わらったら	う形（意向形） 笑吧	わらおう

△失敗して、みんなに笑われました／因失敗而被大家譏笑。

われる【割れる】 破掉，破裂；分裂；暴露；整除

割れる・割れます

辭書形(基本形) 破掉	われる	たり形 又是破掉	われたり
ない形（否定形） 沒破掉	われない	ば形（條件形） 破掉的話	われれば
なかった形（過去否定形） 過去沒破掉	われなかった	させる形（使役形） 使破掉	われさせる
ます形（連用形） 破掉	われます	られる形（被動形） 被弄破	われられる
て形 破掉	われて	命令形 快弄破	われろ
た形（過去形） 破掉了	われた	可能形	———
たら形（條件形） 破掉的話	われたら	う形（意向形） 弄破吧	われよう

△鈴木(すずき)さんにいただいたカップが、割(わ)れてしまいました／
鈴木送我的杯子，破掉了。

する 做，幹

自他サ　グループ3

する・します

辭書形(基本形) 做	する	たり形 又是做	したり
ない形（否定形） 沒做	しない	ば形（條件形） 做的話	すれば
なかった形（過去否定形） 過去沒做	しなかった	させる形（使役形） 使做	させる
ます形（連用形） 做	します	られる形（被動形） 被做	される
て形 做	して	命令形 快做	しろ
た形（過去形） 做了	した	可能形 可以做	できる
たら形（條件形） 做的話	したら	う形（意向形） 做吧	しよう

△ゆっくりしてください／請慢慢做。

あいさつ【挨拶】 寒暄，打招呼，拜訪；致詞　名・自サ◎グループ3

△アメリカでは、こう握手して挨拶します／
在美國都像這樣握手寒暄。

あさねぼう【朝寝坊】 賴床；愛賴床的人　名・自サ◎グループ3

△朝寝坊して、バスに乗り遅れてしまった／
因為睡過頭，沒能趕上公車。

あじみ【味見】 試吃，嚐味道　名・自サ◎グループ3

△ちょっと味見をしてもいいですか／
我可以嚐一下味道嗎？

あんしん【安心】 放心，安心　名・自サ◎グループ3

△大丈夫だから、安心しなさい／
沒事的，放心好了。

あんない【案内】 引導；陪同遊覽，帶路；傳達 名・他サ◎グループ3

△京都を案内してさしあげました／
我陪同他遊覽了京都。

いけん【意見】 意見；勸告；提意見 名・自他サ◎グループ3

△あの学生は、いつも意見を言いたがる／
那個學生，總是喜歡發表意見。

インストール【install】 安裝（電腦軟體） 他サ◎グループ3

△新しいソフトをインストールしたいです／
我想要安裝新的電腦軟體。

うんてん【運転】 開車，駕駛；運轉；周轉 名・自他サ◎グループ3

△車を運転しようとしたら、かぎがなかった／
正想開車，才發現沒有鑰匙。

うんどう【運動】 運動；活動 名・自サ◎グループ3

△運動し終わったら、道具を片付けてください／
一運動完，就請將道具收拾好。

えんりょ【遠慮】 客氣；謝絕 名・自他サ◎グループ3

△すみませんが、私は遠慮します／
對不起，請容我拒絕。

がいしょく【外食】 外食，在外用餐 名・自サ◎グループ3

△週に1回、家族で外食します／
每週全家人在外面吃飯一次。

かいわ【会話】 會話，對話 名・自サ◎グループ3

△会話の練習をしても、なかなか上手になりません／
即使練習會話，也始終不見進步。

キャンセル【cancel】 取消，作廢；廢除 名・他サ◎グループ3

△ホテルをキャンセルしました／
取消了飯店的訂房。

きゅうこう
【急行】
急行；快車　名・自サ◎グループ3
△急行に乗ったので、早く着いた／
因為搭乘快車，所以提早到了。

きょういく
【教育】
教育　名・他サ◎グループ3
△学校教育について、研究しているところだ／
正在研究學校教育。

きょうそう
【競争】
競爭，競賽　名・自他サ◎グループ3
△一緒に勉強して、お互いに競争するようにした／
一起唸書，以競爭方式來激勵彼此。

クリック
【click】
喀嚓聲；按下（按鍵）　名・他サ◎グループ3
△ここを二回クリックしてください／
請在這裡點兩下。

けいかく
【計画】
計劃　名・他サ◎グループ3
△私の計画をご説明いたしましょう／
我來說明一下我的計劃！

けいけん
【経験】
經驗，經歷　名・他サ◎グループ3
△経験がないまま、この仕事をしている／
我在沒有經驗的情況下，從事這份工作。

けが
【怪我】
受傷；損失，過失　名・自サ◎グループ3
△事故で、たくさんの人がけがをしたようだ／
好像因為事故很多人都受了傷。

げしゅく
【下宿】
寄宿，借宿　名・自サ◎グループ3
△下宿の探し方がわかりません／
不知道如何尋找住的公寓。

けんか
【喧嘩】
吵架；打架　名・自サ◎グループ3
△喧嘩するなら別々に遊びなさい／
如果要吵架，就自己玩自己的！

けんきゅう 研究 名・他サ◎グループ3

【研究】 △医学の研究で新しい薬が生まれた／
因醫學研究而開發了新藥。

けんぶつ 觀光，參觀 名・他サ◎グループ3

【見物】 △祭りを見物させてください／
請讓我參觀祭典。

こうぎ 講義，上課，大學課程 名・他サ◎グループ3

【講義】 △大学の先生に、法律について講義をしていただきました／
請大學老師幫我上了法律課。

こしょう 故障 名・自サ◎グループ3

【故障】 △私のコンピューターは、故障しやすい／
我的電腦老是故障。

こそだて 養育小孩，育兒 名・自サ◎グループ3

【子育て】 △毎日、子育てに追われています／
每天都忙著帶小孩。

ごちそう 請客；豐盛佳餚 名・他サ◎グループ3

【御馳走】 △ごちそうがなくてもいいです／
沒有豐盛的佳餚也無所謂。

しあい 比賽 名・自サ◎グループ3

【試合】 △試合はきっとおもしろいだろう／
比賽一定很有趣吧！

しおくり 匯寄生活費或學費 名・自他サ◎グループ3

【仕送り】 △東京にいる息子に毎月仕送りしています／
我每個月都寄錢給在東京的兒子。

しけん 試驗；考試 名・他サ◎グループ3

【試験】 △試験があるので、勉強します／
因為有考試，我要唸書。

したく【支度】 準備；打扮；準備用餐　名・自他サ◎グループ3

△旅行(りょこう)の支度(したく)をしなければなりません／
我得準備旅行事宜。

しっかり【確り】 紮實；堅固；可靠；穩固　名・自サ◎グループ3

△ビジネスのやりかたを、しっかり勉強(べんきょう)してきます／
我要紮紮實實去學做生意回來。

しっぱい【失敗】 失敗　名・自サ◎グループ3

△方法(ほうほう)がわからず、失敗(しっぱい)しました／
不知道方法以致失敗。

しつれい【失礼】 失禮，沒禮貌；失陪　名・形動・自サ◎グループ3

△黙(だま)って帰(かえ)るのは、失礼(しつれい)です
連個招呼也沒打就回去，是很沒禮貌的／

じゃま【邪魔】 妨礙，阻擾；拜訪　名・形動・他サ◎グループ3

△ここにこう座(すわ)っていたら、じゃまですか／
像這樣坐在這裡，會妨礙到你嗎？

じゅしん【受信】 （郵件、電報等）接收；收聽　名・他サ◎グループ3

△メールが受信(じゅしん)できません／
沒有辦法接收郵件。

しゅっせき【出席】 出席　名・自サ◎グループ3

△そのパーティーに出席(しゅっせき)することは難(むずか)しい／
要出席那個派對是很困難的。

しゅっぱつ【出発】 出發；起步，開始　名・自サ◎グループ3

△なにがあっても、明日(あした)は出発(しゅっぱつ)します／
無論如何，明天都要出發。

じゅんび【準備】 準備　名・他サ◎グループ3

△早(はや)く明日(あした)の準備(じゅんび)をしなさい／
趕快準備明天的事！

しょうかい 【紹介】 介紹 名・他サ◎グループ3

△鈴木さんをご紹介しましょう／
我來介紹鈴木小姐給您認識。

しょうたい 【招待】 邀請 名・他サ◎グループ3

△みんなをうちに招待するつもりです／
我打算邀請大家來家裡作客。

しょうち 【承知】 知道，了解，同意；接受 名・他サ◎グループ3

△彼がこんな条件で承知するはずがありません／
他不可能接受這樣的條件。

しょくじ 【食事】 用餐，吃飯；餐點 名・自サ◎グループ3

△食事をするために、レストランへ行った／
為了吃飯，去了餐廳。

しんきさくせい 【新規作成】 新作，從頭做起；（電腦檔案）開新檔案 名・他サ◎グループ3

△この場合は、新規作成しないといけません／
在這種情況之下，必須要開新檔案。

しんぱい 【心配】 擔心，操心 名・自他サ◎グループ3

△息子が帰ってこないので、父親は心配しはじめた／
由於兒子沒回來，父親開始擔心起來了。

すいえい 【水泳】 游泳 名・自サ◎グループ3

△テニスより、水泳の方が好きです／
喜歡游泳勝過打網球。

せいかつ 【生活】 生活 名・自サ◎グループ3

△どんなところでも生活できます／
我不管在哪裡都可以生活。

せいさん
【生産】
生産　　名・他サ◎グループ3
△製品１２3(せいひんひゃくにじゅうさん)の生産(せいさん)をやめました／
製品123停止生產了。

せつめい
【説明】
說明　　名・他サ◎グループ3
△後(あと)で説明(せつめい)をするつもりです／
我打算稍後再說明。

せわ
【世話】
幫忙；照顧，照料　　名・他サ◎グループ3
△子(こ)どもの世話(せわ)をするために、仕事(しごと)をやめた／
為了照顧小孩，辭去了工作。

せんそう
【戦争】
戰爭；打仗　　名・自サ◎グループ3
△いつの時代(じだい)でも、戦争(せんそう)はなくならない／
不管是哪個時代，戰爭都不會消失的。

そうしん
【送信】
發送（電子郵件）；（電）發報，播送，發射　　名・自サ◎グループ3
△すぐに送信(そうしん)しますね／
我馬上把郵件傳送出去喔。

そうだん
【相談】
商量　　名・自他サ◎グループ3
△なんでも相談(そうだん)してください／
不論什麼都可以找我商量。

そうにゅう
【挿入】
插入，裝入　　名・他サ◎グループ3
△二行目(にぎょうめ)に、この一文(いちぶん)を挿入(そうにゅう)してください／
請在第二行，插入這段文字。

そつぎょう
【卒業】
畢業　　名・自サ◎グループ3
△感動(かんどう)の卒業式(そつぎょうしき)も無事(ぶじ)に終(お)わりました／
令人感動的畢業典禮也順利結束了。

たいいん
【退院】
出院　　名・自サ◎グループ3
△彼(かれ)が退院(たいいん)するのはいつだい／
他什麼時候出院的呢？

ダイエット　（為治療或調節體重）規定飲食；減重療法；減重，減肥　名・自サ◎グループ3

【diet】　△夏までに、3キロダイエットします／
在夏天之前，我要減肥三公斤。

チェック　檢查　名・他サ◎グループ3

【check】　△正しいかどうかを、ひとつひとつ丁寧にチェックしておきましょう／
正確與否，請一個個先仔細檢查吧！

ちゅうい　注意，小心　名・自サ◎グループ3

【注意】　△車にご注意ください／
請注意車輛！

ちゅうし　中止　名・他サ◎グループ3

【中止】　△交渉中止／
停止交涉。

ちゅうしゃ　打針　名・他サ◎グループ3

【注射】　△お医者さんに、注射していただきました／
醫生幫我打了針。

てきとう　適當；適度；隨便　名・形動・自サ◎グループ3

【適当】　△適当にやっておくから、大丈夫／
我會妥當處理的，沒關係！

てんそう　轉送，轉寄，轉遞　名・他サ◎グループ3

【転送】　△部長にメールを転送しました／
把電子郵件轉寄給部長了。

てんぷ　添上，附上；（電子郵件）附加檔案　名・他サ◎グループ3

【添付】　△写真を添付します／
我附上照片。

とうろく　登記；（法）登記，註冊；記錄　名・他サ◎グループ3

【登録】　△伊藤さんのメールアドレスをアドレス帳に登録してください／
請將伊藤先生的電子郵件地址儲存到地址簿裡。

にゅういん【入院】 住院 名・自サ◎グループ3

△入院(にゅういん)するときは手伝(てつだ)ってあげよう／
住院時我來幫你吧。

にゅうがく【入学】 入學業 名・自サ◎グループ3

△入学(にゅうがく)するとき、何(なに)をくれますか／
入學的時候，你要送我什麼？

にゅうりょく【入力】 輸入；輸入數據 名・他サ◎グループ3

△ひらがなで入力(にゅうりょく)することができますか／
請問可以用平假名輸入嗎？

ねぼう【寝坊】 睡懶覺，貪睡晚起的人 名・形動・自サ◎グループ3

△寝坊(ねぼう)して会社(かいしゃ)に遅(おく)れた／
睡過頭，上班遲到。

はいけん【拝見】 看，拜讀 名・他サ◎グループ3

△写真(しゃしん)を拝見(はいけん)したところです／
剛看完您的照片。

はんたい【反対】 相反；反對 名・自サ◎グループ3

△あなたが社長(しゃちょう)に反対(はんたい)しちゃ、困(こま)りますよ／
你要是跟社長作對，我會很頭痛的。

びっくり 驚嚇，吃驚 名・自サ◎グループ3

△びっくりさせないでください／
請不要嚇我。

ふくしゅう【復習】 複習 名・他サ◎グループ3

△授業(じゅぎょう)の後(あと)で、復習(ふくしゅう)をしなくてはいけませんか／
下課後一定得複習嗎？

へんじ【返事】 回答，回覆 名・自サ◎グループ3

△両親(りょうしん)とよく相談(そうだん)してから返事(へんじ)します／
跟父母好好商量之後，再回覆你。

へんしん　【返信】
回信，回電　名・自サ◎グループ3
△私の代わりに、返信しておいてください／
請代替我回信。

ほうそう　【放送】
播映，播放　名・他サ◎グループ3
△英語の番組が放送されることがありますか／
有時會播放英語節目嗎？

ほぞん　【保存】
保存；儲存（電腦檔案）　名・他サ◎グループ3
△別の名前で保存した方がいいですよ／
用別的檔名來儲存會比較好喔。

ほんやく　【翻訳】
翻譯　名・他サ◎グループ3
△英語の小説を翻訳しようと思います／
我想翻譯英文小說。

やくそく　【約束】
約定，規定　名・他サ◎グループ3
△ああ約束したから、行かなければならない／
已經那樣約定好，所以非去不可。

ゆしゅつ　【輸出】
出口　名・他サ◎グループ3
△自動車の輸出をしたことがありますか／
曾經出口汽車嗎？

ゆっくり
緩慢，不著急　自サ◎グループ3
△ゆっくりやる／
慢慢做。

ようい　【用意】
準備；注意準　名・他サ◎グループ3
△食事をご用意いたしましょうか／
我來為您準備餐點吧？

よしゅう　【予習】
預習　名・他サ◎グループ3
△授業の前に予習をしたほうがいいです／
上課前預習一下比較好。

よてい【予定】
預定　名・他サ◎グループ3

△木村さんから自転車をいただく予定です／
我預定要接收木村的腳踏車。

よやく【予約】
預約　名・他サ◎グループ3

△レストランの予約をしなくてはいけない／
得預約餐廳。

ラップ【wrap】
保鮮膜；包裝，包裹　名・他サ◎グループ3

△野菜をラップする／
用保鮮膜將蔬菜包起來。

りよう【利用】
利用　名・他サ◎グループ3

△図書館を利用したがらないのは、なぜですか／
你為什麼不想使用圖書館呢？

れいぼう【冷房】
冷氣　名・他サ◎グループ3

△なぜ冷房が動かないのか調べたら、電気が入っていなかった／
檢查冷氣為什麼無法運轉，結果發現沒接上電。

レポート【report】
報告　名・他サ◎グループ3

△レポートにまとめる
整理成報告。

れんらく【連絡】
聯繫，聯絡；通知　名・自他サ◎グループ3

△連絡せずに、仕事を休みました
沒有聯絡就缺勤了。

動詞單字
N3

あう【合う】 正確，適合；一致，符合；對，準；合得來；合算 自五 グループ1

合う・合います

辭書形(基本形) 符合	あう	たり形 又是符合	あったり
ない形（否定形） 不符合	あわない	ば形（條件形） 符合的話	あえば
なかった形（過去否定形） 過去不符合	あわなかった	させる形（使役形） 使符合	あわせる
ます形（連用形） 符合	あいます	られる形（被動形） 被對準	あわれる
て形 符合	あって	命令形 快符合	あえ
た形（過去形） 符合了	あった	可能形	———
たら形（條件形） 符合的話	あったら	う形（意向形） 符合吧	あおう

△ワインは、洋食ばかりでなく和食にも合う／
葡萄酒不但可以搭配西餐，與日本料理也很合適。

あきる【飽きる】 夠，滿足；厭煩，煩膩 自上一 グループ2

飽きる・飽きます

辭書形(基本形) 滿足	あきる	たり形 又是滿足	あきたり
ない形（否定形） 不滿足	あきない	ば形（條件形） 滿足的話	あきれば
なかった形（過去否定形） 過去不滿足	あきなかった	させる形（使役形） 使滿足	あきさせる
ます形（連用形） 滿足	あきます	られる形（被動形） 被滿足	あきられる
て形 滿足	あきて	命令形 快滿足	あきろ
た形（過去形） 滿足了	あきた	可能形	———
たら形（條件形） 滿足的話	あきたら	う形（意向形） 滿足吧	あきよう

△付き合ってまだ3か月だけど、もう彼氏に飽きちゃった／
雖然和男朋友才交往三個月而已，但是已經膩了。

あける【空ける】 倒出，空出；騰出（時間） 他下一 グループ2

空(あ)ける・空(あ)けます

形	中文	活用	形	中文	活用
辭書形(基本形)	倒出	あける	たり形	又是倒出	あけたり
ない形（否定形)	沒倒出	あけない	ば形（條件形)	倒出的話	あければ
なかった形（過去否定形)	過去沒倒出	あけなかった	させる形（使役形)	使倒出	あけさせる
ます形（連用形)	倒出	あけます	られる形（被動形)	被倒出	あけられる
て形	倒出	あけて	命令形	快倒出	あけろ
た形（過去形)	倒出了	あけた	可能形	可以倒出	あけられる
たら形（條件形)	倒出的話	あけたら	う形（意向形)	倒出吧	あけよう

△ 10時(じ)までに会議室(かいぎしつ)を空(あ)けてください／請十點以後把會議室空出來。

あける【明ける】 （天）明，亮；過年；（期間）結束，期滿 自下一 グループ2

明(あ)ける・明(あ)けます

形	中文	活用	形	中文	活用
辭書形(基本形)	（天）亮	あける	たり形	又是（天）亮	あけたり
ない形（否定形)	（天）沒亮	あけない	ば形（條件形)	（天）亮的話	あければ
なかった形（過去否定形)	過去（天）沒亮	あけなかった	させる形（使役形)	使（天）亮	あけさせる
ます形（連用形)	（天）亮	あけます	られる形（被動形)	被結束	あけられる
て形	（天）亮	あけて	命令形	快（天）亮	あけろ
た形（過去形)	（天）亮了	あけた	可能形	（天）會亮	あけられる
たら形（條件形)	（天）亮的話	あけたら	う形（意向形)	（天）亮吧	あけよう

△ あけましておめでとうございます／元旦開春，恭賀新禧。

あげる【揚げる】 炸，油炸；舉，抬；提高；進步

他下一 グループ2

揚(あ)げる・揚(あ)げます

辭書形(基本形) 炸	あげる	たり形 又是炸	あげたり
ない形（否定形） 沒炸	あげない	ば形（條件形） 炸的話	あげれば
なかった形（過去否定形） 過去沒炸	あげなかった	させる形（使役形） 使炸	あげさせる
ます形（連用形） 炸	あげます	られる形（被動形） 被炸	あげられる
て形 炸	あげて	命令形 快炸	あげろ
た形（過去形） 炸了	あげた	可能形 會炸	あげられる
たら形（條件形） 炸的話	あげたら	う形（意向形） 炸吧	あげよう

△ これが天(てん)ぷらを上手(じょうず)に揚(あ)げるコツです／這是炸天婦羅的技巧。

あずかる【預かる】 收存，（代人）保管；擔任，管理，負責處理；保留，暫不公開

他五 グループ1

預(あず)かる・預(あず)かります

辭書形(基本形) 保管	あずかる	たり形 又是保管	あずかったり
ない形（否定形） 沒保管	あずからない	ば形（條件形） 保管的話	あずかれば
なかった形（過去否定形） 過去沒保管	あずからなかった	させる形（使役形） 使保管	あずからせる
ます形（連用形） 保管	あずかります	られる形（被動形） 被保管	あずかられる
て形 保管	あずかって	命令形 快保管	あずかれ
た形（過去形） 保管了	あずかった	可能形 會保管	あずかれる
たら形（條件形） 保管的話	あずかったら	う形（意向形） 保管吧	あずかろう

△ 人(ひと)から預(あず)かった金(かね)を、使(つか)ってしまった／把別人託我保管的錢用掉了。

あずける【預ける】 寄放，存放；委託，託付 他下一 グループ2

預(あず)ける・預(あず)けます

形	活用	形	活用
辭書形(基本形) 寄放	あずける	たり形 又是寄放	あずけたり
ない形（否定形） 沒寄放	あずけない	ば形（條件形） 寄放的話	あずければ
なかった形（過去否定形） 過去沒寄放	あずけなかった	させる形（使役形） 使寄放	あずけさせる
ます形（連用形） 寄放	あずけます	られる形（被動形） 被寄放	あずけられる
て形 寄放	あずけて	命令形 快寄放	あずけろ
た形（過去形） 寄放了	あずけた	可能形 可以寄放	あずけられる
たら形（條件形） 寄放的話	あずけたら	う形（意向形） 寄放吧	あずけよう

△あんな銀行(ぎんこう)に、お金(かね)を預(あず)けるものか／我絕不把錢存到那種銀行！

あたえる【与える】 給與，供給；授與；使蒙受；分配 他下一 グループ2

与(あた)える・与(あた)えます

形	活用	形	活用
辭書形(基本形) 供給	あたえる	たり形 又是供給	あたえたり
ない形（否定形） 沒供給	あたえない	ば形（條件形） 供給的話	あたえれば
なかった形（過去否定形） 過去沒供給	あたえなかった	させる形（使役形） 使供給	あたえさせる
ます形（連用形） 供給	あたえます	られる形（被動形） 被供給	あたえられる
て形 供給	あたえて	命令形 快供給	あたえろ
た形（過去形） 供給了	あたえた	可能形 可以供給	あたえられる
たら形（條件形） 供給的話	あたえたら	う形（意向形） 供給吧	あたえよう

△手塚治虫(てづかおさむ)は、後(のち)の漫画家(まんがか)に大(おお)きな影響(えいきょう)を与(あた)えた／
手塚治虫帶給了漫畫家後進極大的影響。

あたたまる【暖まる】 暖，暖和；感到溫暖 自五 グループ1

暖まる・暖まります

辭書形(基本形) 暖和	あたたまる	たり形 又是暖和	あたたまったり
ない形（否定形） 沒暖和	あたたまらない	ば形（條件形） 暖和的話	あたたまれば
なかった形（過去否定形） 過去沒暖和	あたたまらなかった	させる形（使役形） 使暖和	あたたまらせる
ます形（連用形） 暖和	あたたまります	られる形（被動形） 被暖和	あたたまられる
て形 暖和	あたたまって	命令形 快暖和	あたたまれ
た形（過去形） 暖和了	あたたまった	可能形 會暖和	あたたまれる
たら形（條件形） 暖和的話	あたたまったら	う形（意向形） 暖和吧	あたたまろう

△これだけ寒いと、部屋が暖まるのにも時間がかかる／
像現在這麼冷，必須等上一段時間才能讓房間變暖和。

あたたまる【温まる】 暖，暖和；感到心情溫暖；充裕 自五 グループ1

温まる・温まります

辭書形(基本形) 暖和	あたたまる	たり形 又是暖和	あたたまったり
ない形（否定形） 不暖和	あたたまらない	ば形（條件形） 暖和的話	あたたまれば
なかった形（過去否定形） 過去不暖和	あたたまらなかった	させる形（使役形） 使暖和	あたたまらせる
ます形（連用形） 暖和	あたたまります	られる形（被動形） 被暖和	あたたまられる
て形 暖和	あたたまって	命令形 快暖和	あたたまれ
た形（過去形） 暖和了	あたたまった	可能形 會暖和	あたたまれる
たら形（條件形） 暖和的話	あたたまったら	う形（意向形） 暖和吧	あたたまろう

△外は寒かったでしょう。早くお風呂に入って温まりなさい／
想必外頭很冷吧。請快點洗個熱水澡暖暖身子。

あたためる【暖める】 使溫暖；重溫，恢復　他下一　グループ2

暖(あたた)める・暖(あたた)めます

辭書形(基本形) 使溫暖	あたためる	たり形 又是使溫暖	あたためたり
ない形（否定形） 沒使溫暖	あたためない	ば形（條件形） 使溫暖的話	あたためれば
なかった形（過去否定形） 過去沒使溫暖	あたためなかった	させる形（使役形） 使重溫	あたためさせる
ます形（連用形） 使溫暖	あたためます	られる形（被動形） 被重溫	あたためられる
て形 使溫暖	あたためて	命令形 快重溫	あたためろ
た形（過去形） 使溫暖了	あたためた	可能形 可以重溫	あたためられる
たら形（條件形） 使溫暖的話	あたためたら	う形（意向形） 重溫吧	あたためよう

△ストーブと扇風機(せんぷうき)を一緒(いっしょ)に使(つか)うと、部屋(へや)が早(はや)く暖(あたた)められる／只要同時開啟暖爐和電風扇，房間就會比較快變暖和。

あたためる【温める】 溫，熱，加熱；使溫暖；擱置不發表　他下一　グループ2

温(あたた)める・温(あたた)めます

辭書形(基本形) 加熱	あたためる	たり形 又是加熱	あたためたり
ない形（否定形） 沒加熱	あたためない	ば形（條件形） 加熱的話	あたためれば
なかった形（過去否定形） 過去沒加熱	あたためなかった	させる形（使役形） 使加熱	あたためさせる
ます形（連用形） 加熱	あたためます	られる形（被動形） 被加熱	あたためられる
て形 加熱	あたためて	命令形 快加熱	あたためろ
た形（過去形） 加熱了	あたためた	可能形 可以加熱	あたためられる
たら形（條件形） 加熱的話	あたためたら	う形（意向形） 加熱吧	あたためよう

△冷(さ)めた料理(りょうり)を温(あたた)めて食(た)べました／我把已經變涼了的菜餚加熱後吃了。

あたる【当たる】

碰撞；撃中；太陽照射；取暖，吹（風）；（大致）位於；當…時候；（粗暴）對待

自他五 グループ1

当(あ)たる・当(あ)たります

辭書形(基本形) 撃中	あたる	たり形 又是撃中	あたったり
ない形（否定形） 沒撃中	あたらない	ば形（條件形） 撃中的話	あたれば
なかった形（過去否定形） 過去沒撃中	あたらなかった	させる形（使役形） 使撃中	あたらせる
ます形（連用形） 撃中	あたります	られる形（被動形） 被撃中	あたられる
て形 撃中	あたって	命令形 快撃中	あたれ
た形（過去形） 撃中了	あたった	可能形 可以撃中	あたれる
たら形（條件形） 撃中的話	あたったら	う形（意向形） 撃中吧	あたろう

△この花(はな)は、よく日(ひ)の当(あ)たるところに置(お)いてください／
請把這盆花放在容易曬到太陽的地方。

あてる【当てる】

碰撞，接觸；命中；猜，預測；貼上，放上；測量；對著，朝向

他下一 グループ2

当(あ)てる・当(あ)てます

辭書形(基本形) 碰撞	あてる	たり形 又是碰撞	あてたり
ない形（否定形） 沒碰撞	あてない	ば形（條件形） 碰撞的話	あてれば
なかった形（過去否定形） 過去沒碰撞	あてなかった	させる形（使役形） 使碰撞	あてさせる
ます形（連用形） 碰撞	あてます	られる形（被動形） 被碰撞	あてられる
て形 碰撞	あてて	命令形 快碰撞	あてろ
た形（過去形） 碰撞了	あてた	可能形 會碰撞	あてられる
たら形（條件形） 碰撞的話	あてたら	う形（意向形） 碰撞吧	あてよう

△布団(ふとん)を日(ひ)に当(あ)てると、ふかふかになる／
把棉被拿去曬太陽，就會變得很膨鬆。

あらそう【争う】 爭奪；爭辯；奮鬥，對抗，競爭

他五 グループ1

争う・争います

辭書形(基本形) 爭奪	あらそう	たり形 又是爭奪	あらそったり
ない形(否定形) 沒爭奪	あらそわない	ば形(條件形) 爭奪的話	あらそえば
なかった形(過去否定形) 過去沒爭奪	あらそわなかった	させる形(使役形) 使爭奪	あらそわせる
ます形(連用形) 爭奪	あらそいます	られる形(被動形) 被奪取	あらそわれる
て形 爭奪	あらそって	命令形 快爭奪	あらそえ
た形(過去形) 爭奪了	あらそった	可能形 可以爭奪	あらそえる
たら形(條件形) 爭奪的話	あらそったら	う形(意向形) 爭奪吧	あらそおう

△各地区の代表、計6チームが優勝を争う／將由各地區代表總共六隊來爭奪冠軍。

あらわす【表す】 表現出，表達；象徵

他五 グループ1

表す・表します

辭書形(基本形) 表達	あらわす	たり形 又是表達	あらわしたり
ない形(否定形) 沒表達	あらわさない	ば形(條件形) 表達的話	あらわせば
なかった形(過去否定形) 過去沒表達	あらわさなかった	させる形(使役形) 使表達	あらわさせる
ます形(連用形) 表達	あらわします	られる形(被動形) 被象徵	あらわされる
て形 表達	あらわして	命令形 快表達	あらわせ
た形(過去形) 表達了	あらわした	可能形 可以表達	あらわせる
たら形(條件形) 表達的話	あらわしたら	う形(意向形) 表達吧	あらわそう

△計画を図で表して説明した／透過圖表說明了計畫。

あらわす【現す】 現，顯現，顯露

他五 グループ1

現（あらわ）す・現（あらわ）します

辭書形(基本形) 顯露	あらわす	たり形 又是顯露	あらわしたり
ない形（否定形） 沒顯露	あらわさない	ば形（條件形） 顯露的話	あらわせば
なかった形（過去否定形） 過去沒顯露	あらわさなかった	させる形（使役形） 使顯露	あらわさせる
ます形（連用形） 顯露	あらわします	られる形（被動形） 被顯露	あらわされる
て形 顯露	あらわして	命令形 快顯露	あらわせ
た形（過去形） 顯露了	あらわした	可能形 會顯露	あらわせる
たら形（條件形） 顯露的話	あらわしたら	う形（意向形） 顯露吧	あらわそう

△彼（かれ）は、8時（じ）ぎりぎりに、ようやく姿（すがた）を現（あらわ）した／
快到八點時，他才終於出現了。

あらわれる【表れる】 出現，出來；表現，顯出；表露

自下一 グループ2

表（あらわ）れる・表（あらわ）れます

辭書形(基本形) 出現	あらわれる	たり形 又是出現	あらわれたり
ない形（否定形） 沒出現	あらわれない	ば形（條件形） 出現的話	あらわれれば
なかった形（過去否定形） 過去沒出現	あらわれなかった	させる形（使役形） 使出現	あらわれさせる
ます形（連用形） 出現	あらわれます	られる形（被動形） 被表露	あらわれられる
て形 出現	あらわれて	命令形 快出現	あらわれろ
た形（過去形） 出現了	あらわれた	可能形	――――
たら形（條件形） 出現的話	あらわれたら	う形（意向形） 出現吧	あらわれよう

△彼（かれ）は何（なに）も言（い）わなかったが、不満（ふまん）が顔（かお）に表（あらわ）れていた／
他雖然什麼都沒說，但臉上卻露出了不服氣的神情。

あらわれる【現れる】 出現，呈現，顯露

自下一 グループ2

現(あらわ)れる・現(あらわ)れます

辭書形(基本形) 出現	あらわれる	たり形 又是出現	あらわれたり
ない形（否定形） 沒出現	あらわれない	ば形（條件形） 出現的話	あらわれれば
なかった形（過去否定形） 過去沒出現	あらわれなかった	させる形（使役形） 使出現	あらわれさせる
ます形（連用形） 出現	あらわれます	られる形（被動形） 被出現	あらわれられる
て形 出現	あらわれて	命令形 快出現	あらわれろ
た形（過去形） 出現了	あらわれた	可能形	————
たら形（條件形） 出現的話	あらわれたら	う形（意向形） 出現吧	あらわれよう

△ 意外(いがい)な人(ひと)が突然現(とつぜんあらわ)れた／突然出現了一位意想不到的人。

あわせる【合わせる】 合併；核對，對照；加在一起，混合；配合，調合

他下一 グループ2

合(あ)わせる・合(あ)わせます

辭書形(基本形) 合併	あわせる	たり形 又是合併	あわせたり
ない形（否定形） 沒合併	あわせない	ば形（條件形） 合併的話	あわせれば
なかった形（過去否定形） 過去沒合併	あわせなかった	させる形（使役形） 使合併	あわせさせる
ます形（連用形） 合併	あわせます	られる形（被動形） 被合併	あわせられる
て形 合併	あわせて	命令形 快合併	あわせろ
た形（過去形） 合併了	あわせた	可能形 可以合併	あわせられる
たら形（條件形） 合併的話	あわせたら	う形（意向形） 合併吧	あわせよう

△ みんなで力(ちから)を合(あ)わせたとしても、彼(かれ)に勝(か)つことはできない／就算大家聯手，也是沒辦法贏過他。

あわてる【慌てる】 驚慌，急急忙忙，匆忙，不穩定

自下一 グループ2

慌(あわ)てる・慌(あわ)てます

辭書形(基本形) 驚慌	あわてる	たり形 又是驚慌	あわてたり
ない形（否定形） 沒驚慌	あわてない	ば形（條件形） 驚慌的話	あわてれば
なかった形（過去否定形） 過去沒驚慌	あわてなかった	させる形（使役形） 使驚慌	あわてさせる
ます形（連用形） 驚慌	あわてます	られる形（被動形） 被弄緊張	あわてられる
て形 驚慌	あわてて	命令形 快驚慌	あわてろ
た形（過去形） 驚慌了	あわてた	可能形	————
たら形（條件形） 驚慌的話	あわてたら	う形（意向形） 驚慌吧	あわてよう

△突然質問(とつぜんしつもん)されて、少(すこ)し慌(あわ)ててしまった／
突然被問了問題，顯得有點慌張。

いためる【傷める・痛める】 使（身體）疼痛，損傷；使（心裡）痛苦

他下一 グループ2

傷(いた)める・傷(いた)めます

辭書形(基本形) 使疼痛	いためる	たり形 又是使疼痛	いためたり
ない形（否定形） 沒使疼痛	いためない	ば形（條件形） 使疼痛的話	いためれば
なかった形（過去否定形） 過去沒使疼痛	いためなかった	させる形（使役形） 使損傷	いためさせる
ます形（連用形） 使疼痛	いためます	られる形（被動形） 被損傷	いためられる
て形 使疼痛	いためて	命令形 快損傷	いためろ
た形（過去形） 使疼痛了	いためた	可能形 可能損傷	いためられる
たら形（條件形） 使疼痛的話	いためたら	う形（意向形） 損傷吧	いためよう

△桃(もも)をうっかり落(お)として傷(いた)めてしまった／不小心把桃子掉到地上摔傷了。

いわう【祝う】

祝賀，慶祝；祝福；送賀禮；致賀詞

他五 グループ1

祝う・祝います

辭書形(基本形) 祝賀	いわう	たり形 又是祝賀	いわったり
ない形（否定形) 沒祝賀	いわわない	ば形（條件形) 祝賀的話	いわえば
なかった形（過去否定形) 過去沒祝賀	いわわなかった	させる形（使役形) 使祝賀	いわわせる
ます形（連用形) 祝賀	いわいます	られる形（被動形) 被祝賀	いわわれる
て形 祝賀	いわって	命令形 快祝賀	いわえ
た形（過去形) 祝賀了	いわった	可能形 可以祝賀	いわえる
たら形（條件形) 祝賀的話	いわったら	う形（意向形) 祝賀吧	いわおう

△みんなで彼の合格を祝おう／大家一起來慶祝他上榜吧！

うごかす【動かす】

移動，挪動，活動；搖動，搖撼；給予影響，使其變化，感動

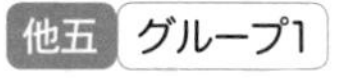

動かす・動かします

辭書形(基本形) 移動	うごかす	たり形 又是移動	うごかしたり
ない形（否定形) 沒移動	うごかさない	ば形（條件形) 移動的話	うごかせば
なかった形（過去否定形) 過去沒移動	うごかさなかった	させる形（使役形) 使移動	うごかさせる
ます形（連用形) 移動	うごかします	られる形（被動形) 被移動	うごかされる
て形 移動	うごかして	命令形 快移動	うごかせ
た形（過去形) 移動了	うごかした	可能形 可以移動	うごかせる
たら形（條件形) 移動的話	うごかしたら	う形（意向形) 移動吧	うごかそう

△たまには体を動かした方がいい／偶爾活動一下筋骨比較好。

うつす【写す】 抄襲，抄寫；照相；摹寫

他五 グループ1

写す・写します

辭書形(基本形) 抄寫	うつす	たり形 又是抄寫	うつしたり
ない形（否定形） 沒抄寫	うつさない	ば形（條件形） 抄寫的話	うつせば
なかった形（過去否定形） 過去沒抄寫	うつさなかった	させる形（使役形） 使抄寫	うつさせる
ます形（連用形） 抄寫	うつします	られる形（被動形） 被抄寫	うつされる
て形 抄寫	うつして	命令形 快抄寫	うつせ
た形（過去形） 抄寫了	うつした	可能形 可以抄寫	うつせる
たら形（條件形） 抄寫的話	うつしたら	う形（意向形） 抄寫吧	うつそう

△友達に宿題を写させてもらったら、間違いだらけだった／
我抄了朋友的作業，結果他的作業卻是錯誤連篇。

うつす【移す】 移，搬；使傳染；度過時間

他五 グループ1

移す・移します

辭書形(基本形) 搬移	うつす	たり形 又是搬移	うつしたり
ない形（否定形） 沒搬移	うつさない	ば形（條件形） 搬移的話	うつせば
なかった形（過去否定形） 過去沒搬移	うつさなかった	させる形（使役形） 使搬移	うつさせる
ます形（連用形） 搬移	うつします	られる形（被動形） 被搬移	うつされる
て形 搬移	うつして	命令形 快搬移	うつせ
た形（過去形） 搬移了	うつした	可能形 會搬移	うつせる
たら形（條件形） 搬移的話	うつしたら	う形（意向形） 搬移吧	うつそう

△鼻水が止まらない。弟に風邪を移されたに違いない／
鼻水流個不停。一定是被弟弟傳染了感冒，錯不了。

うつる【写る】 照相，映顯；顯像；（穿透某物）看到 自五 グループ1

写（うつ）る・写（うつ）ります

辭書形(基本形) 照相	うつる	たり形 又是照相	うつったり
ない形（否定形) 沒照相	うつらない	ば形（條件形) 照相的話	うつれば
なかった形（過去否定形) 過去沒照相	うつらなかった	させる形（使役形) 使照相	うつらせる
ます形（連用形) 照相	うつります	られる形（被動形) 被拍照	うつられる
て形 照相	うつって	命令形 快照相	うつれ
た形（過去形) 照了相	うつった	可能形 可以照相	うつれる
たら形（條件形) 照相的話	うつったら	う形（意向形) 照相吧	うつろう

△ 私（わたし）の隣（となり）に写（うつ）っているのは姉（あね）です／照片中，在我旁邊的是姊姊。

うつる【映る】 映，照；顯得，映入；相配，相稱；照相，映現 自五 グループ1

映（うつ）る・映（うつ）ります

辭書形(基本形) 映照	うつる	たり形 又是映照	うつったり
ない形（否定形) 沒映照	うつらない	ば形（條件形) 映照的話	うつれば
なかった形（過去否定形) 過去沒映照	うつらなかった	させる形（使役形) 使映照	うつらせる
ます形（連用形) 映照	うつります	られる形（被動形) 被照	うつられる
て形 映照	うつって	命令形 快照	うつれ
た形（過去形) 映照了	うつった	可能形 會照	うつれる
たら形（條件形) 映照的話	うつったら	う形（意向形) 照吧	うつろう

△ 山（やま）が湖（みずうみ）の水（みず）に映（うつ）っています／山影倒映在湖面上。

うつる【移る】 移動；推移；沾到

自五 グループ1

移(うつ)る・移(うつ)ります

辭書形(基本形) 移動	うつる	たり形 又是移動	うつったり
ない形（否定形） 沒移動	うつらない	ば形（條件形） 移動的話	うつれば
なかった形（過去否定形） 過去沒移動	うつらなかった	させる形（使役形） 使移動	うつらせる
ます形（連用形） 移動	うつります	られる形（被動形） 被移動	うつられる
て形 移動	うつって	命令形 快移動	うつれ
た形（過去形） 移動了	うつった	可能形 可以移動	うつれる
たら形（條件形） 移動的話	うつったら	う形（意向形） 移動吧	うつろう

△ 都会(とかい)は家賃(やちん)が高(たか)いので、引退(いんたい)してから郊外(こうがい)に移(うつ)った／由於大都市的房租很貴，退下第一線以後就搬到郊區了。

うまる【埋まる】 被埋上；填滿，堵住；彌補，補齊

自五 グループ1

埋(う)まる・埋(う)まります

辭書形(基本形) 被埋	うまる	たり形 又是被埋	うまったり
ない形（否定形） 沒被埋	うまらない	ば形（條件形） 被埋的話	うまれば
なかった形（過去否定形） 過去沒被埋	うまらなかった	させる形（使役形） 使彌補	うまらせる
ます形（連用形） 被埋	うまります	られる形（被動形） 被埋	うまられる
て形 被埋	うまって	命令形 快埋	うまれ
た形（過去形） 被埋了	うまった	可能形 可以埋	うまれる
たら形（條件形） 被埋的話	うまったら	う形（意向形） 埋吧	うまろう

△ 小屋(こや)は雪(ゆき)に埋(う)まっていた／小屋被雪覆蓋住。

うむ【生む】 產生，產出

他五 グループ1

生む・生みます

形	中文	活用	形	中文	活用
辭書形(基本形)	產生	うむ	たり形	又是產生	うんだり
ない形（否定形）	沒產生	うまない	ば形（條件形）	產生的話	うめば
なかった形（過去否定形）	過去沒產生	うまなかった	させる形（使役形）	使生產	うませる
ます形（連用形）	產生	うみます	られる形（被動形）	被生產	うまれる
て形	產生	うんで	命令形	快生	うめ
た形（過去形）	產生了	うんだ	可能形	會生	うめる
たら形（條件形）	產生的話	うんだら	う形（意向形）	生吧	うもう

△その発言は誤解を生む可能性がありますよ／
你那發言可能會產生誤解喔！

うむ【産む】 生，產

他五 グループ1

産む・産みます

形	中文	活用	形	中文	活用
辭書形(基本形)	生產	うむ	たり形	又是生	うんだり
ない形（否定形）	沒生	うまない	ば形（條件形）	生的話	うめば
なかった形（過去否定形）	過去沒生	うまなかった	させる形（使役形）	使生	うませる
ます形（連用形）	生產	うみます	られる形（被動形）	被生出	うまれる
て形	生產	うんで	命令形	快生	うめ
た形（過去形）	生了	うんだ	可能形	會生	うめる
たら形（條件形）	生的話	うんだら	う形（意向形）	生吧	うもう

△彼女は女の子を産んだ／她生了女娃兒。

うめる【埋める】 埋，掩埋；填補，彌補；佔滿

他下一 グループ2

埋めける・埋めます

辭書形(基本形) 掩埋	うめる	たり形 又是掩埋	うめたり
ない形（否定形） 沒掩埋	うめない	ば形（條件形） 掩埋的話	うめれば
なかった形（過去否定形） 過去沒掩埋	うめなかった	させる形（使役形） 使掩埋	うめさせる
ます形（連用形） 掩埋	うめます	られる形（被動形） 被埋	うめられる
て形 掩埋	うめて	命令形 快埋	うめろ
た形（過去形） 掩埋了	うめた	可能形 可以埋	うめられる
たら形（條件形） 掩埋的話	うめたら	う形（意向形） 埋吧	うめよう

△犯人は、木の下にお金を埋めたと言っている／
犯人自白說他將錢埋在樹下。

えがく【描く】 畫，描繪；以…為形式，描寫；想像

他五 グループ1

描く・描きます

辭書形(基本形) 描繪	えがく	たり形 又是畫	えがいたり
ない形（否定形） 沒畫	えがかない	ば形（條件形） 畫的話	えがけば
なかった形（過去否定形） 過去沒畫	えがかなかった	させる形（使役形） 使描繪	えがかせる
ます形（連用形） 描繪	えがきます	られる形（被動形） 被畫	えがかれる
て形 描繪	えがいて	命令形 快畫	えがけ
た形（過去形） 畫了	えがいた	可能形 會畫	えがける
たら形（條件形） 畫的話	えがいたら	う形（意向形） 畫吧	えがこう

△この絵は、心に浮かんだものを描いたにすぎません／
這幅畫只是將內心所想像的東西，畫出來的而已。

える【得る】 得，得到；領悟，理解；能夠

他下一 グループ2

得る・得ます

辭書形(基本形) 得到	える	たり形 又是得到	えたり
ない形（否定形） 沒得到	えない	ば形（條件形） 得到的話	えれば
なかった形（過去否定形） 過去沒得到	えなかった	させる形（使役形） 使得到	えさせる
ます形（連用形） 得到	えます	られる形（被動形） 被理解	えられる
て形 得到	えて	命令形 快得到	えろ
た形（過去形） 得到了	えた	可能形 可以得到	える
たら形（條件形） 得到的話	えたら	う形（意向形） 得到吧	えよう

△そんな簡単に大金が得られるわけがない／怎麼可能那麼容易就得到一大筆錢。

おいこす【追い越す】 超過，趕過去

他五 グループ1

追い越す・追い越します

辭書形(基本形) 超過	おいこす	たり形 又是超過	おいこしたり
ない形（否定形） 沒超過	おいこさない	ば形（條件形） 超過的話	おいこせば
なかった形（過去否定形） 過去沒超過	おいこさなかった	させる形（使役形） 使超過	おいこさせる
ます形（連用形） 超過	おいこします	られる形（被動形） 被超過	おいこされる
て形 超過	おいこして	命令形 快超過	おいこせ
た形（過去形） 超過了	おいこした	可能形 會超過	おいこせる
たら形（條件形） 超過的話	おいこしたら	う形（意向形） 超過吧	おいこそう

△トラックなんか、追い越しちゃえ／我們快追過那卡車吧！

おきる【起きる】（倒著的東西）起來，立起來；起床；不睡；發生 自上一 グループ2

起きる・起きます

辭書形(基本形) 起來	おきる	たり形 又是起來	おきたり
ない形（否定形） 沒起來	おきない	ば形（條件形） 起來的話	おきれば
なかった形（過去否定形） 過去沒起來	おきなかった	させる形（使役形） 使立起來	おきさせる
ます形（連用形） 起來	おきます	られる形（被動形） 被立起來	おきられる
て形 起來	おきて	命令形 快立起來	おきろ
た形（過去形） 起來了	おきた	可能形 可以立起來	おきられる
たら形（條件形） 起來的話	おきたら	う形（意向形） 起來吧	おきよう

△昨夜はずっと起きていた／昨天晚上一直都醒著。

おこす【起こす】扶起；叫醒；引起 他五 グループ1

起こす・起こします

辭書形(基本形) 扶起	おこす	たり形 又是扶起	おこしたり
ない形（否定形） 沒扶起	おこさない	ば形（條件形） 扶起的話	おこせば
なかった形（過去否定形） 過去沒扶起	おこさなかった	させる形（使役形） 使扶起	おこさせる
ます形（連用形） 扶起	おこします	られる形（被動形） 被扶起	おこされる
て形 扶起	おこして	命令形 快扶起	おこせ
た形（過去形） 扶起了	おこした	可能形 可以扶起	おこせる
たら形（條件形） 扶起的話	おこしたら	う形（意向形） 扶起吧	おこそう

△父は、「明日の朝、6時に起こしてくれ」と言った／父親說：「明天早上六點叫我起床」。

おこる【起こる】 發生，鬧；興起，興盛；（火）著旺

自五 グループ1

起(お)こる・起(お)こります

辭書形(基本形) 發生	おこる	たり形 又是發生	おこったり
ない形（否定形） 沒發生	おこらない	ば形（條件形） 發生的話	おこれば
なかった形（過去否定形） 過去沒發生	おこらなかった	させる形（使役形） 使發生	おこらせる
ます形（連用形） 發生	おこります	られる形（被動形） 被興起	おこられる
て形 發生	おこって	命令形 快發生	おこれ
た形（過去形） 發生了	おこった	可能形	――――
たら形（條件形） 發生的話	おこったら	う形（意向形） 發生吧	おころう

△世界(せかい)の地震(じしん)の約(やく)1割(わり)が日本(にほん)で起(お)こっている／
全世界的地震大約有一成發生在日本。

おごる【奢る】 請客，作東；奢侈，過於講究

自他五 グループ1

おごる・おごります

辭書形(基本形) 請客	おごる	たり形 又是請客	おごったり
ない形（否定形） 沒請客	おごらない	ば形（條件形） 請客的話	おごれば
なかった形（過去否定形） 過去沒請客	おごらなかった	させる形（使役形） 使請客	おごらせる
ます形（連用形） 請客	おごります	られる形（被動形） 被請客	おごられる
て形 請客	おごって	命令形 快請客	おごれ
た形（過去形） 請了客	おごった	可能形 可以請客	おごれる
たら形（條件形） 請客的話	おごったら	う形（意向形） 請客吧	おごろう

△ここは私(わたし)がおごります／這回就讓我作東了。

おさえる【押さえる】

按，壓；扣住，勒住；控制，阻止；捉住；扣留；超群出眾

押さえる・押さえます

辭書形(基本形) 按住	おさえる	たり形 又是按住	おさえたり
ない形（否定形） 沒按住	おさえない	ば形（條件形） 按住的話	おさえれば
なかった形（過去否定形） 過去沒按住	おさえなかった	させる形（使役形） 使按住	おさえさせる
ます形（連用形） 按住	おさえます	られる形（被動形） 被按住	おさえられる
て形 按住	おさえて	命令形 快按住	おさえろ
た形（過去形） 按住了	おさえた	可能形 可以按住	おさえられる
たら形（條件形） 按住的話	おさえたら	う形（意向形） 按住吧	おさえよう

△この釘を押さえていてください／請按住這個釘子。

おさめる【納める】

繳交，繳納；接受，認可

他下一 グループ2

納める・納めます

辭書形(基本形) 繳納	おさめる	たり形 又是繳納	おさめたり
ない形（否定形） 沒繳納	おさめない	ば形（條件形） 繳納的話	おさめれば
なかった形（過去否定形） 過去沒繳納	おさめなかった	させる形（使役形） 使繳納	おさめさせる
ます形（連用形） 繳納	おさめます	られる形（被動形） 被接受	おさめられる
て形 繳納	おさめて	命令形 快繳納	おさめろ
た形（過去形） 繳納了	おさめた	可能形 可以繳納	おさめられる
たら形（條件形） 繳納的話	おさめたら	う形（意向形） 繳納吧	おさめよう

△税金を納めるのは国民の義務です／繳納稅金是國民的義務。

おそわる【教わる】 受教，跟…學習

他五 グループ1

教(おそ)わる・教(おそ)わります

辭書形(基本形) 受教	おそわる	たり形 又是受教	おそわったり
ない形（否定形） 沒受教	おそわらない	ば形（條件形） 受教的話	おそわれば
なかった形（過去否定形） 過去沒受教	おそわらなかった	させる形（使役形） 使受教	おそわらせる
ます形（連用形） 受教	おそわります	られる形（被動形） 被教導	おそわられる
て形 受教	おそわって	命令形 快受教	おそわれ
た形（過去形） 受教了	おそわった	可能形 可以受教	おそわれる
たら形（條件形） 受教的話	おそわったら	う形（意向形） 受教吧	おそわろう

△パソコンの使(つか)い方(かた)を教(おそ)わったとたんに、もう忘(わす)れてしまった／
才剛請別人教我電腦的操作方式，現在就已經忘了。

おもいえがく【思い描く】 在心裡描繪，想像

他五 グループ1

思(おも)い描(えが)く・思(おも)い描(えが)きます

辭書形(基本形) 描繪	おもいえがく	たり形 又是描繪	おもいえがいたり
ない形（否定形） 沒描繪	おもいえがかない	ば形（條件形） 描繪的話	おもいえがけば
なかった形（過去否定形） 過去沒描繪	おもいえがかなかった	させる形（使役形） 使描繪	おもいえがかせる
ます形（連用形） 描繪	おもいえがきます	られる形（被動形） 被描繪	おもいえがかれる
て形 描繪	おもいえがいて	命令形 快描繪	おもいえがけ
た形（過去形） 描繪了	おもいえがいた	可能形 可以描繪	おもいえがける
たら形（條件形） 描繪的話	おもいえがいたら	う形（意向形） 描繪吧	おもいえがこう

△将来(しょうらい)の生活(せいかつ)を思(おも)い描(えが)く／在心裡描繪未來的生活。

おもいつく【思い付く】 （忽然）想起，想起來 自他五 グループ1

思(おも)い付(つ)く・思(おも)い付(つ)きます

形	活用	形	活用
辭書形(基本形) 想起	おもいつく	たり形 又是想起	おもいついたり
ない形（否定形） 沒想起	おもいつかない	ば形（條件形） 想起的話	おもいつけば
なかった形（過去否定形） 過去沒想起	おもいつかなかった	させる形（使役形） 使想起	おもいつかせる
ます形（連用形） 想起	おもいつきます	られる形（被動形） 被想起	おもいつかれる
て形 想起	おもいついて	命令形 快想起	おもいつけ
た形（過去形） 想起了	おもいついた	可能形 會想起	おもいつける
たら形（條件形） 想起的話	おもいついたら	う形（意向形） 想起吧	おもいつこう

△いいアイディアを思(おも)い付(つ)くたびに、会社(かいしゃ)に提案(ていあん)しています／
每當我想到好點子，就提案給公司。

おもいやる【思いやる】 體諒，表同情；想像，推測 他五 グループ1

思(おも)いやる・思(おも)いやります

形	活用	形	活用
辭書形(基本形) 體諒	おもいやる	たり形 又是體諒	おもいやったり
ない形（否定形） 沒體諒	おもいやらない	ば形（條件形） 體諒的話	おもいやれば
なかった形（過去否定形） 過去沒體諒	おもいやらなかった	させる形（使役形） 使體諒	おもいやらせる
ます形（連用形） 體諒	おもいやります	られる形（被動形） 被體諒	おもいやられる
て形 體諒	おもいやって	命令形 快體諒	おもいやれ
た形（過去形） 體諒了	おもいやった	可能形 可以體諒	おもいやれる
たら形（條件形） 體諒的話	おもいやったら	う形（意向形） 體諒吧	おもいやろう

△夫婦(ふうふ)は、お互(たが)いに思(おも)いやることが大切(たいせつ)です／夫妻間相互體貼很重要。

おろす【下ろす・降ろす】

（從高處）取下，拿下，降下，弄下；開始使用（新東西）；砍下

他五 グループ1

下ろす・下ろします

辭書形(基本形) 取下	おろす	たり形 又是取下	おろしたり
ない形（否定形） 沒取下	おろさない	ば形（條件形） 取下的話	おろせば
なかった形（過去否定形） 過去沒取下	おろさなかった	させる形（使役形） 使取下	おろさせる
ます形（連用形） 取下	おろします	られる形（被動形） 被取下	おろされる
て形 取下	おろして	命令形 快取下	おろせ
た形（過去形） 取下了	おろした	可能形 可以取下	おろせる
たら形（條件形） 取下的話	おろしたら	う形（意向形） 取下吧	おろそう

△車から荷物を降ろすとき、腰を痛めた／
從車上搬行李下來的時候弄痛了腰。

かう【飼う】

飼養（動物等）

他五 グループ1

飼う・飼います

辭書形(基本形) 飼養	かう	たり形 又是飼養	かったり
ない形（否定形） 沒飼養	かわない	ば形（條件形） 飼養的話	かえば
なかった形（過去否定形） 過去沒飼養	かわなかった	させる形（使役形） 使飼養	かわせる
ます形（連用形） 飼養	かいます	られる形（被動形） 被飼養	かわれる
て形 飼養	かって	命令形 快飼養	かえ
た形（過去形） 飼養了	かった	可能形 可以飼養	かえる
たら形（條件形） 飼養的話	かったら	う形（意向形） 飼養吧	かおう

△うちではダックスフントを飼っています／我家裡有養臘腸犬。

かえる【代える・換える・替える】 代替，代理；改變，變更，變換 他下一 グループ2

代える・代えます

形	活用	形	活用
辭書形(基本形) 代替	かえる	たり形 又是代替	かえたり
ない形（否定形) 沒代替	かえない	ば形（條件形) 代替的話	かえれば
なかった形（過去否定形) 過去沒代替	かえなかった	させる形（使役形) 使代替	かえさせる
ます形（連用形) 代替	かえます	られる形（被動形) 被代替	かえられる
て形 代替	かえて	命令形 快代替	かえろ
た形（過去形) 代替了	かえた	可能形 可以代替	かえられる
たら形（條件形) 代替的話	かえたら	う形（意向形) 代替吧	かえよう

△ 窓を開けて空気を換える／打開窗戶透氣。

かえる【返る】 復原；返回；回應 自五 グループ1

返る・返ります

形	活用	形	活用
辭書形(基本形) 復原	かえる	たり形 又是復原	かえったり
ない形（否定形) 沒復原	かえらない	ば形（條件形) 復原的話	かえれば
なかった形（過去否定形) 過去沒復原	かえらなかった	させる形（使役形) 使復原	かえらせる
ます形（連用形) 復原	かえります	られる形（被動形) 被復原	かえられる
て形 復原	かえって	命令形 快復原	かえれ
た形（過去形) 復原了	かえった	可能形 可以復原	かえれる
たら形（條件形) 復原的話	かえったら	う形（意向形) 復原吧	かえろう

△ 友達に貸したお金が、なかなか返ってこない／借給朋友的錢，遲遲沒能拿回來。

かかる 生病；遭受災難

自五 グループ1

かかる・かかります

形	中文	活用	形	中文	活用
辭書形(基本形)	生病	かかる	たり形	又是生病	かかったり
ない形（否定形）	沒生病	かからない	ば形（條件形）	生病的話	かかれば
なかった形（過去否定形）	過去沒生病	かからなかった	させる形（使役形）	使生病	かからせる
ます形（連用形）	生病	かかります	られる形（被動形）	被染病	かかられる
て形	生病	かかって	命令形	生病	かかれ
た形（過去形）	生病了	かかった	可能形		――――
たら形（條件形）	生病的話	かかったら	う形（意向形）	生病吧	かかろう

△小さい子供は病気にかかりやすい／年紀小的孩子容易生病。

かく【掻く】（用手或爪）搔，撥；拔，推；攪拌，攪和

他五 グループ1

掻く・掻きます

形	中文	活用	形	中文	活用
辭書形(基本形)	搔	かく	たり形	又是搔	かいたり
ない形（否定形）	沒搔	かかない	ば形（條件形）	搔的話	かけば
なかった形（過去否定形）	過去沒搔	かかなかった	させる形（使役形）	使搔	かかせる
ます形（連用形）	搔	かきます	られる形（被動形）	被搔癢	かかれる
て形	搔	かいて	命令形	快搔	かけ
た形（過去形）	搔了	かいた	可能形	會搔	かける
たら形（條件形）	搔的話	かいたら	う形（意向形）	搔吧	かこう

△失敗して恥ずかしくて、頭を掻いていた／
因失敗感到不好意思，而搔起頭來。

かぐ【嗅ぐ】（用鼻子）聞，嗅

他五 グループ1

嗅ぐ・嗅ぎます

形	活用	形	活用
辭書形(基本形) 聞	かぐ	たり形 又是聞	かいだり
ない形（否定形） 沒聞	かがない	ば形（條件形） 聞的話	かげば
なかった形（過去否定形） 過去沒聞	かがなかった	させる形（使役形） 使聞	かがせる
ます形（連用形） 聞	かぎます	られる形（被動形） 被聞	かがれる
て形 聞	かいで	命令形 快聞	かげ
た形（過去形） 聞了	かいだ	可能形 會聞	かげる
たら形（條件形） 聞的話	かいだら	う形（意向形） 聞吧	かごう

△この花の香りをかいでごらんなさい／請聞一下這花的香味。

かくす【隠す】藏起來，隱瞞，掩蓋

他五 グループ1

隠す・隠します

形	活用	形	活用
辭書形(基本形) 藏起來	かくす	たり形 又是藏起來	かくしたり
ない形（否定形） 沒藏起來	かくさない	ば形（條件形） 藏起來的話	かくせば
なかった形（過去否定形） 過去沒藏起來	かくさなかった	させる形（使役形） 使藏起來	かくさせる
ます形（連用形） 藏起來	かくします	られる形（被動形） 被藏起來	かくされる
て形 藏起來	かくして	命令形 快藏起來	かくせ
た形（過去形） 藏起來了	かくした	可能形 會藏起來	かくせる
たら形（條件形） 藏起來的話	かくしたら	う形（意向形） 藏起來吧	かくそう

△事件のあと、彼は姿を隠してしまった／案件發生後，他就躲了起來。

かくれる【隠れる】 躲藏，隱藏；隱遁；不為人知，潛在的 自下一 グループ2

隠れる・隠れます

辭書形(基本形) 隱藏	かくれる	たり形 又是隱藏	かくれたり
ない形（否定形） 沒隱藏	かくれない	ば形（條件形） 隱藏的話	かくれれば
なかった形（過去否定形） 過去沒隱藏	かくれなかった	させる形（使役形） 使隱藏	かくれさせる
ます形（連用形） 隱藏	かくれます	られる形（被動形） 被隱藏	かくれられる
て形 隱藏	かくれて	命令形 快隱藏	かくれろ
た形（過去形） 隱藏了	かくれた	可能形 會隱藏	かくれられる
たら形（條件形） 隱藏的話	かくれたら	う形（意向形） 隱藏吧	かくれよう

△息子が親に隠れてたばこを吸っていた／兒子以前瞞著父母偷偷抽菸。

かける【掛ける】 坐；懸掛；蓋上，放上；放在…之上；澆；花費；寄託；鎖上；（數學）乘 他下一・接尾 グループ2

掛ける・掛けます

辭書形(基本形) 坐	かける	たり形 又是坐	かけたり
ない形（否定形） 沒坐	かけない	ば形（條件形） 坐的話	かければ
なかった形（過去否定形） 過去沒坐	かけなかった	させる形（使役形） 使坐	かけさせる
ます形（連用形） 坐	かけます	られる形（被動形） 被蓋上	かけられる
て形 坐	かけて	命令形 快坐	かけろ
た形（過去形） 坐了	かけた	可能形 可以坐	かけられる
たら形（條件形） 坐的話	かけたら	う形（意向形） 坐吧	かけよう

△椅子に掛けて話をしよう／讓我們坐下來講吧！

かこむ【囲む】 圍上，包圍；圍攻

他五 グループ1

囲(かこ)む・囲(かこ)みます

辭書形(基本形) 包圍	かこむ	たり形 又是包圍	かこんだり
ない形（否定形） 沒包圍	かこまない	ば形（條件形） 包圍的話	かこめば
なかった形（過去否定形） 過去沒包圍	かこまなかった	させる形（使役形） 使包圍	かこませる
ます形（連用形） 包圍	かこみます	られる形（被動形） 被包圍	かこまれる
て形 包圍	かこんで	命令形 快包圍	かこめ
た形（過去形） 包圍了	かこんだ	可能形 會包圍	かこめる
たら形（條件形） 包圍的話	かこんだら	う形（意向形） 包圍吧	かこもう

△ やっぱり、庭(にわ)があって自然(しぜん)に囲(かこ)まれた家(うち)がいいわ／我還是比較想住在那種有庭院，能沐浴在大自然之中的屋子耶。

かさねる【重ねる】 重疊堆放；再加上，蓋上；反覆，重複，屢次

他下一 グループ2

重(かさ)ねる・重(かさ)ねます

辭書形(基本形) 重疊堆放	かさねる	たり形 又是重疊堆放	かさねたり
ない形（否定形） 沒重疊堆放	かさねない	ば形（條件形） 重疊堆放的話	かさねれば
なかった形（過去否定形） 過去沒重疊堆放	かさねなかった	させる形（使役形） 使重疊堆放	かさねさせる
ます形（連用形） 重疊堆放	かさねます	られる形（被動形） 被重疊堆放	かさねられる
て形 重疊堆放	かさねて	命令形 快重疊堆放	かさねろ
た形（過去形） 重疊堆放了	かさねた	可能形 可以重疊堆放	かさねられる
たら形（條件形） 重疊堆放的話	かさねたら	う形（意向形） 重疊堆放吧	かさねよう

△ 本(ほん)がたくさん重(かさ)ねてある／書堆了一大疊。

かぞえる【数える】 數，計算；列舉，枚舉

他下一 グループ2

数（かぞ）える・数（かぞ）えます

辭書形(基本形) 計算	かぞえる	たり形 又是計算	かぞえたり
ない形（否定形） 沒計算	かぞえない	ば形（條件形） 計算的話	かぞえれば
なかった形（過去否定形） 過去沒計算	かぞえなかった	させる形（使役形） 使計算	かぞえさせる
ます形（連用形） 計算	かぞえます	られる形（被動形） 被計算	かぞえられる
て形 計算	かぞえて	命令形 快計算	かぞえろ
た形（過去形） 計算了	かぞえた	可能形 可以計算	かぞえられる
たら形（條件形） 計算的話	かぞえたら	う形（意向形） 計算吧	かぞえよう

△10から１まで逆（ぎゃく）に数（かぞ）える／從10倒數到1。

かたづく【片付く】 收拾，整理好；得到解決，處裡好；出嫁

自五 グループ1

片付（かたづ）く・片付（かたづ）きます

辭書形(基本形) 收拾	かたづく	たり形 又是收拾	かたづいたり
ない形（否定形） 沒收拾	かたづかない	ば形（條件形） 收拾的話	かたづけば
なかった形（過去否定形） 過去沒收拾	かたづか なかった	させる形（使役形） 使收拾	かたづかせる
ます形（連用形） 收拾	かたづきます	られる形（被動形） 被收拾	かたづかれる
て形 收拾	かたづいて	命令形	――――
た形（過去形） 收拾了	かたづいた	可能形	――――
たら形（條件形） 收拾的話	かたづいたら	う形（意向形） 收拾吧	かたづこう

△母親（ははおや）によると、彼女（かのじょ）の部屋（へや）はいつも片付（かたづ）いているらしい／就她母親所言，她的房間好像都有整理。

N3 か かぞえる・かたづく

かたづける【片付ける】 收拾，打掃；解決

他下一 グループ2

片付ける・片付けます

形	活用	形	活用
辭書形(基本形) 收拾	かたづける	たり形 又是收拾	かたづけたり
ない形（否定形） 沒收拾	かたづけない	ば形（條件形） 收拾的話	かたづければ
なかった形（過去否定形） 過去沒收拾	かたづけなかった	させる形（使役形） 使收拾	かたづけさせる
ます形（連用形） 收拾	かたづけます	られる形（被動形） 被收拾	かたづけられる
て形 收拾	かたづけて	命令形 快收拾	かたづけろ
た形（過去形） 收拾了	かたづけた	可能形 可以收拾	かたづけられる
たら形（條件形） 收拾的話	かたづけたら	う形（意向形） 收拾吧	かたづけよう

△教室を片付けようとしていたら、先生が来た／
正打算整理教室的時候，老師來了。

かまう【構う】 介意，顧忌，理睬；照顧，招待；調戲，逗弄；放逐

自他五 グループ1

構う・構います

形	活用	形	活用
辭書形(基本形) 介意	かまう	たり形 又是介意	かまったり
ない形（否定形） 不介意	かまわない	ば形（條件形） 介意的話	かまえば
なかった形（過去否定形） 過去不介意	かまわなかった	させる形（使役形） 使介意	かまわせる
ます形（連用形） 介意	かまいます	られる形（被動形） 被理會	かまわれる
て形 介意	かまって	命令形 快介意	かまえ
た形（過去形） 介意了	かまった	可能形 會介意	かまえる
たら形（條件形） 介意的話	かまったら	う形（意向形） 介意吧	かまおう

△あの人は、あまり服装に構わない人です／那個人不大在意自己的穿著。

かわかす【乾かす】 曬乾；晾乾；烤乾

他五 グループ1

乾(かわ)かす・乾(かわ)かします

辭書形(基本形) 曬乾	かわかす	たり形 又是曬乾	かわかしたり
ない形（否定形） 沒曬乾	かわかさない	ば形（條件形） 曬乾的話	かわかせば
なかった形（過去否定形） 過去沒曬乾	かわかさなかった	させる形（使役形） 使曬乾	かわかさせる
ます形（連用形） 曬乾	かわかします	られる形（被動形） 被曬乾	かわかされる
て形 曬乾	かわかして	命令形 快曬乾	かわかせ
た形（過去形） 曬乾了	かわかした	可能形 會曬乾	かわかせる
たら形（條件形） 曬乾的話	かわかしたら	う形（意向形） 曬乾吧	かわかそう

△雨(あめ)でぬれたコートを吊(つ)るして乾(かわ)かす／把淋到雨的濕外套掛起來風乾。

かわく【乾く】 乾，乾燥

自五 グループ1

乾(かわ)く・乾(かわ)きます

辭書形(基本形) 乾	かわく	たり形 又是乾	かわいたり
ない形（否定形） 沒乾	かわかない	ば形（條件形） 乾的話	かわけば
なかった形（過去否定形） 過去沒乾	かわかなかった	させる形（使役形） 使乾	かわかせる
ます形（連用形） 乾	かわきます	られる形（被動形） 被弄乾	かわかれる
て形 乾	かわいて	命令形 快乾	かわけ
た形（過去形） 乾了	かわいた	可能形	——
たら形（條件形） 乾的話	かわいたら	う形（意向形） 乾吧	かわこう

△雨(あめ)が少(すく)ないので、土(つち)が乾(かわ)いている／因雨下得少，所以地面很乾。

かわく【渇く】 渇，乾渇；渇望，內心的要求

自五 グループ1

渇く・渇きます

形	活用	形	活用
辭書形(基本形) 渴	かわく	たり形 又是渴	かわいたり
ない形（否定形） 沒渴	かわかない	ば形（條件形） 渴的話	かわけば
なかった形（過去否定形） 過去沒渴	かわかなかった	させる形（使役形） 使渴	かわかせる
ます形（連用形） 渴	かわきます	られる形（被動形） 被弄渴	かわかれる
て形 渴	かわいて	命令形 快渴	かわけ
た形（過去形） 渴了	かわいた	可能形	———
たら形（條件形） 渴的話	かわいたら	う形（意向形） 渴吧	かわこう

△ のどが渇いた。何か飲み物ない／我好渴，有什麼什麼可以喝的？

かわる【代わる】 代替，代理，代理

自五 グループ1

代わる・代わります

形	活用	形	活用
辭書形(基本形) 代替	かわる	たり形 又是代替	かわったり
ない形（否定形） 沒代替	かわらない	ば形（條件形） 代替的話	かわれば
なかった形（過去否定形） 過去沒代替	かわらなかった	させる形（使役形） 使代替	かわらせる
ます形（連用形） 代替	かわります	られる形（被動形） 被代替	かわられる
て形 代替	かわって	命令形 快代替	かわれ
た形（過去形） 代替了	かわった	可能形 可以代替	かわれる
たら形（條件形） 代替的話	かわったら	う形（意向形） 代替吧	かわろう

△「途中、どっかで運転代わるよ」「別にいいよ」／
「半路上找個地方和你換手開車吧？」「沒關係啦！」

かわる【替わる】 更換，交替，交換

自五 グループ1

替(か)わる・替(か)わります

辭書形(基本形) 更換	かわる	たり形 又是更換	かわったり
ない形（否定形） 沒更換	かわらない	ば形（條件形） 更換的話	かわれば
なかった形（過去否定形） 過去沒更換	かわらなかった	させる形（使役形） 使更換	かわらせる
ます形（連用形） 更換	かわります	られる形（被動形） 被更換	かわられる
て形 更換	かわって	命令形 快更換	かわれ
た形（過去形） 更換了	かわった	可能形 可以更換	かわれる
たら形（條件形） 更換的話	かわったら	う形（意向形） 更換吧	かわろう

△石油(せきゆ)に替(か)わる新(あたら)しいエネルギーはなんですか／
請問可用來替代石油的新能源是什麼呢？

かわる【換わる】 更換，更替

自五 グループ1

換(か)わる・換(か)わります

辭書形(基本形) 更換	かわる	たり形 又是更換	かわったり
ない形（否定形） 沒更換	かわらない	ば形（條件形） 更換的話	かわれば
なかった形（過去否定形） 過去沒更換	かわらなかった	させる形（使役形） 使更換	かわらせる
ます形（連用形） 更換	かわります	られる形（被動形） 被更換	かわられる
て形 更換	かわって	命令形 快更換	かわれ
た形（過去形） 更換了	かわった	可能形 可以，會	かわれる
たら形（條件形） 更換的話	かわったら	う形（意向形） 更換吧	かわろう

△すみませんが、席(せき)を換(か)わってもらえませんか／
不好意思，請問可以和您換個位子嗎？

かわる【変わる】 變化；與眾不同；改變時間地點，遷居，調任 自五 グループ1

変わる・変わります

形	變化	形	變化
辭書形(基本形) 變化	かわる	たり形 又是變化	かわったり
ない形（否定形） 沒變化	かわらない	ば形（條件形） 變化的話	かわれば
なかった形（過去否定形） 過去沒變化	かわらなかった	させる形（使役形） 使變化	かわらせる
ます形（連用形） 變化	かわります	られる形（被動形） 被調任	かわられる
て形 變化	かわって	命令形 快變化	かわれ
た形（過去形） 變化了	かわった	可能形 會變化	かわれる
たら形（條件形） 變化的話	かわったら	う形（意向形） 變化吧	かわろう

△人の考え方は、変わるものだ／人的想法，是會變的。

かんじる・かんずる【感じる・感ずる】 感覺，感到；感動，感觸，有所感 自他上一 グループ2

感じる・感じます

形	變化	形	變化
辭書形(基本形) 感覺	かんじる	たり形 又是感覺	かんじたり
ない形（否定形） 沒感覺	かんじない	ば形（條件形） 感覺的話	かんじれば
なかった形（過去否定形） 過去沒感覺	かんじなかった	させる形（使役形） 使感覺	かんじさせる
ます形（連用形） 感覺	かんじます	られる形（被動形） 被感動	かんじられる
て形 感覺	かんじて	命令形 快感覺	かんじろ
た形（過去形） 感覺了	かんじた	可能形 可以感覺	かんじられる
たら形（條件形） 感覺的話	かんじたら	う形（意向形） 感覺吧	かんじよう

△子供が生まれてうれしい反面、責任も感じる／
孩子出生後很高興，但相對地也感受到責任。

きがえる・きかえる【着替える】 換衣服 他下一 グループ2

着替える・着替えます

辭書形(基本形) 換衣服	きがえる	たり形 又是換衣服	きがえたり
ない形（否定形） 沒換衣服	きがえない	ば形（條件形） 換衣服的話	きがえれば
なかった形（過去否定形） 過去沒換衣服	きがえなかった	させる形（使役形） 使換衣服	きがえさせる
ます形（連用形） 換衣服	きがえます	られる形（被動形） 被換衣服	きがえられる
て形 換衣服	きがえて	命令形 快換衣服	きがえろ
た形（過去形） 換了衣服	きがえた	可能形 可以換衣服	きがえられる
たら形（條件形） 換衣服的話	きがえたら	う形（意向形） 換衣服吧	きがえよう

△ 着物を着替える／換衣服。

きく【効く】 有效，奏效；好用，能幹；可以，能夠；起作用 自五 グループ1

効く・効きます

辭書形(基本形) 有效	きく	たり形 又是有效	きいたり
ない形（否定形） 沒效	きかない	ば形（條件形） 有效的話	きけば
なかった形（過去否定形） 過去沒效	きかなかった	させる形（使役形） 使有效	きかせる
ます形（連用形） 有效	ききます	られる形（被動形） 被奏效	きかれる
て形 有效	きいて	命令形 快有效	きけ
た形（過去形） 有效了	きいた	可能形	———
たら形（條件形） 有效的話	きいたら	う形（意向形） 有效吧	きこう

△ この薬は、高かったわりに効かない／這服藥雖然昂貴，卻沒什麼效用。

きれる【切れる】 斷掉；用盡

自下一 グループ2

切(き)れる・切(き)れます

辭書形(基本形) 斷掉	きれる	たり形 又是斷掉	きれたり
ない形（否定形） 沒斷掉	きれない	ば形（條件形） 斷掉的話	きれれば
なかった形（過去否定形） 過去沒斷掉	きれなかった	させる形（使役形） 使斷掉	きれさせる
ます形（連用形） 斷掉	きれます	られる形（被動形） 被弄斷	きれられる
て形 斷掉	きれて	命令形 快斷掉	きれろ
た形（過去形） 斷掉了	きれた	可能形	———
たら形（條件形） 斷掉的話	きれたら	う形（意向形） 斷掉吧	きれよう

△たこの糸(いと)が切(き)れてしまった／風箏線斷掉了。

くさる【腐る】 腐臭，腐爛；金屬鏽，爛；墮落，腐敗；消沉，氣餒

自五 グループ1

腐(くさ)る・腐(くさ)ります

辭書形(基本形) 腐臭	くさる	たり形 又是腐臭	くさったり
ない形（否定形） 沒腐臭	くさらない	ば形（條件形） 腐臭的話	くされば
なかった形（過去否定形） 過去沒腐臭	くさらなかった	させる形（使役形） 使腐臭	くさらせる
ます形（連用形） 腐臭	くさります	られる形（被動形） 被弄臭	くさられる
て形 腐臭	くさって	命令形 快腐臭	くされ
た形（過去形） 腐臭了	くさった	可能形	———
たら形（條件形） 腐臭的話	くさったら	う形（意向形） 腐臭吧	くさろう

△それ、腐(くさ)りかけてるみたいだね。捨(す)てた方(ほう)がいいんじゃない／那東西好像開始腐敗了，還是丟了比較好吧。

くだる【下る】

下降，下去；下野，脫離公職；由中央到地方；下達；往河的下游去

自五 グループ1

下る・下ります

辭書形(基本形) 下降	くだる	たり形 又是下降	くだったり
ない形(否定形) 沒下降	くだらない	ば形(條件形) 下降的話	くだれば
なかった形(過去否定形) 過去沒下降	くだらなかった	させる形(使役形) 使下降	くだらせる
ます形(連用形) 下降	くだります	られる形(被動形) 被下放	くだられる
て形 下降	くだって	命令形 快下降	くだれ
た形(過去形) 下降了	くだった	可能形 可以下降	くだれる
たら形(條件形) 下降的話	くだったら	う形(意向形) 下降吧	くだろう

△この坂を下っていくと、1時間ぐらいで麓の町に着きます／只要下了這條坡道，大約一個小時就可以到達山腳下的城鎮了。

くらす【暮らす】

生活，度日；消磨歲月

自他五 グループ1

暮らす・暮らします

辭書形(基本形) 生活	くらす	たり形 又是過著	くらしたり
ない形(否定形) 沒過著	くらさない	ば形(條件形) 過著的話	くらせば
なかった形(過去否定形) 過去沒過著	くらさなかった	させる形(使役形) 使過著	くらさせる
ます形(連用形) 生活	くらします	られる形(被動形) 被過著	くらされる
て形 生活	くらして	命令形 快過著	くらせ
た形(過去形) 生活了	くらした	可能形 會過著	くらせる
たら形(條件形) 生活的話	くらしたら	う形(意向形) 過著吧	くらそう

△親子３人で楽しく暮らしています／親子三人過著快樂的生活。

くりかえす【繰り返す】 反覆，重覆

他五 グループ1

繰り返す・繰り返します

辭書形(基本形) 重覆	くりかえす	たり形 又是重覆	くりかえしたり
ない形（否定形) 沒重覆	くりかえさない	ば形（條件形) 重覆的話	くりかえせば
なかった形（過去否定形) 過去沒重覆	くりかえさなかった	させる形（使役形) 使重覆	くりかえさせる
ます形（連用形) 重覆	くりかえします	られる形（被動形) 被重覆	くりかえされる
て形 重覆	くりかえして	命令形 快重覆	くりかえせ
た形（過去形) 重覆了	くりかえした	可能形 會重覆	くりかえせる
たら形（條件形) 重覆的話	くりかえしたら	う形（意向形) 重覆吧	くりかえそう

△同じ失敗を繰り返すなんて、私はばかだ／
竟然犯了相同的錯誤，我真是個笨蛋。

ける【蹴る】 踢；沖破（浪等）；拒絕，駁回

他五 グループ1

蹴る・蹴ります

辭書形(基本形) 踢	ける	たり形 又是踢	けったり
ない形（否定形) 沒踢	けらない	ば形（條件形) 踢的話	ければ
なかった形（過去否定形) 過去沒踢	けらなかった	させる形（使役形) 使踢	けらせる
ます形（連用形) 踢	けります	られる形（被動形) 被踢	けられる
て形 踢	けって	命令形 快踢	けれ
た形（過去形) 踢了	けった	可能形 會踢	けれる
たら形（條件形) 踢的話	けったら	う形（意向形) 踢吧	けろう

△ボールを蹴ったら、隣のうちに入ってしまった／
球一踢就飛到隔壁的屋裡去了。

こえる【越える・超える】 越過；度過；超出，超過 自下一 グループ2

越える・越えます

辭書形（基本形） 越過	こえる	たり形 又是越過	こえたり
ない形（否定形） 沒越過	こえない	ば形（條件形） 越過的話	こえれば
なかった形（過去否定形） 過去沒越過	こえなかった	させる形（使役形） 使越過	こえさせる
ます形（連用形） 越過	こえます	られる形（被動形） 被越過	こえられる
て形 越過	こえて	命令形 快越過	こえよ
た形（過去形） 越過了	こえた	可能形 可以越過	こえられる
たら形（條件形） 越過的話	こえたら	う形（意向形） 越過吧	こえよう

△国境を越えたとしても、見つかったら殺される恐れがある／就算成功越過了國界，要是被發現了，可能還是會遭到殺害。

ことわる【断る】 謝絕；預先通知，事前請示 他五 グループ1

断る・断ります

辭書形（基本形） 謝絕	ことわる	たり形 又是謝絕	ことわったり
ない形（否定形） 沒謝絕	ことわらない	ば形（條件形） 謝絕的話	ことわれば
なかった形（過去否定形） 過去沒謝絕	ことわらなかった	させる形（使役形） 使謝絕	ことわらせる
ます形（連用形） 謝絕	ことわります	られる形（被動形） 被謝絕	ことわられる
て形 謝絕	ことわって	命令形 快謝絕	ことわれ
た形（過去形） 謝絕了	ことわった	可能形 會謝絕	ことわれる
たら形（條件形） 謝絕的話	ことわったら	う形（意向形） 謝絕吧	ことわろう

△借金は断ることにしている／拒絕借錢給別人是我的原則。

こぼす【溢す】

灑，漏，溢（液體），落（粉末）；發牢騷，抱怨　他五　グループ1

こぼす・こぼします

辭書形（基本形） 灑	こぼす	たり形 又是灑	こぼしたり
ない形（否定形） 沒灑	こぼさない	ば形（條件形） 灑的話	こぼせば
なかった形（過去否定形） 過去沒灑	こぼさなかった	させる形（使役形） 使灑落	こぼさせる
ます形（連用形） 灑	こぼします	られる形（被動形） 被灑落	こぼされる
て形 灑	こぼして	命令形 快灑	こぼせ
た形（過去形） 灑了	こぼした	可能形 可以灑	こぼせる
たら形（條件形） 灑的話	こぼしたら	う形（意向形） 灑吧	こぼそう

△あっ、またこぼして。ちゃんとお茶碗（ちゃわん）を持（も）って食（た）べなさい／
啊，又打翻了！吃飯時把碗端好！

こぼれる【零れる】

灑落，流出；溢出，漾出；（花）掉落　自下一　グループ2

こぼれる・こぼれます

辭書形（基本形） 灑落	こぼれる	たり形 又是灑落	こぼれたり
ない形（否定形） 沒灑落	こぼれない	ば形（條件形） 灑落的話	こぼれれば
なかった形（過去否定形） 過去沒灑落	こぼれなかった	させる形（使役形） 使灑落	こぼれさせる
ます形（連用形） 灑落	こぼれます	られる形（被動形） 被灑落	こぼれられる
て形 灑落	こぼれて	命令形 快灑落	こぼれろ
た形（過去形） 灑落了	こぼれた	可能形	——
たら形（條件形） 灑落的話	こぼれたら	う形（意向形） 灑落吧	こぼれよう

△悲（かな）しくて、涙（なみだ）がこぼれてしまった／難過得眼淚掉了出來。

こむ【込む・混む】 擁擠，混雜；費事，精緻，複雜 自五・接尾 グループ1

込む・込みます

辭書形(基本形) 擁擠	こむ	たり形 又是擁擠	こんだり
ない形（否定形） 不擁擠	こまない	ば形（條件形） 擁擠的話	こめば
なかった形（過去否定形） 過去不擁擠	こまなかった	させる形（使役形） 使擁擠	こませる
ます形（連用形） 擁擠	こみます	られる形（被動形） 被擠	こまれる
て形 擁擠	こんで	命令形 快擁擠	こめ
た形（過去形） 擁擠了	こんだ	可能形	———
たら形（條件形） 擁擠的話	こんだら	う形（意向形） 擁擠吧	こもう

△ 2時ごろは、電車はそれほど混まない／
在兩點左右的時段搭電車，比較沒有那麼擁擠。

ころす【殺す】 殺死，致死；抑制，忍住，消除；埋沒；殺，（棒球）使出局 他五 グループ1

殺す・殺します

辭書形(基本形) 殺死	ころす	たり形 又是殺死	ころしたり
ない形（否定形） 沒殺死	ころさない	ば形（條件形） 殺死的話	ころせば
なかった形（過去否定形） 過去沒殺死	ころさなかった	させる形（使役形） 使殺死	ころさせる
ます形（連用形） 殺死	ころします	られる形（被動形） 被殺死	ころされる
て形 殺死	ころして	命令形 快殺死	ころせ
た形（過去形） 殺死了	ころした	可能形 會殺死	ころせる
たら形（條件形） 殺死的話	ころしたら	う形（意向形） 殺死吧	ころそう

△ 別れるくらいなら、殺してください／
如果真要和我分手，不如殺了我吧！

さがる【下がる】 後退；下降

自五 グループ1

下(さ)がる・下(さ)がります

形	活用	形	活用
辭書形(基本形) 後退	さがる	たり形 又是後退	さがったり
ない形（否定形） 沒後退	さがらない	ば形（條件形） 後退的話	さがれば
なかった形（過去否定形） 過去沒後退	さがらなかった	させる形（使役形） 使後退	さがらせる
ます形（連用形） 後退	さがります	られる形（被動形） 被下降	さがられる
て形 後退	さがって	命令形 快後退	さがれ
た形（過去形） 後退了	さがった	可能形 可以後退	さがれる
たら形（條件形） 後退的話	さがったら	う形（意向形） 後退吧	さがろう

△危(あぶ)ないですから、後(うし)ろに下(さ)がっていただけますか／
很危險，可以請您往後退嗎？

さけぶ【叫ぶ】 喊叫，呼叫，大聲叫；呼喊，呼籲

自五 グループ1

叫(さけ)ぶ・叫(さけ)びます

形	活用	形	活用
辭書形(基本形) 喊叫	さけぶ	たり形 又是喊叫	さけんだり
ない形（否定形） 沒喊叫	さけばない	ば形（條件形） 喊叫的話	さけべば
なかった形（過去否定形） 過去沒喊叫	さけばなかった	させる形（使役形） 使喊叫	さけばせる
ます形（連用形） 喊叫	さけびます	られる形（被動形） 被叫	さけばれる
て形 喊叫	さけんで	命令形 快喊叫	さけべ
た形（過去形） 喊叫了	さけんだ	可能形 會喊叫	さけべる
たら形（條件形） 喊叫的話	さけんだら	う形（意向形） 喊叫吧	さけぼう

△試験(しけん)の最中(さいちゅう)に教室(きょうしつ)に鳥(とり)が入(はい)ってきて、思(おも)わず叫(さけ)んでしまった／
正在考試時有鳥飛進教室裡，忍不住尖叫了起來。

さける【避ける】 躲避，避開，逃避；避免，忌諱

他下一 グループ2

避ける・避けます

辭書形(基本形) 躲避	さける	たり形 又是躲避	さけたり
ない形（否定形） 沒躲避	さけない	ば形（條件形） 躲避的話	さければ
なかった形（過去否定形） 過去沒躲避	さけなかった	させる形（使役形） 使躲避	さけさせる
ます形（連用形） 躲避	さけます	られる形（被動形） 被逃避	さけられる
て形 躲避	さけて	命令形 快躲避	さけろ
た形（過去形） 躲避了	さけた	可能形 可以躲避	さけられる
たら形（條件形） 躲避的話	さけたら	う形（意向形） 躲避吧	さけよう

△なんだかこのごろ、彼氏が私を避けてるみたい／
最近怎麼覺得男友好像在躲我。

さげる【下げる】 向下；掛；收走

他下一 グループ2

下げる・下げます

辭書形(基本形) 向下	さげる	たり形 又是向下	さげたり
ない形（否定形） 沒向下	さげない	ば形（條件形） 向下的話	さげれば
なかった形（過去否定形） 過去沒向下	さげなかった	させる形（使役形） 使收走	さげさせる
ます形（連用形） 向下	さげます	られる形（被動形） 被收走	さげられる
て形 向下	さげて	命令形 快收走	さげろ
た形（過去形） 向下了	さげた	可能形 可以收走	さげられる
たら形（條件形） 向下的話	さげたら	う形（意向形） 收走吧	さげよう

△飲み終わったら、コップを台所に下げてください／
喝完以後，請把杯子放到廚房。

ささる【刺さる】 刺在…在，扎進，刺入

自五 グループ1

刺さる・刺さります

辭書形(基本形) 刺入	ささる	たり形 又是刺入	ささったり
ない形（否定形） 沒刺入	ささらない	ば形（條件形） 刺入的話	さされば
なかった形（過去否定形） 過去沒刺入	ささらなかった	させる形（使役形） 使刺入	ささらせる
ます形（連用形） 刺入	ささります	られる形（被動形） 被刺入	ささられる
て形 刺入	ささって	命令形 快刺入	さされ
た形（過去形） 刺入了	ささった	可能形	――
たら形（條件形） 刺入的話	ささったら	う形（意向形） 刺入吧	ささろう

△指にガラスの破片が刺さってしまった／手指被玻璃碎片給刺傷了。

さす【刺す】 刺，穿，扎；螫，咬，釘；縫綴，衲；捉住

他五 グループ1

刺す・刺します

辭書形(基本形) 刺	さす	たり形 又是刺	さしたり
ない形（否定形） 沒刺	ささない	ば形（條件形） 刺的話	させば
なかった形（過去否定形） 過去沒刺	ささなかった	させる形（使役形） 使刺	ささせる
ます形（連用形） 刺	さします	られる形（被動形） 被刺	さされる
て形 刺	さして	命令形 快刺	させ
た形（過去形） 刺了	さした	可能形 會刺	させる
たら形（條件形） 刺的話	さしたら	う形（意向形） 刺吧	さそう

△蜂に刺されてしまった／我被蜜蜂給螫到了。

さす【指す】 指，指示；使，叫，令，命令做…

他五 グループ1

指す・指します

辭書形(基本形) 指示	さす	たり形 又是指示	さしたり
ない形（否定形） 沒指示	ささない	ば形（條件形） 指示的話	させば
なかった形（過去否定形） 過去沒指示	ささなかった	させる形（使役形） 使指示	ささせる
ます形（連用形） 指示	さします	られる形（被動形） 被指示	さされる
て形 指示	さして	命令形 快指示	させ
た形（過去形） 指示了	さした	可能形 會指示	させる
たら形（條件形） 指示的話	さしたら	う形（意向形） 指示吧	さそう

△甲と乙というのは、契約者を指しています／所謂甲乙指的是簽約的雙方。

さそう【誘う】 約，邀請；勸誘，會同；誘惑，勾引；引誘，引起

他五 グループ1

誘う・誘います

辭書形(基本形) 邀請	さそう	たり形 又是邀請	さそったり
ない形（否定形） 沒邀請	さそわない	ば形（條件形） 邀請的話	さそえば
なかった形（過去否定形） 過去沒邀請	さそわなかった	させる形（使役形） 使邀請	さそわせる
ます形（連用形） 邀請	さそいます	られる形（被動形） 被邀請	さそわれる
て形 邀請	さそって	命令形 快邀請	さそえ
た形（過去形） 邀請了	さそった	可能形 可以邀請	さそえる
たら形（條件形） 邀請的話	さそったら	う形（意向形） 邀請吧	さそおう

△友達を誘って台湾に行った／揪朋友一起去了台灣。

さます【冷ます】 冷卻，弄涼；（使熱情、興趣）降低，減低

他五 グループ1

冷ます・冷まします

辭書形(基本形) 弄涼	さます	たり形 又是弄涼	さましたり
ない形（否定形） 沒弄涼	さまさない	ば形（條件形） 弄涼的話	さませば
なかった形（過去否定形） 過去沒弄涼	さまさなかった	させる形（使役形） 使弄涼	さまさせる
ます形（連用形） 弄涼	さまします	られる形（被動形） 被弄涼	さまされる
て形 弄涼	さまして	命令形 快弄涼	さませ
た形（過去形） 弄涼了	さました	可能形 可以弄涼	さませる
たら形（條件形） 弄涼的話	さましたら	う形（意向形） 弄涼吧	さまそう

△熱いので、冷ましてから食べてください／很燙的！請吹涼後再享用。

さます【覚ます】 （從睡夢中）弄醒，喚醒；（從迷惑、錯誤中）清醒，醒酒；使清醒，使覺醒

覚ます・覚まします

辭書形(基本形) 弄醒	さます	たり形 又是弄醒	さましたり
ない形（否定形） 沒弄醒	さまさない	ば形（條件形） 弄醒的話	さませば
なかった形（過去否定形） 過去沒弄醒	さまさなかった	させる形（使役形） 使弄醒	さまさせる
ます形（連用形） 弄醒	さまします	られる形（被動形） 被弄醒	さまされる
て形 弄醒	さまして	命令形 快弄醒	さませ
た形（過去形） 弄醒了	さました	可能形 可以弄醒	さませる
たら形（條件形） 弄醒的話	さましたら	う形（意向形） 弄醒吧	さまそう

△赤ちゃんは、もう目を覚ましましたか／嬰兒已經醒了嗎？

さめる【冷める】（熱的東西）變冷，涼；（熱情、興趣等）降低，減退

自下一 グループ2

冷（さ）める・冷（さ）めます

辭書形(基本形) 變冷	さめる	たり形 又是變冷	さめたり
ない形（否定形） 沒變冷	さめない	ば形（條件形） 變冷的話	さめれば
なかった形（過去否定形） 過去沒變冷	さめなかった	させる形（使役形） 使變冷	さめさせる
ます形（連用形） 變冷	さめます	られる形（被動形） 被弄冷	さめられる
て形 變冷	さめて	命令形 快變冷	さめろ
た形（過去形） 變冷了	さめた	可能形	———
たら形（條件形） 變冷的話	さめたら	う形（意向形） 變冷吧	さめよう

△スープが冷（さ）めてしまった／湯冷掉了。

さめる【覚める】（從睡夢中）醒，醒過來；（從迷惑、錯誤、沉醉中）醒悟，清醒

自下一 グループ2

覚（さ）める・覚（さ）めます

辭書形(基本形) 醒	さめる	たり形 又是醒	さめたり
ない形（否定形） 沒醒	さめない	ば形（條件形） 醒的話	さめれば
なかった形（過去否定形） 過去沒醒	さめなかった	させる形（使役形） 使醒過來	さめさせる
ます形（連用形） 醒	さめます	られる形（被動形） 被弄醒	さめられる
て形 醒	さめて	命令形 快醒	さめろ
た形（過去形） 醒了	さめた	可能形	———
たら形（條件形） 醒的話	さめたら	う形（意向形） 醒吧	さめよう

△夜中（よなか）に地震（じしん）が来（き）て、びっくりして目（め）が覚（さ）めた／半夜來了一場地震，把我嚇醒了。

すぎる【過ぎる】 超過；過於；經過

自上一 グループ2

過ぎる・過ぎます

辭書形(基本形) 超過	すぎる	たり形 又是超過	すぎたり
ない形（否定形） 沒超過	すぎない	ば形（條件形） 超過的話	すぎれば
なかった形（過去否定形） 過去沒超過	すぎなかった	させる形（使役形） 使超過	すぎさせる
ます形（連用形） 超過	すぎます	られる形（被動形） 被超過	すぎられる
て形 超過	すぎて	命令形 快超過	すぎろ
た形（過去形） 超過了	すぎた	可能形 可以超過	すぎられる
たら形（條件形） 超過的話	すぎたら	う形（意向形） 超過吧	すぎよう

△ 5時を過ぎたので、もううちに帰ります／已經五點多了，我要回家了。

すごす【過ごす】 度（日子、時間），過生活；熬過；過渡；放過，不管

他五・接尾 グループ1

過ごす・過ごします

辭書形(基本形) 過生活	すごす	たり形 又是過生活	すごしたり
ない形（否定形） 沒過生活	すごさない	ば形（條件形） 過生活的話	すごせば
なかった形（過去否定形） 過去沒過生活	すごさなかった	させる形（使役形） 使過生活	すごさせる
ます形（連用形） 過生活	すごします	られる形（被動形） 被熬過	すごされる
て形 過生活	すごして	命令形 快過	すごせ
た形（過去形） 過了	すごした	可能形 可以過生活	すごせる
たら形（條件形） 過生活的話	すごしたら	う形（意向形） 過生活吧	すごそう

△ たとえ外国に住んでいても、お正月は日本で過ごしたいです／就算是住在外國，新年還是想在日本過。

すすむ【進む】

進，前進；進步，先進；進展；升級；進入，到達；繼續下去；惡化，加重

自五・接尾　グループ1

進(すす)む・進(すす)みます

辭書形(基本形) 前進	すすむ	たり形 又是前進	すすんだり
ない形（否定形） 沒前進	すすまない	ば形（條件形） 前進的話	すすめば
なかった形（過去否定形） 過去沒前進	すすまなかった	させる形（使役形） 使前進	すすませる
ます形（連用形） 前進	すすみます	られる形（被動形） 被惡化	すすまれる
て形 前進	すすんで	命令形 快前進	すすめ
た形（過去形） 前進了	すすんだ	可能形 可以前進	すすめる
たら形（條件形） 前進的話	すすんだら	う形（意向形） 前進吧	すすもう

△行列(ぎょうれつ)はゆっくりと寺(てら)へ向(む)かって進(すす)んだ／隊伍緩慢地往寺廟前進。

すすめる【進める】

使向前推進，使前進；推進，發展，開展；進行，舉行；提升，晉級；增進，使旺盛

他下一　グループ2

進(すす)める・進(すす)めます

辭書形(基本形) 使前進	すすめる	たり形 又是推進	すすめたり
ない形（否定形） 沒推進	すすめない	ば形（條件形） 使前進的話	すすめれば
なかった形（過去否定形） 過去沒推進	すすめなかった	させる形（使役形） 使推進	すすめさせる
ます形（連用形） 使前進	すすめます	られる形（被動形） 被推進	すすめられる
て形 使前進	すすめて	命令形 快推進	すすめろ
た形（過去形） 使前進了	すすめた	可能形 可以推進	すすめられる
たら形（條件形） 使前進的話	すすめたら	う形（意向形） 推進吧	すすめよう

△企業(きぎょう)向(む)けの宣伝(せんでん)を進(すす)めています／我在推廣以企業為對象的宣傳。

N3 す すすめる・すすめる

すすめる【勧める】 勸告，勸誘；勸，進（煙茶酒等）

勧（すす）める・勧（すす）めます

辭書形(基本形) 勸告	すすめる	たり形 又是勸告	すすめたり
ない形（否定形） 沒勸告	すすめない	ば形（條件形） 勸告的話	すすめれば
なかった形（過去否定形） 過去沒勸告	すすめなかった	させる形（使役形） 使勸誘	すすめさせる
ます形（連用形） 勸告	すすめます	られる形（被動形） 被勸誘	すすめられる
て形 勸告	すすめて	命令形 快勸誘	すすめろ
た形（過去形） 勸告了	すすめた	可能形 會勸誘	すすめられる
たら形（條件形） 勸告的話	すすめたら	う形（意向形） 勸誘吧	すすめよう

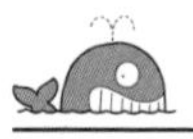

△ これは医者（いしゃ）が勧（すす）める健康法（けんこうほう）の一（ひと）つです／這是醫師建議的保健法之一。

すすめる【薦める】 勸告，勸誘；勸，敬（煙、酒、茶、座等） 他下一 グループ2

薦（すす）める・薦（すす）めます

辭書形(基本形) 勸誘	すすめる	たり形 又是勸誘	すすめたり
ない形（否定形） 沒勸誘	すすめない	ば形（條件形） 勸誘的話	すすめれば
なかった形（過去否定形） 過去沒勸誘	すすめなかった	させる形（使役形） 使勸誘	すすめさせる
ます形（連用形） 勸誘	すすめます	られる形（被動形） 被勸誘	すすめられる
て形 勸誘	すすめて	命令形 快勸誘	すすめろ
た形（過去形） 勸誘了	すすめた	可能形 會勸誘	すすめられる
たら形（條件形） 勸誘的話	すすめたら	う形（意向形） 勸誘吧	すすめよう

△ 彼（かれ）はＡ大学（だいがく）の出身（しゅっしん）だから、Ａ大学（だいがく）を薦（すす）めるわけだ／
他是從Ａ大學畢業的，難怪會推薦Ａ大學。

すます【済ます】 弄完，辦完；償還，還清；對付，將就，湊合 他五・接尾 グループ1

済(す)ます・済(す)まします

辭書形(基本形) 辦完	すます	たり形 又是辦完	すましたり
ない形（否定形） 沒辦完	すまさない	ば形（條件形） 辦完的話	すませば
なかった形（過去否定形） 過去沒辦完	すまさなかった	させる形（使役形） 使辦完	すまさせる
ます形（連用形） 辦完	すまします	られる形（被動形） 被辦完	すまされる
て形 辦完	すまして	命令形 快辦完	すませ
た形（過去形） 辦完了	すました	可能形 可以辦完	すませる
たら形（條件形） 辦完的話	すましたら	う形（意向形） 辦完吧	すまそう

△犬(いぬ)の散歩(さんぽ)のついでに、郵便局(ゆうびんきょく)に寄(よ)って用事(ようじ)を済(す)ました／
遛狗時順道去郵局辦了事。

すませる【済ませる】 弄完，辦完；償還，還清；將就，湊合 他下一・接尾 グループ2

済(す)ませる・済(す)ませます

辭書形(基本形) 辦完	すませる	たり形 又是辦完	すませたり
ない形（否定形） 沒辦完	すませない	ば形（條件形） 辦完的話	すませれば
なかった形（過去否定形） 過去沒辦完	すませなかった	させる形（使役形） 使辦完	すませさせる
ます形（連用形） 辦完	すませます	られる形（被動形） 被辦完	すませられる
て形 辦完	すませて	命令形 快辦完	すませろ
た形（過去形） 辦完了	すませた	可能形 可以辦完	すませられる
たら形（條件形） 辦完的話	すませたら	う形（意向形） 辦完吧	すませよう

△もう手続(てつづ)きを済(す)ませたから、ほっとしているわけだ／
因為手續都辦完了，怪不得這麼輕鬆。

N3 す すます・すませる

すれちがう【擦れ違う】 交錯，錯過去；不一致，不吻合，互相分歧；錯車 自五 グループ1

すれ違(ちが)う・すれ違(ちが)います

辭書形(基本形) 錯過	すれちがう	たり形 又是錯過	すれちがったり
ない形（否定形） 沒錯過	すれちがわない	ば形（條件形） 錯過的話	すれちがえば
なかった形（過去否定形） 過去沒錯過	すれちがわなかった	させる形（使役形） 使錯過	すれちがわせる
ます形（連用形） 錯過	すれちがいます	られる形（被動形） 被錯過	すれちがわれる
て形 錯過	すれちがって	命令形 快錯過	すれちがえ
た形（過去形） 錯過了	すれちがった	可能形 會錯過	すれちがえる
たら形（條件形） 錯過的話	すれちがったら	う形（意向形） 錯過吧	すれちがおう

△街(まち)ですれ違(ちが)った美女(びじょ)には必(かなら)ず声(こえ)をかける／每當在街上和美女擦身而過，一定會出聲搭訕。

そだつ【育つ】 成長，長大，發育；發展壯大 自五 グループ1

育(そだ)つ・育(そだ)ちます

辭書形(基本形) 成長	そだつ	たり形 又是成長	そだったり
ない形（否定形） 沒成長	そだたない	ば形（條件形） 成長的話	そだてば
なかった形（過去否定形） 過去沒成長	そだたなかった	させる形（使役形） 使成長	そだたせる
ます形（連用形） 成長	そだちます	られる形（被動形） 被發展壯大	そだたれる
て形 成長	そだって	命令形 快成長	そだて
た形（過去形） 成長了	そだった	可能形	———
たら形（條件形） 成長的話	そだったら	う形（意向形） 成長吧	そだとう

△子(こ)どもたちは、元気(げんき)に育(そだ)っています／孩子們健康地成長著。

そろう【揃う】

（成套的東西）備齊；成套；一致，（全部）一樣，整齊；（人）到齊，齊聚

自五 グループ1

揃（そろ）う・揃（そろ）います

辭書形(基本形) 備齊	そろう	たり形 又是備齊	そろったり
ない形（否定形） 沒備齊	そろわない	ば形（條件形） 備齊的話	そろえば
なかった形（過去否定形） 過去沒備齊	そろわなかった	させる形（使役形） 使備齊	そろわせる
ます形（連用形） 備齊	そろいます	られる形（被動形） 被備齊	そろわれる
て形 備齊	そろって	命令形 快備齊	そろえ
た形（過去形） 備齊了	そろった	可能形	――――
たら形（條件形） 備齊的話	そろったら	う形（意向形） 備齊吧	そろおう

△全員（ぜんいん）揃（そろ）ったから、試合（しあい）を始（はじ）めよう／等所有人到齊以後就開始比賽吧。

そろえる【揃える】

使…備齊；使…一致；湊齊，弄齊，使成對

他下一 グループ2

揃（そろ）える・揃（そろ）えます

辭書形(基本形) 弄齊	そろえる	たり形 又是弄齊	そろえたり
ない形（否定形） 沒弄齊	そろえない	ば形（條件形） 弄齊的話	そろえれば
なかった形（過去否定形） 過去沒弄齊	そろえなかった	させる形（使役形） 使弄齊	そろえさせる
ます形（連用形） 弄齊	そろえます	られる形（被動形） 被備齊	そろえられる
て形 弄齊	そろえて	命令形 快弄齊	そろえろ
た形（過去形） 弄齊了	そろえた	可能形 可以弄齊	そろえられる
たら形（條件形） 弄齊的話	そろえたら	う形（意向形） 弄齊吧	そろえよう

△必要（ひつよう）なものを揃（そろ）えてからでなければ、出発（しゅっぱつ）できません／如果沒有準備齊必需品，就沒有辦法出發。

たおす【倒す】

倒，放倒，推倒，翻倒；推翻，打倒；毀壞，拆毀；打敗，擊敗；殺死，擊斃；賴帳

他五　グループ1

倒(たお)す・倒(たお)します

辭書形(基本形) 放倒	たおす	たり形 又是放倒	たおしたり
ない形（否定形） 沒放倒	たおさない	ば形（條件形） 放倒的話	たおせば
なかった形（過去否定形） 過去沒放倒	たおさなかった	させる形（使役形） 使推倒	たおさせる
ます形（連用形） 放倒	たおします	られる形（被動形） 被推倒	たおされる
て形 放倒	たおして	命令形 快推倒	たおせ
た形（過去形） 放倒了	たおした	可能形 可以推倒	たおせる
たら形（條件形） 放倒的話	たおしたら	う形（意向形） 推倒吧	たおそう

△山(やま)の木(き)を倒(たお)して団地(だんち)を造(つく)る／砍掉山上的樹木造鎮。

たかまる【高まる】

高漲，提高，增長；興奮

自五　グループ1

高(たか)まる・高(たか)まります

辭書形(基本形) 提高	たかまる	たり形 又是提高	たかまったり
ない形（否定形） 沒提高	たかまらない	ば形（條件形） 提高的話	たかまれば
なかった形（過去否定形） 過去沒提	たかまらなかった	させる形（使役形） 使提高	たかまらせる
ます形（連用形） 提高	たかまります	られる形（被動形） 被提高	たかまられる
て形 提高	たかまって	命令形 快提高	たかまれ
た形（過去形） 提高了	たかまった	可能形 可以提高	たかまれる
たら形（條件形） 提高的話	たかまったら	う形（意向形） 提高吧	たかまろう

△地球温暖化問題(ちきゅうおんだんかもんだい)への関心(かんしん)が高(たか)まっている／人們愈來愈關心地球暖化問題。

たかめる【高める】 提高，抬高，加高

他下一 グループ2

高(たか)める・高(たか)めます

辭書形(基本形) 提高	たかめる	たり形 又是提高	たかめたり
ない形(否定形) 沒提高	たかめない	ば形(條件形) 提高的話	たかめれば
なかった形(過去否定形) 過去沒提高	たかめなかった	させる形(使役形) 使提高	たかめさせる
ます形(連用形) 提高	たかめます	られる形(被動形) 被提高	たかめられる
て形 提高	たかめて	命令形 快提高	たかめろ
た形(過去形) 提高了	たかめた	可能形 可以提高	たかめられる
たら形(條件形) 提高的話	たかめたら	う形(意向形) 提高吧	たかめよう

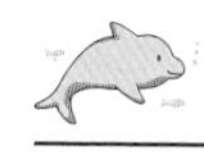

△ 発電所(はつでんしょ)の安全性(あんぜんせい)を高(たか)めるべきだ／有必要加強發電廠的安全性。

たく【炊く】 點火，燒著；燃燒；煮飯，燒菜

他五 グループ1

炊(た)く・炊(た)きます

辭書形(基本形) 點火	たく	たり形 又是點火	たいたり
ない形(否定形) 沒點火	たかない	ば形(條件形) 點火的話	たけば
なかった形(過去否定形) 過去沒點火	たかなかった	させる形(使役形) 使點火	たかせる
ます形(連用形) 點火	たきます	られる形(被動形) 被點燃	たかれる
て形 點火	たいて	命令形 快點火	たけ
た形(過去形) 點火了	たいた	可能形 可以點火	たける
たら形(條件形) 點火的話	たいたら	う形(意向形) 點火吧	たこう

△ ご飯(はん)は炊(た)いてあったっけ／煮飯了嗎？

だく【抱く】 抱；孵卵；心懷，懷抱

他五 グループ1

抱く・抱きます

辭書形(基本形) 抱	だく	たり形 又是抱	だいたり
ない形（否定形) 沒抱	だかない	ば形（條件形) 抱的話	だけば
なかった形（過去否定形) 過去沒抱	だかなかった	させる形（使役形) 使抱	だかせる
ます形（連用形) 抱	だきます	られる形（被動形) 被抱	だかれる
て形 抱	だいて	命令形 快抱	だけ
た形（過去形) 抱了	だいた	可能形 可以抱	だける
たら形（條件形) 抱的話	だいたら	う形（意向形) 抱吧	だこう

△赤ちゃんを抱いている人は誰ですか／那位抱著小嬰兒的是誰？

たく【炊く】 煮，燒飯

他五 グループ1

炊く・炊きます

辭書形(基本形) 煮	たく	たり形 又是煮	たいたり
ない形（否定形) 沒煮	たかない	ば形（條件形) 煮的話	たけば
なかった形（過去否定形) 過去沒煮	たかなかった	させる形（使役形) 使煮	たかせる
ます形（連用形) 煮	たきます	られる形（被動形) 被煮	たかれる
て形 煮	たいて	命令形 快煮	たけ
た形（過去形) 煮了	たいた	可能形 會煮	たける
たら形（條件形) 煮的話	たいたら	う形（意向形) 煮吧	たこう

△ご飯が炊けたので、夕食にしましょう／
飯已經煮熟了，我們來吃晚餐吧。

たしかめる【確かめる】 查明，確認，弄清

他下一 グループ2

確かめる・確かめます

形	活用	形	活用
辭書形(基本形) 查明	たしかめる	たり形 又是查明	たしかめたり
ない形（否定形） 沒查明	たしかめない	う形（意向形） 查明吧	たしかめれば
なかった形（過去否定形） 過去沒查明	たしかめ なかった	させる形（使役形） 使查明	たしかめさせる
ます形（連用形） 查明	たしかめます	られる形（被動形） 被查明	たしかめられる
て形 查明	たしかめて	命令形 快查明	たしかめろ
た形（過去形） 查明了	たしかめた	可能形 可以查明	たしかめられる
たら形（條件形） 查明的話	たしかめたら	う形（意向形） 查明吧	たしかめよう

△彼に聞いて、事実を確かめることができました／與他確認實情後，真相才大白。

たすかる【助かる】 得救，脫險；有幫助，輕鬆；節省（時間、費用、麻煩等）

助かる・助かります

形	活用	形	活用
辭書形(基本形) 得救	たすかる	たり形 又是得救	たすかったり
ない形（否定形） 沒得救	たすからない	ば形（條件形） 得救的話	たすかれば
なかった形（過去否定形） 過去沒得救	たすから なかった	させる形（使役形） 使獲救	たすからせる
ます形（連用形） 得救	たすかります	られる形（被動形） 被救	たすかられる
て形 得救	たすかって	命令形 快脫險	たすかれ
た形（過去形） 得救了	たすかった	可能形	――――
たら形（條件形） 得救的話	たすかったら	う形（意向形） 得救吧	たすかろう

△乗客は全員助かりました／乘客全都得救了。

たすける【助ける】

幫助，援助；救，救助；輔佐；救濟，資助

助ける・助けます

辭書形(基本形) 幫助	たすける	たり形 又是幫助	たすけたり
ない形（否定形） 沒幫助	たすけない	ば形（條件形） 幫助的話	たすければ
なかった形（過去否定形） 過去沒幫助	たすけなかった	させる形（使役形） 使幫助	たすけさせる
ます形（連用形） 幫助	たすけます	られる形（被動形） 被援助	たすけられる
て形 幫助	たすけて	命令形 快幫助	たすけろ
た形（過去形） 幫助了	たすけた	可能形 可以幫助	たすけられる
たら形（條件形） 幫助的話	たすけたら	う形（意向形） 幫助吧	たすけよう

△おぼれかかった人を助ける／救起了差點溺水的人。

たたく【叩く】

敲，叩；打；詢問，徵求；拍，鼓掌；攻擊，駁斥；花完，用光

他五 グループ1

叩く・叩きます

辭書形(基本形) 打	はたく	たり形 又是打	はたいたり
ない形（否定形） 沒打	はたかない	ば形（條件形） 打的話	はたけば
なかった形（過去否定形） 過去沒打	はたかなかった	させる形（使役形） 使敲打	はたかせる
ます形（連用形） 打	はたきます	られる形（被動形） 被打	はたかれる
て形 打	はたいて	命令形 快打	はたけ
た形（過去形） 打了	はたいた	可能形 可以打	はたける
たら形（條件形） 打的話	はたいたら	う形（意向形） 打吧	はたこう

△向こうから太鼓をドンドンたたく音が聞こえてくる／可以聽到那邊有人敲擊太鼓的咚咚聲響。

たたむ【畳む】 疊，折；關，闔上；關閉，結束；藏在心裡

他五 グループ1

畳(たた)む・畳(たた)みます

辭書形(基本形) 疊起	たたむ	たり形 又是疊	たたんだり
ない形（否定形） 沒疊	たたまない	ば形（條件形） 疊的話	たためば
なかった形（過去否定形） 過去沒疊	たたまなかった	させる形（使役形） 使疊起	たたませる
ます形（連用形） 疊起	たたみます	られる形（被動形） 被疊起	たたまれる
て形 疊起	たたんで	命令形 快疊	たため
た形（過去形） 疊起了	たたんだ	可能形 可以疊	たためる
たら形（條件形） 疊的話	たたんだら	う形（意向形） 疊吧	たたもう

△布団(ふとん)を畳(たた)んで、押入(おしい)れに上(あ)げる／疊起被子收進壁櫥裡。

たつ【経つ】 經，過；（炭火等）燒盡

自五 グループ1

経(た)つ・経(た)ちます

辭書形(基本形) 經過	たつ	たり形 又是經過	たったり
ない形（否定形） 沒經過	たたない	ば形（條件形） 經過的話	たてば
なかった形（過去否定形） 過去沒經過	たたなかった	させる形（使役形） 使經過	たたせる
ます形（連用形） 經過	たちます	られる形（被動形） 被燒盡	たたれる
て形 經過	たって	命令形 快過	たて
た形（過去形） 經過了	たった	可能形	———
たら形（條件形） 經過的話	たったら	う形（意向形） 經過吧	たとう

△あと20年(ねん)たったら、一般(いっぱん)の人(ひと)でも月(つき)に行(い)けるかもしれない／
再過二十年，說不定一般民眾也能登上月球。

たつ【建つ】 蓋，建

自五 グループ1

建つ・建ちます

辭書形(基本形) 建蓋	たつ	たり形 又是蓋	たったり
ない形（否定形） 沒蓋	たたない	ば形（條件形） 蓋的話	たてば
なかった形（過去否定形） 過去沒蓋	たたなかった	させる形（使役形） 使建蓋	たたせる
ます形（連用形） 建蓋	たちます	られる形（被動形） 被建造	たたれる
て形 建蓋	たって	命令形 快蓋	たて
た形（過去形） 蓋了	たった	可能形	―――
たら形（條件形） 蓋的話	たったら	う形（意向形） 蓋吧	たとう

△駅の隣に大きなビルが建った／在車站旁邊蓋了一棟大樓。

たつ【発つ】 立，站；冒，升；離開；出發；奮起；飛，飛走

自五 グループ1

発つ・発ちます

辭書形(基本形) 出發	たつ	たり形 又是出發	たったり
ない形（否定形） 沒出發	たたない	ば形（條件形） 出發的話	たてば
なかった形（過去否定形） 過去沒出發	たたなかった	させる形（使役形） 使出發	たたせる
ます形（連用形） 出發	たちます	られる形（被動形） 被飛走	たたれる
て形 出發	たって	命令形 快出發	たて
た形（過去形） 出發了	たった	可能形 可以出發	たてる
たら形（條件形） 出發的話	たったら	う形（意向形） 出發吧	たとう

△夜8時半の夜行バスで青森を発つ／搭乘晚上八點半從青森發車的巴士。

たてる【立てる】 立起；訂立

他下一 グループ2

立(た)てる・立(た)てます

辭書形(基本形) 立起	たてる	たり形 又是立起	たてたり
ない形（否定形） 沒立起	たてない	ば形（條件形） 立起的話	たてれば
なかった形（過去否定形） 過去沒立起	たてなかった	させる形（使役形） 使立起	たてさせる
ます形（連用形） 立起	たてます	られる形（被動形） 被立起	たてられる
て形 立起	たてて	命令形 快立起	たてろ
た形（過去形） 立起了	たてた	可能形 可以立起	たてられる
たら形（條件形） 立起的話	たてたら	う形（意向形） 立起吧	たてよう

△ 夏休(なつやす)みの計画(けいかく)を立(た)てる／規劃暑假計畫。

たてる【建てる】 建造，蓋

他下一 グループ2

建(た)てる・建(た)てます

辭書形(基本形) 建造	たてる	たり形 又是建造	たてたり
ない形（否定形） 沒建造	たてない	ば形（條件形） 建造的話	たてれば
なかった形（過去否定形） 過去沒建造	たてなかった	させる形（使役形） 使建造	たてさせる
ます形（連用形） 建造	たてます	られる形（被動形） 被建造	たてられる
て形 建造	たてて	命令形 快建造	たてろ
た形（過去形） 建造了	たてた	可能形 可以建造	たてられる
たら形（條件形） 建造的話	たてたら	う形（意向形） 建造吧	たてよう

△ こんな家(いえ)を建(た)てたいと思(おも)います／我想蓋這樣的房子。

たまる【溜まる】 累積，事情積壓；積存，囤積，停滯

自五 グループ1

溜（た）まる・溜（た）まります

辭書形(基本形) 累積	たまる	たり形 又是累積	たまったり
ない形（否定形） 沒累積	たまらない	ば形（條件形） 累積的話	たまれば
なかった形（過去否定形） 過去沒累積	たまらなかった	させる形（使役形） 使累積	たまらせる
ます形（連用形） 累積	たまります	られる形（被動形） 被累積	たまられる
て形 累積	たまって	命令形 快累積	たまれ
た形（過去形） 累積了	たまった	可能形	———
たら形（條件形） 累積的話	たまったら	う形（意向形） 累積吧	たまろう

△最近（さいきん）、ストレスが溜（た）まっている／最近累積了不少壓力。

だまる【黙る】 沉默，不說話；不理，不聞不問

自五 グループ1

黙（だ）る・黙（だ）ります

辭書形(基本形) 沉默	だまる	たり形 又是沉默	だまったり
ない形（否定形） 沒沉默	だまらない	ば形（條件形） 沉默的話	だまれば
なかった形（過去否定形） 過去沒沉默	だまらなかった	させる形（使役形） 使沉默	だまらせる
ます形（連用形） 沉默	だまります	られる形（被動形） 被不聞不問	だまられる
て形 沉默	だまって	命令形 快沉默	だまれ
た形（過去形） 沉默了	だまった	可能形 會沉默	だまれる
たら形（條件形） 沉默的話	だまったら	う形（意向形） 沉默吧	だまろう

△それを言（い）われたら、私（わたし）は黙（だま）るほかない／
被你這麼一說，我只能無言以對。

ためる【溜める】 積，存，蓄；積壓，停滯 他下一 グループ2

溜(た)める・溜(た)めます

辭書形(基本形) 積存	ためる	たり形 又是積存	ためたり
ない形（否定形） 沒積存	ためない	ば形（條件形） 積存的話	ためれば
なかった形（過去否定形） 過去沒積存	ためなかった	させる形（使役形） 使積存	ためさせる
ます形（連用形） 積存	ためます	られる形（被動形） 被積存	ためられる
て形 積存	ためて	命令形 快積存	ためろ
た形（過去形） 積存了	ためた	可能形 可以積存	ためられる
たら形（條件形） 積存的話	ためたら	う形（意向形） 積存吧	ためよう

△お金(かね)をためてからでないと、結婚(けっこん)なんてできない／
不先存些錢怎麼能結婚。

ちかづく【近づく】 臨近，靠近；接近，交往；幾乎，近似 自五 グループ1

近付(ちかづ)く・近付(ちかづ)きます

辭書形(基本形) 靠近	ちかづく	たり形 又是靠近	ちかづいたり
ない形（否定形） 沒靠近	ちかづかない	ば形（條件形） 靠近的話	ちかづけば
なかった形（過去否定形） 過去沒靠近	ちかづかなかった	させる形（使役形） 使靠近	ちかづかせる
ます形（連用形） 靠近	ちかづきます	られる形（被動形） 被靠近	ちかづかれる
て形 靠近	ちかづいて	命令形 快靠近	ちかづけ
た形（過去形） 靠近了	ちかづいた	可能形 可以靠近	ちかづける
たら形（條件形） 靠近的話	ちかづいたら	う形（意向形） 靠近吧	ちかづこう

△夏休(なつやす)みも終(お)わりが近(ちか)づいてから、やっと宿題(しゅくだい)をやり始(はじ)めた／
直到暑假快要結束才終於開始寫作業了。

ちかづける【近付ける】 使…接近，使…靠近

他下一 グループ2

近付ける・近付けます

辭書形(基本形) 使…接近	ちかづける	たり形 又是使…接近	ちかづけたり
ない形（否定形） 沒使…接近	ちかづけない	ば形（條件形） 使…接近的話	ちかづければ
なかった形（過去否定形） 過去沒使…接近	ちかづけなかった	させる形（使役形） 使…接近	ちかづけさせる
ます形（連用形） 使…接近	ちかづけます	られる形（被動形） 被靠近	ちかづけられる
て形 使…接近	ちかづけて	命令形 快使…接近	ちかづけろ
た形（過去形） 使…接近了	ちかづけた	可能形 可以使…接近	ちかづけられる
たら形（條件形） 使…接近的話	ちかづけたら	う形（意向形） 使…接近吧	ちかづけよう

△この薬品は、火を近づけると燃えるので、注意してください／這藥只要接近火就會燃燒，所以要小心。

ちぢめる【縮める】 縮小，縮短，縮減；縮回，捲縮，起皺紋

他下一 グループ2

縮める・縮めます

辭書形(基本形) 縮小	ちぢめる	たり形 又是縮小	ちぢめたり
ない形（否定形） 沒縮小	ちぢめない	ば形（條件形） 縮小的話	ちぢめれば
なかった形（過去否定形） 過去沒縮小	ちぢめなかった	させる形（使役形） 使縮小	ちぢめさせる
ます形（連用形） 縮小	ちぢめます	られる形（被動形） 被縮小	ちぢめられる
て形 縮小	ちぢめて	命令形 快縮小	ちぢめろ
た形（過去形） 縮小了	ちぢめた	可能形 可以縮小	ちぢめられる
たら形（條件形） 縮小的話	ちぢめたら	う形（意向形） 縮小吧	ちぢめよう

△この亀はいきなり首を縮めます／這隻烏龜突然縮回脖子。

ちらす【散らす】 弄散，弄開；吹散，灑散；散佈，傳播；消腫 他五・接尾 グループ1

散（ち）らす・散（ち）らします

辭書形(基本形) 弄散	ちらす	たり形 又是弄散	ちらしたり
ない形（否定形） 沒弄散	ちらさない	ば形（條件形） 弄散的話	ちらせば
なかった形（過去否定形） 過去沒弄散	ちらさなかった	させる形（使役形） 使弄散	ちらさせる
ます形（連用形） 弄散	ちらします	られる形（被動形） 被弄散	ちらされる
て形 弄散	ちらして	命令形 快弄散	ちらせ
た形（過去形） 弄散了	ちらした	可能形 可以弄散	ちらせる
たら形（條件形） 弄散的話	ちらしたら	う形（意向形） 弄散吧	ちらそう

△ご飯（はん）の上（うえ）に、ごまやのりが散（ち）らしてあります／白米飯上，灑著芝麻和海苔。

ちる【散る】 凋謝，散漫，落；離散，分散；遍佈；消腫；渙散 自五 グループ1

散（ち）る・散（ち）ります

辭書形(基本形) 凋謝	ちる	たり形 又是凋謝	ちったり
ない形（否定形） 沒凋謝	ちらない	ば形（條件形） 凋謝的話	ちれば
なかった形（過去否定形） 過去沒凋謝	ちらなかった	させる形（使役形） 使凋謝	ちらせる
ます形（連用形） 凋謝	ちります	られる形（被動形） 被分散	ちられる
て形 凋謝	ちって	命令形 快凋謝	ちれ
た形（過去形） 凋謝了	ちった	可能形	――
たら形（條件形） 凋謝的話	ちったら	う形（意向形） 凋謝吧	ちろう

△桜（さくら）の花（はな）びらがひらひらと散（ち）る／櫻花落英繽紛。

つうじる・つうずる【通じる・通ずる】

自他上一 グループ2

通；通到，通往；通曉，精通；明白，理解；使…通；在整個期間內

通じる・通じます

辭書形(基本形) 通到	つうじる	たり形 又是通到	つうじたり
ない形（否定形） 沒通到	つうじない	ば形（條件形） 通到的話	つうじれば
なかった形（過去否定形） 過去沒通到	つうじなかった	させる形（使役形） 使通到	つうじさせる
ます形（連用形） 通到	つうじます	られる形（被動形） 被理解	つうじられる
て形 通到	つうじて	命令形 快通	つうじろ
た形（過去形） 通到了	つうじた	可能形	――――
たら形（條件形） 通到的話	つうじたら	う形（意向形） 通吧	つうじよう

△日本では、英語が通じますか／在日本英語能通嗎？

つかまる【捕まる】

抓住，被捉住，逮捕；抓緊，揪住

自五 グループ1

捕まる・捕まります

辭書形(基本形) 抓住	つかまる	たり形 又是抓住	つかまったり
ない形（否定形） 沒抓住	つかまらない	ば形（條件形） 抓住的話	つかまれば
なかった形（過去否定形） 過去沒抓住	つかまらなかった	させる形（使役形） 使抓住	つかまらせる
ます形（連用形） 抓住	つかまります	られる形（被動形） 被抓住	つかまられる
て形 抓住	つかまって	命令形 快抓住	つかまれ
た形（過去形） 抓住了	つかまった	可能形 會抓住	つかまれる
たら形（條件形） 抓住的話	つかまったら	う形（意向形） 抓住吧	つかまろう

△犯人、早く警察に捕まるといいのになあ／真希望警察可以早日把犯人緝捕歸案呀。

つかむ【掴む】 抓，抓住，揪住，握住；掌握到，瞭解到 他五 グループ1

掴む・掴みます

辭書形(基本形) 抓住	つかむ	たり形 又是抓住	つかんだり
ない形（否定形） 沒抓住	つかまない	ば形（條件形） 抓住的話	つかめば
なかった形（過去否定形） 過去沒抓住	つかまなかった	させる形（使役形） 使抓住	つかませる
ます形（連用形） 抓住	つかみます	られる形（被動形） 被抓住	つかまれる
て形 抓住	つかんで	命令形 快抓住	つかめ
た形（過去形） 抓住了	つかんだ	可能形 可以抓住	つかめる
たら形（條件形） 抓住的話	つかんだら	う形（意向形） 抓住吧	つかもう

△誰にも頼らないで、自分で成功をつかむほかない／不依賴任何人，只能靠自己去掌握成功。

つきあう【付き合う】 交際，往來；陪伴，奉陪，應酬 自五 グループ1

付き合う・付き合います

辭書形(基本形) 交往	つきあう	たり形 又是交往	つきあったり
ない形（否定形） 沒交往	つきあわない	ば形（條件形） 交往的話	つきあえば
なかった形（過去否定形） 過去沒交往	つきあわなかった	させる形（使役形） 使交往	つきあわせる
ます形（連用形） 交往	つきあいます	られる形（被動形） 被迫陪伴	つきあわれる
て形 交往	つきあって	命令形 快交往	つきあえ
た形（過去形） 交往了	つきあった	可能形 可以交往	つきあえる
たら形（條件形） 交往的話	つきあったら	う形（意向形） 交往吧	つきあおう

△隣近所と親しく付き合う／敦親睦鄰。

つく【付く】 附著，沾上；長，添增；跟隨；隨從，聽隨；偏坦；設有；連接著

自五 グループ1

付く・付きます

辭書形(基本形) 沾上	つく	たり形 又是沾上	ついたり
ない形（否定形） 沒沾上	つかない	ば形（條件形） 沾上的話	つけば
なかった形（過去否定形） 過去沒沾上	つかなかった	させる形（使役形） 使沾上	つかせる
ます形（連用形） 沾上	つきます	られる形（被動形） 被沾上	つかれる
て形 沾上	ついて	命令形 快沾上	つけ
た形（過去形） 沾上了	ついた	可能形	――――
たら形（條件形） 沾上的話	ついたら	う形（意向形） 沾上吧	つこう

△ ご飯粒が顔に付いてるよ／臉上黏了飯粒喔。

つける【点ける】 點燃；打開（家電類）

他下一 グループ2

点ける・点けます

辭書形(基本形) 點燃	つける	たり形 又是點燃	つけたり
ない形（否定形） 沒點燃	つけない	ば形（條件形） 點燃的話	つければ
なかった形（過去否定形） 過去沒點燃	つけなかった	させる形（使役形） 使點燃	つけさせる
ます形（連用形） 點燃	つけます	られる形（被動形） 被點燃	つけられる
て形 點燃	つけて	命令形 快點燃	つけろ
た形（過去形） 點燃了	つけた	可能形 可以點燃	つけられる
たら形（條件形） 點燃的話	つけたら	う形（意向形） 點燃吧	つけよう

△ クーラーをつけるより、窓を開けるほうがいいでしょう／與其開冷氣，不如打開窗戶來得好吧！

つける【付ける・着ける】

他下一・接尾 グループ2

掛上，裝上；安裝；穿上，配戴；寫上，記上；評定，決定；定（價），出（價）；養成；分配，派；附加；抹上

付ける・付けます

辭書形(基本形) 掛上	つける	たり形 又是掛上	つけたり
ない形（否定形） 沒掛上	つけない	ば形（條件形） 掛上的話	つければ
なかった形（過去否定形） 過去沒掛上	つけなかった	させる形（使役形） 使掛上	つけさせる
ます形（連用形） 掛上	つけます	られる形（被動形） 被掛上	つけられる
て形 掛上	つけて	命令形 快掛上	つけろ
た形（過去形） 掛上了	つけた	可能形 可以掛上	つけられる
たら形（條件形） 掛上的話	つけたら	う形（意向形） 掛上吧	つけよう

△生まれた子供に名前をつける／為生下來的孩子取名字。

つたえる【伝える】

傳達，轉告；傳導

他下一 グループ2

伝える・伝えます

辭書形(基本形) 傳達	つたえる	たり形 又是傳達	つたえたり
ない形（否定形） 沒傳達	つたえない	ば形（條件形） 傳達的話	つたえれば
なかった形（過去否定形） 過去沒傳達	つたえなかった	させる形（使役形） 使傳達	つたえさせる
ます形（連用形） 傳達	つたえます	られる形（被動形） 被傳達	つたえられる
て形 傳達	つたえて	命令形 快傳達	つたえろ
た形（過去形） 傳達了	つたえた	可能形 可以傳達	つたえられる
たら形（條件形） 傳達的話	つたえたら	う形（意向形） 傳達吧	つたえよう

△私が忙しいということを、彼に伝えてください／請轉告他我很忙。

つづく【続く】

繼續，延續，連續；接連發生，接連不斷；隨後發生，接著；連著，通到，與…接連；接得上，夠用；後繼，跟上；次於，居次位

自五 グループ1

続く・続きます

辭書形(基本形) 繼續	つづく	たり形 又是繼續	つづいたり
ない形(否定形) 沒繼續	つづかない	ば形(條件形) 繼續的話	つづけば
なかった形(過去否定形) 過去沒繼續	つづかなかった	させる形(使役形) 使繼續	つづかせる
ます形(連用形) 繼續	つづきます	られる形(被動形) 被延續	つづかれる
て形 繼續	つづいて	命令形 快繼續	つづけ
た形(過去形) 繼續了	つづいた	可能形 可以繼續	つづける
たら形(條件形) 繼續的話	つづいたら	う形(意向形) 繼續吧	つづこう

△このところ晴天が続いている／最近一連好幾天都是晴朗的好天氣。

つつむ【包む】

包裹，打包，包上；蒙蔽，遮蔽，籠罩；藏在心中，隱瞞；包圍

他五 グループ1

包む・包みます

辭書形(基本形) 打包	つつむ	たり形 又是打包	つつんだり
ない形(否定形) 沒打包	つつまない	ば形(條件形) 打包的話	つつめば
なかった形(過去否定形) 過去沒打包	つつまなかった	させる形(使役形) 使打包	つつませる
ます形(連用形) 打包	つつみます	られる形(被動形) 被打包	つつまれる
て形 打包	つつんで	命令形 快打包	つつめ
た形(過去形) 打包了	つつんだ	可能形 可以打包	つつめる
たら形(條件形) 打包的話	つつんだら	う形(意向形) 打包吧	つつもう

△プレゼント用に包んでください／請包裝成送禮用的。

つながる【繋がる】

相連，連接，聯繫；（人）排隊，排列；有（血緣、親屬）關係，牽連

自五 グループ1

繋（つな）がる・繋（つな）がります

活用形		活用形	
辭書形(基本形) 連接	つながる	たり形 又是連接	つながったり
ない形（否定形） 沒連接	つながらない	ば形（條件形） 連接的話	つながれば
なかった形（過去否定形） 過去沒連接	つながらなかった	させる形（使役形） 使連接	つながらせる
ます形（連用形） 連接	つながります	られる形（被動形） 被連接	つながられる
て形 連接	つながって	命令形 快連接	つながれ
た形（過去形） 連接了	つながった	可能形 可以連接	つながれる
たら形（條件形） 連接的話	つながったら	う形（意向形） 連接吧	つながろう

△電話（でんわ）がようやく繋（つな）がった／電話終於通了。

つなぐ【繋ぐ】

拴結，繫；連起，接上；延續，維繫（生命等）

他五 グループ1

繋（つな）ぐ・繋（つな）ぎます

活用形		活用形	
辭書形(基本形) 拴上	つなぐ	たり形 又是拴上	つないだり
ない形（否定形） 沒拴上	つながない	ば形（條件形） 拴上的話	つなげば
なかった形（過去否定形） 過去沒拴上	つながなかった	させる形（使役形） 使拴上	つながせる
ます形（連用形） 拴上	つなぎます	られる形（被動形） 被拴上	つながれる
て形 拴上	つないで	命令形 快拴上	つなげ
た形（過去形） 拴上了	つないだ	可能形 可以拴上	つなげる
たら形（條件形） 拴上的話	つないだら	う形（意向形） 拴上吧	つなごう

△テレビとビデオを繋（つな）いで録画（ろくが）した／我將電視和錄影機接上來錄影。

つなげる【繋る】 連接，維繫

他下一 グループ2

繋げる・繋げます

辭書形(基本形) 連接	つなげる	たり形 又是連接	つなげたり
ない形（否定形） 沒連接	つなげない	ば形（條件形） 連接的話	つなげれば
なかった形（過去否定形） 過去沒連接	つなげなかった	させる形（使役形） 使連接	つなげさせる
ます形（連用形） 連接	つなげます	られる形（被動形） 被連接	つなげられる
て形 連接	つなげて	命令形 快連接	つなげろ
た形（過去形） 連接了	つなげた	可能形 可以連接	つなげられる
たら形（條件形） 連接的話	つなげたら	う形（意向形） 連接吧	つなげよう

△インターネットは、世界の人々を繋げる／
網路將這世上的人接繫了起來。

つぶす【潰す】 毀壞，弄碎；熔毀，熔化；消磨，消耗；宰殺；堵死，填滿

他五 グループ1

潰す・潰します

辭書形(基本形) 毀壞	つぶす	たり形 又是毀壞	つぶしたり
ない形（否定形） 沒毀壞	つぶさない	ば形（條件形） 毀壞的話	つぶせば
なかった形（過去否定形） 過去沒毀壞	つぶさなかった	させる形（使役形） 使毀壞	つぶさせる
ます形（連用形） 毀壞	つぶします	られる形（被動形） 被毀壞	つぶされる
て形 毀壞	つぶして	命令形 快毀壞	つぶせ
た形（過去形） 毀壞了	つぶした	可能形 可以毀壞	つぶせる
たら形（條件形） 毀壞的話	つぶしたら	う形（意向形） 毀壞吧	つぶそう

△会社を潰さないように、一生懸命がんばっている／
為了不讓公司倒閉而拚命努力。

つまる【詰まる】擠滿，塞滿；堵塞，不通；窘困，窘迫；縮短，緊小；停頓，擱淺

自五 グループ1

詰(つ)まる・詰(つ)まります

辭書形(基本形) 塞滿	つまる	たり形 又是塞滿	つまったり
ない形（否定形） 沒塞滿	つまらない	ば形（條件形） 塞滿的話	つまれば
なかった形（過去否定形） 過去沒塞滿	つまらなかった	させる形（使役形） 使塞滿	つまらせる
ます形（連用形） 塞滿	つまります	られる形（被動形） 被塞滿	つまられる
て形 塞滿	つまって	命令形 快塞滿	つまれ
た形（過去形） 塞滿了	つまった	可能形	———
たら形（條件形） 塞滿的話	つまったら	う形（意向形） 塞滿吧	つまろう

△食(た)べ物(もの)がのどに詰(つ)まって、せきが出(で)た／因食物卡在喉嚨裡而咳嗽。

つむ【積む】累積，堆積；裝載；積蓄，積累

自他五 グループ1

積(つ)む・積(つ)みます

辭書形(基本形) 累積	つむ	たり形 又是累積	つんだり
ない形（否定形） 沒累積	つまない	ば形（條件形） 累積的話	つめば
なかった形（過去否定形） 過去沒累積	つまなかった	させる形（使役形） 使累積	つませる
ます形（連用形） 累積	つみます	られる形（被動形） 被累積	つまれる
て形 累積	つんで	命令形 快累積	つめ
た形（過去形） 累積了	つんだ	可能形 可以累積	つめる
たら形（條件形） 累積的話	つんだら	う形（意向形） 累積吧	つもう

△荷物(にもつ)をトラックに積(つ)んだ／我將貨物裝到卡車上。

つめる【詰める】

塞進，裝入；不停的工作；節約；深究；守候，值勤

自他下一　グループ2

詰める・詰めます

形	活用	形	活用
辭書形(基本形) 裝入	つめる	たり形 又是裝入	つめたり
ない形（否定形） 沒裝入	つめない	ば形（條件形） 裝入的話	つめれば
なかった形（過去否定形） 過去沒裝入	つめなかった	させる形（使役形） 使裝入	つめさせる
ます形（連用形） 裝入	つめます	られる形（被動形） 被裝入	つめられる
て形 裝入	つめて	命令形 快裝入	つめろ
た形（過去形） 裝入了	つめた	可能形 可以裝入	つめられる
たら形（條件形） 裝入的話	つめたら	う形（意向形） 裝入吧	つめよう

△スーツケースに服(ふく)や本(ほん)を詰(つ)めた／我將衣服和書塞進行李箱。

つもる【積もる】

積，堆積；累積；估計；計算；推測

自他五　グループ1

積もる・積もります

形	活用	形	活用
辭書形(基本形) 堆積	つもる	たり形 又是堆積	つもったり
ない形（否定形） 沒堆積	つもらない	ば形（條件形） 堆積的話	つもれば
なかった形（過去否定形） 過去沒堆積	つもらなかった	させる形（使役形） 使堆積	つもらせる
ます形（連用形） 堆積	つもります	られる形（被動形） 被堆積	つもられる
て形 堆積	つもって	命令形 快堆積	つもれ
た形（過去形） 堆積了	つもった	可能形	――
たら形（條件形） 堆積的話	つもったら	う形（意向形） 堆積吧	つもろう

△この辺(あた)りは、雪(ゆき)が積(つ)もったとしてもせいぜい3センチくらいだ／這一帶就算積雪，深度也頂多只有三公分左右。

つよまる【強まる】 強起來，加強，增強

自五 グループ1

強(つよ)まる・強(つよ)まります

辭書形(基本形) 加強	つよまる	たり形 又是加強	つよまったり
ない形（否定形） 沒加強	つよまらない	ば形（條件形） 加強的話	つよまれば
なかった形（過去否定形） 過去沒加強	つよまらなかった	させる形（使役形） 使加強	つよまらせる
ます形（連用形） 加強	つよまります	られる形（被動形） 被加強	つよまられる
て形 加強	つよまって	命令形 快加強	つよまれ
た形（過去形） 加強了	つよまった	可能形 可以加強	つよまれる
たら形（條件形） 加強的話	つよまったら	う形（意向形） 加強吧	つよまろう

△台風(たいふう)が近(ちか)づくにつれ、徐々(じょじょ)に雨(あめ)が強(つよ)まってきた／
隨著颱風的暴風範圍逼近，雨勢亦逐漸增強。

つよめる【強める】 加強，增強

他下一 グループ2

強(つよ)める・強(つよ)めます

辭書形(基本形) 加強	つよめる	たり形 又是加強	つよめたり
ない形（否定形） 沒加強	つよめない	ば形（條件形） 加強的話	つよめれば
なかった形（過去否定形） 過去沒加強	つよめなかった	させる形（使役形） 使加強	つよめさせる
ます形（連用形） 加強	つよめます	られる形（被動形） 被加強	つよめられる
て形 加強	つよめて	命令形 快加強	つよめろ
た形（過去形） 加強了	つよめた	可能形 可以加強	つよめられる
たら形（條件形） 加強的話	つよめたら	う形（意向形） 加強吧	つよめよう

△天(てん)ぷらを揚(あ)げるときは、最後(さいご)に少(すこ)し火(ひ)を強(つよ)めるといい／
在炸天婦羅時，起鍋前把火力調大一點比較好。

であう【出会う】

遇見，碰見，偶遇；約會，幽會；（顏色等）協調，相稱

自五 グループ1

出会(であ)う・出会(であ)います

辭書形(基本形) 遇見	であう	たり形 又是遇見	であったり
ない形（否定形） 沒遇見	であわない	ば形（條件形） 遇見的話	であえば
なかった形（過去否定形） 過去沒遇見	であわなかった	させる形（使役形） 使遇見	であわせる
ます形（連用形） 遇見	であいます	られる形（被動形） 被碰見	であわれる
て形 遇見	であって	命令形 快遇見	であえ
た形（過去形） 遇見了	であった	可能形 會遇見	であえる
たら形（條件形） 遇見的話	であったら	う形（意向形） 遇見吧	であおう

△二人(ふたり)は、最初(さいしょ)どこで出会(であ)ったのですか／兩人最初是在哪裡相遇的？

できる

完成；能夠

自上一 グループ2

出来(でき)る・出来(でき)ます

辭書形(基本形) 完成	できる	たり形 又是完成	できたり
ない形（否定形） 沒完成	できない	ば形（條件形） 完成的話	できれば
なかった形（過去否定形） 過去沒完成	できなかった	させる形（使役形） 使完成	できさせる
ます形（連用形） 完成	できます	られる形（被動形）	———
て形 完成	できて	命令形 快完成	できろ
た形（過去形） 完成了	できた	可能形	———
たら形（條件形） 完成的話	できたら	う形（意向形） 完成吧	できよう

△ 1 週間(しゅうかん)でできるはずだ／一星期應該就可以完成的。

とおす【通す】

穿通，貫穿；滲透，透過；連續，貫徹；（把客人）讓到裡邊；一直，連續，…到底

他五・接尾　グループ1

通す・通します

形	活用	形	活用
辭書形(基本形) 貫穿	とおす	たり形 又是貫穿	とおしたり
ない形（否定形） 沒貫穿	とおさない	ば形（條件形） 貫穿的話	とおせば
なかった形（過去否定形） 過去沒貫穿	とおさなかった	させる形（使役形） 使貫穿	とおさせる
ます形（連用形） 貫穿	とおします	られる形（被動形） 被貫穿	とおされる
て形 貫穿	とおして	命令形 快貫穿	とおせ
た形（過去形） 貫穿了	とおした	可能形 可以貫穿	とおせる
たら形（條件形） 貫穿的話	とおしたら	う形（意向形） 貫穿吧	とおそう

△彼は、自分の意見を最後まで通す人だ／他是個貫徹自己的主張的人。

とおりこす【通り越す】

通過，越過

自五　グループ1

通り越す・通り越します

形	活用	形	活用
辭書形(基本形) 通過	とおりこす	たり形 又是通過	とおりこしたり
ない形（否定形） 沒通過	とおりこさない	ば形（條件形） 通過的話	とおりこせば
なかった形（過去否定形） 過去沒通過	とおりこさなかった	させる形（使役形） 使通過	とおりこさせる
ます形（連用形） 通過	とおりこします	られる形（被動形） 被通過	とおりこされる
て形 通過	とおりこして	命令形 快通過	とおりこせ
た形（過去形） 通過了	とおりこした	可能形 可以通過	とおりこせる
たら形（條件形） 通過的話	とおりこしたら	う形（意向形） 通過吧	とおりこそう

△ぼんやり歩いていて、バス停を通り越してしまった／
心不在焉地走著，都過了巴士站牌還繼續往前走。

とおる【通る】 經過；穿過；合格

自五 グループ1

通る・通ります

辭書形(基本形) 經過	とおる	たり形 又是經過	とおったり
ない形（否定形） 沒經過	とおらない	ば形（條件形） 經過的話	とおれば
なかった形（過去否定形） 過去沒經過	とおらなかった	させる形（使役形） 使經過	とおらせる
ます形（連用形） 經過	とおります	られる形（被動形） 被穿過	とおられる
て形 經過	とおって	命令形 快經過	とおれ
た形（過去形） 經過了	とおった	可能形 可以經過	とおれる
たら形（條件形） 經過的話	とおったら	う形（意向形） 經過吧	とおろう

△ときどき、あなたの家の前を通ることがあります／
我有時會經過你家前面。

とかす【溶かす】 溶解，化開，溶入

他五 グループ1

溶かす・溶かします

辭書形(基本形) 溶解	とかす	たり形 又是溶解	とかしたり
ない形（否定形） 沒溶解	とかさない	ば形（條件形） 溶解的話	とかせば
なかった形（過去否定形） 過去沒溶解	とかさなかった	させる形（使役形） 使溶解	とかさせる
ます形（連用形） 溶解	とかします	られる形（被動形） 被溶解	とかされる
て形 溶解	とかして	命令形 快溶解	とかせ
た形（過去形） 溶解了	とかした	可能形 可以溶解	とかせる
たら形（條件形） 溶解的話	とかしたら	う形（意向形） 溶解吧	とかそう

△お湯に溶かすだけで、おいしいコーヒーができます／
只要加熱水沖泡，就可以做出一杯美味的咖啡。

とく【溶く】 溶解，化開，溶入

他五 グループ1

溶く・溶きます

辭書形(基本形) 溶解	とく	たり形 又是溶解	といたり
ない形（否定形） 沒溶解	とかない	ば形（條件形） 溶解的話	とけば
なかった形（過去否定形） 過去沒溶解	とかなかった	させる形（使役形） 使溶解	とかせる
ます形（連用形） 溶解	ときます	られる形（被動形） 被溶解	とかれる
て形 溶解	といて	命令形 快溶解	とけ
た形（過去形） 溶解了	といた	可能形 可以溶解	とける
たら形（條件形） 溶解的話	といたら	う形（意向形） 溶解吧	とこう

△この薬(くすり)は、お湯(ゆ)に溶(と)いて飲(の)んでください／
這服藥請用熱開水沖泡開後再服用。

とく【解く】 解開；拆開（衣服）；消除，解除（禁令、條約等）；解答

他五 グループ1

解く・解きます

辭書形(基本形) 解開	とく	たり形 又是解開	といたり
ない形（否定形） 沒解開	とかない	ば形（條件形） 解開的話	とけば
なかった形（過去否定形） 過去沒解開	とかなかった	させる形（使役形） 使解開	とかせる
ます形（連用形） 解開	ときます	られる形（被動形） 被解開	とかれる
て形 解開	といて	命令形 快解開	とけ
た形（過去形） 解開了	といた	可能形 可以解開	とける
たら形（條件形） 解開的話	といたら	う形（意向形） 解開吧	とこう

△もっと時間(じかん)があったとしても、あんな問題(もんだい)は解(と)けなかった／
就算有更多的時間，也沒有辦法解出那麼困難的問題。

N3 と とける・とける

とける【溶ける】 溶解，融化

自下一 グループ2

溶(と)ける・溶(と)けます

辭書形(基本形) 溶解	とける	たり形 又是溶解	とけたり
ない形（否定形） 沒溶解	とけない	ば形（條件形） 溶解的話	とければ
なかった形（過去否定形） 過去沒溶解	とけなかった	させる形（使役形） 使溶解	とけさせる
ます形（連用形） 溶解	とけます	られる形（被動形） 被溶解	とけられる
て形 溶解	とけて	命令形 快溶解	とけろ
た形（過去形） 溶解了	とけた	可能形	———
たら形（條件形） 溶解的話	とけたら	う形（意向形） 溶解吧	とけよう

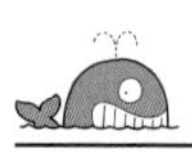

△ この物質(ぶっしつ)は、水(みず)に溶(と)けません／這個物質不溶於水。

とける【解ける】 解開，鬆開（綁著的東西）；消，解消（怒氣等）；解除（職責、契約等）；解開（疑問等）

自下一 グループ2

解(と)ける・解(と)けます

辭書形(基本形) 解開	ほどける	たり形 又是解開	ほどけたり
ない形（否定形） 沒解開	ほどけない	ば形（條件形） 解開的話	ほどければ
なかった形（過去否定形） 過去沒解開	ほどけなかった	させる形（使役形） 使解開	ほどけさせる
ます形（連用形） 解開	ほどけます	られる形（被動形） 被解開	ほどけられる
て形 解開	ほどけて	命令形 快解開	ほどけろ
た形（過去形） 解開了	ほどけた	可能形	———
たら形（條件形） 解開的話	ほどけたら	う形（意向形） 解開吧	ほどけよう

△ あと10分(ぷん)あったら、最後(さいご)の問題(もんだい)解(と)けたのに／如果再多給十分鐘，就可以解出最後一題了呀。

とじる【閉じる】 閉，關閉；結束

自上一 グループ2

閉(と)じる・閉(と)じます

辭書形(基本形) 關閉	とじる	たり形 又是關閉	とじたり
ない形（否定形） 沒關閉	とじない	ば形（條件形） 關閉的話	とじれば
なかった形（過去否定形） 過去沒關閉	とじなかった	させる形（使役形） 使關閉	とじさせる
ます形（連用形） 關閉	とじます	られる形（被動形） 被關閉	とじられる
て形 關閉	とじて	命令形 快關閉	とじろ
た形（過去形） 關閉了	とじた	可能形 可以關閉	とじられる
たら形（條件形） 關閉的話	とじたら	う形（意向形） 關閉吧	とじよう

△目(め)を閉(と)じて、子(こ)どものころを思(おも)い出(だ)してごらん／
請試著閉上眼睛，回想兒時的記憶。

とどく【届く】 及，達到；（送東西）到達；周到；達到（希望）

自五 グループ1

届(とど)く・届(とど)きます

辭書形(基本形) 達到	とどく	たり形 又是達到	とどいたり
ない形（否定形） 沒達到	とどかない	ば形（條件形） 達到的話	とどけば
なかった形（過去否定形） 過去沒達到	とどかなかった	させる形（使役形） 使達到	とどかせる
ます形（連用形） 達到	とどきます	られる形（被動形） 被送達	とどかれる
て形 達到	とどいて	命令形 快達到	とどけ
た形（過去形） 達到了	とどいた	可能形	———
たら形（條件形） 達到的話	とどいたら	う形（意向形） 到達吧	とどこう

△昨日(きのう)、いなかの母(はは)から手紙(てがみ)が届(とど)きました／
昨天，收到了住在鄉下的母親寫來的信。

とどける【届ける】 送達；送交；報告

他下一 グループ2

届(とど)ける・届(とど)けます

辞書形(基本形) 送達	とどける	たり形 又是送達	とどけたり
ない形（否定形） 沒送達	とどけない	ば形（條件形） 送達的話	とどければ
なかった形（過去否定形） 過去沒送達	とどけなかった	させる形（使役形） 使送達	とどけさせる
ます形（連用形） 送達	とどけます	られる形（被動形） 被送達	とどけられる
て形 送達	とどけて	命令形 快送達	とどけろ
た形（過去形） 送達了	とどけた	可能形 可以送達	とどけられる
たら形（條件形） 送達的話	とどけたら	う形（意向形） 送達吧	とどけよう

△あれ、財布(さいふ)が落(お)ちてる。交番(こうばん)に届(とど)けなくちゃ／
咦，有人掉了錢包？得送去派出所才行。

とばす【飛ばす】 使…飛，使飛起；（風等）吹起，吹跑；飛濺，濺起

他五・接尾 グループ1

飛(と)ばす・飛(と)ばします

辞書形(基本形) 吹起	とばす	たり形 又是吹起	とばしたり
ない形（否定形） 沒吹起	とばさない	ば形（條件形） 吹起的話	とばせば
なかった形（過去否定形） 過去沒吹起	とばさなかった	させる形（使役形） 使吹起	とばさせる
ます形（連用形） 吹起	とばします	られる形（被動形） 被吹起	とばされる
て形 吹起	とばして	命令形 快吹起	とばせ
た形（過去形） 吹起了	とばした	可能形 可以吹起	とばせる
たら形（條件形） 吹起的話	とばしたら	う形（意向形） 吹起吧	とばそう

△友達(ともだち)に向(む)けて紙飛行機(かみひこうき)を飛(と)ばしたら、先生(せんせい)にぶつかっちゃった／
把紙飛機射向同學，結果射中了老師。

とぶ【跳ぶ】 跳，跳起；跳過（順序、號碼等）

自五 グループ1

飛ぶ・飛びます

辭書形(基本形) 跳起	とぶ	たり形 又是跳起	とんだり
ない形（否定形) 沒跳起	とばない	ば形（條件形) 跳起的話	とべば
なかった形（過去否定形) 過去沒跳起	とばなかった	させる形（使役形) 使跳起	とばせる
ます形（連用形) 跳起	とびます	られる形（被動形) 被跳過	とばれる
て形 跳起	とんで	命令形 快跳起	とべ
た形（過去形) 跳起了	とんだ	可能形 可以跳起	とべる
たら形（條件形) 跳起的話	とんだら	う形（意向形) 跳起吧	とぼう

△お母さん、今日ね、はじめて跳び箱８段跳べたよ／
媽媽，我今天練習跳箱，第一次成功跳過八層喔！

なおす【直す】 修理；改正；治療

他五 グループ1

直す・直します

辭書形(基本形) 修理	なおす	たり形 又是修理	なおしたり
ない形（否定形) 沒修理	なおさない	ば形（條件形) 修理的話	なおせば
なかった形（過去否定形) 過去沒修理	なおさなかった	させる形（使役形) 使修理	なおさせる
ます形（連用形) 修理	なおします	られる形（被動形) 被修理	なおされる
て形 修理	なおして	命令形 快修理	なおせ
た形（過去形) 修理了	なおした	可能形 可以修理	なおせる
たら形（條件形) 修理的話	なおしたら	う形（意向形) 修理吧	なおそう

△自転車を直してやるから、持ってきなさい／
我幫你修理腳踏車，去把它騎過來。

なおす【治す】 醫治，治療

他五 グループ1

治す・治します

辭書形(基本形) 醫治	なおす	たり形 又是醫治	なおしたり
ない形（否定形） 沒醫治	なおさない	ば形（條件形） 醫治的話	なおせば
なかった形（過去否定形） 過去沒醫治	なおさなかった	させる形（使役形） 使醫治	なおさせる
ます形（連用形） 醫治	なおします	られる形（被動形） 被醫治	なおされる
て形 醫治	なおして	命令形 快醫治	なおせ
た形（過去形） 醫治了	なおした	可能形 可以醫治	なおせる
たら形（條件形） 醫治的話	なおしたら	う形（意向形） 醫治吧	なおそう

△早く病気を治して働きたい／我真希望早日把病治好，快點去工作。

ながす【流す】 使流動，沖走；使漂走；流（出）；放逐；使流產；傳播；洗掉（汙垢）；不放在心上

他五 グループ1

流す・流します

辭書形(基本形) 沖走	ながす	たり形 又是沖走	ながしたり
ない形（否定形） 沒沖走	ながさない	ば形（條件形） 沖走的話	ながせば
なかった形（過去否定形） 過去沒沖走	ながさなかった	させる形（使役形） 使沖走	ながさせる
ます形（連用形） 沖走	ながします	られる形（被動形） 被沖走	ながされる
て形 沖走	ながして	命令形 快沖走	ながせ
た形（過去形） 沖走了	ながした	可能形 可以沖走	ながせる
たら形（條件形） 沖走的話	ながしたら	う形（意向形） 沖走吧	ながそう

△トイレットペーパー以外は流さないでください／請勿將廁紙以外的物品丟入馬桶內沖掉。

ながれる【流れる】

流動；漂流；飄動；傳佈；流逝；流浪；（壞的）傾向；流產；作罷

自下一　グループ2

流(なが)れる・流(なが)れます

辭書形(基本形) 流動	ながれる	たり形 又是流動	ながれたり
ない形（否定形） 沒流動	ながれない	ば形（條件形） 流動的話	ながれれば
なかった形（過去否定形） 過去沒流動	ながれなかった	させる形（使役形） 使流動	ながれさせる
ます形（連用形） 流動	ながれます	られる形（被動形） 被散佈	ながれられる
て形 流動	ながれて	命令形 快流動	ながれろ
た形（過去形） 流動了	ながれた	可能形 可以流動	ながれられる
たら形（條件形） 流動的話	ながれたら	う形（意向形） 流動吧	ながれよう

△日本(にほん)で一番長(いちばんなが)い信濃川(しなのがわ)は、長野県(ながのけん)から新潟県(にいがたけん)へと流(なが)れている／
日本最長的河流信濃川，是從長野縣流到新潟縣的。

なくなる【亡くなる】

去世，死亡

自五　グループ1

亡(な)くなる・亡(な)くなります

辭書形(基本形) 去世	なくなる	たり形 又是去世	なくなったり
ない形（否定形） 沒去世	なくならない	ば形（條件形） 去世的話	なくなれば
なかった形（過去否定形） 過去沒去世	なくならなかった	させる形（使役形） 使去世	なくならせる
ます形（連用形） 去世	なくなります	られる形（被動形） 被去世	なくなられる
て形 去世	なくなって	命令形 快死	なくなれ
た形（過去形） 去世了	なくなった	可能形	――――
たら形（條件形） 去世的話	なくなったら	う形（意向形） 死吧	なくなろう

△おじいちゃんが亡(な)くなって、みんな悲(かな)しんでいる／
爺爺過世了，大家都很哀傷。

なぐる【殴る】 毆打，揍

他五 グループ1

殴る・殴ります

辞書形(基本形) 毆打	なぐる	たり形 又是毆打	なぐったり
ない形（否定形） 沒毆打	なぐらない	ば形（條件形） 毆打的話	なぐれば
なかった形（過去否定形） 過去沒毆打	なぐらなかった	させる形（使役形） 使毆打	なぐらせる
ます形（連用形） 毆打	なぐります	られる形（被動形） 被毆打	なぐられる
て形 毆打	なぐって	命令形 快毆打	なぐれ
た形（過去形） 毆打了	なぐった	可能形 可以毆打	なぐれる
たら形（條件形） 毆打的話	なぐったら	う形（意向形） 毆打吧	なぐろう

△ 彼が人を殴るわけがない／他不可能會打人。

なやむ【悩む】 煩惱，苦惱，憂愁；感到痛苦

自五 グループ1

悩む・悩みます

辞書形(基本形) 苦惱	なやむ	たり形 又是苦惱	なやんだり
ない形（否定形） 沒苦惱	なやまない	ば形（條件形） 苦惱的話	なやめば
なかった形（過去否定形） 過去沒苦惱	なやまなかった	させる形（使役形） 使苦惱	なやませる
ます形（連用形） 苦惱	なやみます	られる形（被動形） 被為難	なやまれる
て形 苦惱	なやんで	命令形 快苦惱	なやめ
た形（過去形） 苦惱了	なやんだ	可能形 會苦惱	なやめる
たら形（條件形） 苦惱的話	なやんだら	う形（意向形） 苦惱吧	なやもう

△ あんなひどい女のことで、悩むことはないですよ／用不著為了那種壞女人煩惱啊！

ならす【鳴らす】 鳴，啼，叫；(使) 出名；燃放；放響屁

他五 グループ1

鳴らす・鳴らします

辭書形(基本形) 鳴啼	ならす	たり形 又是鳴啼	ならしたり
ない形(否定形) 沒鳴啼	ならさない	ば形(條件形) 鳴啼的話	ならせば
なかった形(過去否定形) 過去沒鳴啼	ならさなかった	させる形(使役形) 使啼叫	ならさせる
ます形(連用形) 鳴啼	ならします	られる形(被動形) 被燃放	ならされる
て形 鳴啼	ならして	命令形 快啼叫	ならせ
た形(過去形) 鳴啼了	ならした	可能形 會啼叫	ならせる
たら形(條件形) 鳴啼的話	ならしたら	う形(意向形) 啼叫吧	ならそう

△日本では、大晦日には除夜の鐘を108回鳴らす／在日本，除夕夜要敲鐘一百零八回。

なる【鳴る】 響，叫；聞名

自五 グループ1

鳴る・鳴ります

辭書形(基本形) 響起	なる	たり形 又是響起	なったり
ない形(否定形) 沒響起	ならない	ば形(條件形) 響起的話	なれば
なかった形(過去否定形) 過去沒響起	ならなかった	させる形(使役形) 使響起	ならせる
ます形(連用形) 響起	なります	られる形(被動形) 被響起	なられる
て形 響起	なって	命令形 快響起	なれ
た形(過去形) 響起了	なった	可能形	――
たら形(條件形) 響起的話	なったら	う形(意向形) 響起吧	なろう

△ベルが鳴ったら、書くのをやめてください／鈴聲一響起，就請停筆。

にあう【似合う】 合適，相稱，調和

自五 グループ1

似合う・似合います

辭書形(基本形) 合適	にあう	たり形 又是合適	にあったり
ない形（否定形） 不合適	にあわない	ば形（條件形） 合適的話	にあえば
なかった形（過去否定形） 過去不合適	にあわなかった	させる形（使役形） 使合適	にあわせる
ます形（連用形） 合適	にあいます	られる形（被動形） 被調和	にあわれる
て形 合適	にあって	命令形 快合適	にあえ
た形（過去形） 合適了	にあった	可能形	――
たら形（條件形） 合適的話	にあったら	う形（意向形） 合適吧	にあおう

△福井さん、黄色が似合いますね／福井小姐真適合穿黃色的衣服呀！

にえる【煮える】 煮熟，煮爛；水燒開；固體融化（成泥狀）；發怒，非常氣憤

自下一 グループ2

煮える・煮えます

辭書形(基本形) 煮熟	にえる	たり形 又是煮熟	にえたり
ない形（否定形） 沒煮熟	にえない	ば形（條件形） 煮熟的話	にえれば
なかった形（過去否定形） 過去沒煮熟	にえなかった	させる形（使役形） 使煮熟	にえさせる
ます形（連用形） 煮熟	にえます	られる形（被動形） 被煮熟	にえられる
て形 煮熟	にえて	命令形 快煮熟	にえろ
た形（過去形） 煮熟了	にえた	可能形	――
たら形（條件形） 煮熟的話	にえたら	う形（意向形） 煮熟吧	にえよう

△もう芋は煮えましたか／芋頭已經煮熟了嗎？

にぎる【握る】 握，抓；握飯團或壽司；掌握，抓住

他五 グループ1

握る・握ります

形態	活用	形態	活用
辭書形(基本形) 抓	にぎる	たり形 又是抓	にぎったり
ない形（否定形) 沒抓	にぎらない	ば形（條件形) 抓的話	にぎれば
なかった形（過去否定形) 過去沒抓	にぎらなかった	させる形（使役形) 使抓	にぎらせる
ます形（連用形) 抓	にぎります	られる形（被動形) 被抓	にぎられる
て形 抓	にぎって	命令形 快抓	にぎれ
た形（過去形) 抓了	にぎった	可能形 可以抓	にぎれる
たら形（條件形) 抓的話	にぎったら	う形（意向形) 抓吧	にぎろう

△運転中は、車のハンドルを両手でしっかり握ってください／
開車時請雙手緊握方向盤。

にせる【似せる】 模仿，仿效；偽造

他下一 グループ2

似せる・似せます

形態	活用	形態	活用
辭書形(基本形) 模仿	にせる	たり形 又是模仿	にせたり
ない形（否定形) 沒模仿	にせない	ば形（條件形) 模仿的話	にせれば
なかった形（過去否定形) 過去沒模仿	にせなかった	させる形（使役形) 使模仿	にせさせる
ます形（連用形) 模仿	にせます	られる形（被動形) 被模仿	にせられる
て形 模仿	にせて	命令形 快模仿	にせろ
た形（過去形) 模仿了	にせた	可能形	———
たら形（條件形) 模仿的話	にせたら	う形（意向形) 模仿吧	にせよう

△本物に似せて作ってありますが、色が少し違います／
雖然做得與真物非常相似，但是顏色有些微不同。

にる【煮る】 煮，燉，熬

他上一 グループ2

煮る・煮ます

形	活用	形	活用
辭書形(基本形) 煮	にる	たり形 又是煮	にたり
ない形（否定形） 沒煮	にない	ば形（條件形） 煮的話	にれば
なかった形（過去否定形） 過去沒煮	になかった	させる形（使役形） 使煮	にさせる
ます形（連用形） 煮	にます	られる形（被動形） 被煮	にられる
て形 煮	にて	命令形 快煮	にろ
た形（過去形） 煮了	にた	可能形 可以煮	にられる
たら形（條件形） 煮的話	にたら	う形（意向形） 煮吧	によう

△醤油を入れて、もう少し煮ましょう／加醬油再煮一下吧！

ぬう【縫う】 縫，縫補；刺繡；穿過，穿行；（醫）縫合（傷口）

他五 グループ1

縫う・縫います

形	活用	形	活用
辭書形(基本形) 縫補	ぬう	たり形 又是縫補	ぬったり
ない形（否定形） 沒縫補	ぬわない	ば形（條件形） 縫補的話	ぬえば
なかった形（過去否定形） 過去沒縫補	ぬわなかった	させる形（使役形） 使縫補	ぬわせる
ます形（連用形） 縫補	ぬいます	られる形（被動形） 被縫補	ぬわれる
て形 縫補	ぬって	命令形 快縫補	ぬえ
た形（過去形） 縫補了	ぬった	可能形 可以縫補	ぬえる
たら形（條件形） 縫補的話	ぬったら	う形（意向形） 縫補吧	ぬおう

△母親は、子どものために思いをこめて服を縫った／
母親滿懷愛心地為孩子縫衣服。

ぬく【抜く】

抽出，拔去；選出，摘引；消除，排除；省去，減少；超越

自他五・接尾　グループ1

抜く・抜きます

形	活用	形	活用
辭書形(基本形) 抽出	ぬく	たり形 又是抽出	ぬいたり
ない形（否定形) 沒抽出	ぬかない	ば形（條件形) 抽出的話	ぬけば
なかった形（過去否定形) 過去沒抽出	ぬかなかった	させる形（使役形) 使抽出	ぬかせる
ます形（連用形) 抽出	ぬきます	られる形（被動形) 被抽出	ぬかれる
て形 抽出	ぬいて	命令形 快抽出	ぬけ
た形（過去形) 抽出了	ぬいた	可能形 可以抽出	ぬける
たら形（條件形) 抽出的話	ぬいたら	う形（意向形) 抽出吧	ぬこう

△この虫歯は、もう抜くしかありません／這顆蛀牙已經非拔不可了。

ぬける【抜ける】

脫落，掉落；遺漏；脫；離，離開，消失，散掉；溜走，逃脫

自下一　グループ2

抜ける・抜けます

形	活用	形	活用
辭書形(基本形) 脫落	ぬける	たり形 又是脫落	ぬけたり
ない形（否定形) 沒脫落	ぬけない	ば形（條件形) 脫落的話	ぬければ
なかった形（過去否定形) 過去沒脫落	ぬけなかった	させる形（使役形) 使脫落	ぬけさせる
ます形（連用形) 脫落	ぬけます	られる形（被動形) 被弄掉	ぬけられる
て形 脫落	ぬけて	命令形 快脫落	ぬけろ
た形（過去形) 脫落了	ぬけた	可能形 可以脫落	ぬけられる
たら形（條件形) 脫落的話	ぬけたら	う形（意向形) 脫落吧	ぬけよう

△自転車のタイヤの空気が抜けたので、空気入れで入れた／腳踏車的輪胎已經扁了，用打氣筒灌了空氣。

N3 ぬ ぬらす・ねむる

ぬらす【濡らす】 浸濕，淋濕，沾濕

他五 グループ1

濡らす・濡らします

辞書形(基本形) 淋濕	ぬらす	たり形 又是淋濕	ぬらしたり
ない形（否定形） 沒淋濕	ぬらさない	ば形（條件形） 淋濕的話	ぬらせば
なかった形（過去否定形） 過去沒淋濕	ぬらさなかった	させる形（使役形） 使淋濕	ぬらさせる
ます形（連用形） 淋濕	ぬらします	られる形（被動形） 被淋濕	ぬらされる
て形 淋濕	ぬらして	命令形 快淋濕	ぬらせ
た形（過去形） 淋濕了	ぬらした	可能形 會淋濕	ぬらせる
たら形（條件形） 淋濕的話	ぬらしたら	う形（意向形） 淋濕吧	ぬらそう

△この機械は、濡らすと壊れるおそれがある／這機器一碰水，就有可能故障。

ねむる【眠る】 睡覺；埋藏

自五 グループ1

眠る・眠ります

辞書形(基本形) 睡覺	ねむる	たり形 又是睡覺	ねむったり
ない形（否定形） 沒睡覺	ねむらない	ば形（條件形） 睡覺的話	ねむれば
なかった形（過去否定形） 過去沒睡覺	ねむらなかった	させる形（使役形） 使睡覺	ねむらせる
ます形（連用形） 睡覺	ねむります	られる形（被動形） 被埋藏	ねむられる
て形 睡覺	ねむって	命令形 快睡覺	ねむれ
た形（過去形） 睡覺了	ねむった	可能形 可以睡覺	ねむれる
たら形（條件形） 睡覺的話	ねむったら	う形（意向形） 睡覺吧	ねむろう

△薬を使って、眠らせた／用藥讓他入睡。

のこす【残す】 留下，剩下；存留；遺留；（相撲頂住對方的進攻）開腳站穩

他五 グループ1

残す・残します

辭書形(基本形) 留下	のこす	たり形 又是留下	のこしたり
ない形（否定形） 沒留下	のこさない	ば形（條件形） 留下的話	のこせば
なかった形（過去否定形） 過去沒留下	のこさなかった	させる形（使役形） 使留下	のこさせる
ます形（連用形） 留下	のこします	られる形（被動形） 被留下	のこされる
て形 留下	のこして	命令形 快留下	のこせ
た形（過去形） 留下了	のこした	可能形 可以留下	のこせる
たら形（條件形） 留下的話	のこしたら	う形（意向形） 留下吧	のこそう

△好き嫌いはいけません。残さずに全部食べなさい／不可以偏食，要把飯菜全部吃完。

のせる【乗せる】 裝上，裝載；使搭乘；使參加；騙人，誘拐；記載，刊登

他下一 グループ2

乗せる・乗せます

辭書形(基本形) 裝上	のせる	たり形 又是裝上	のせたり
ない形（否定形） 沒裝上	のせない	ば形（條件形） 裝上的話	のせれば
なかった形（過去否定形） 過去沒裝上	のせなかった	させる形（使役形） 使裝上	のせさせる
ます形（連用形） 裝上	のせます	られる形（被動形） 被裝上	のせられる
て形 裝上	のせて	命令形 快裝上	のせろ
た形（過去形） 裝上了	のせた	可能形 可以裝上	のせられる
たら形（條件形） 裝上的話	のせたら	う形（意向形） 裝上吧	のせよう

△子どもを電車に乗せる／送孩子上電車。

のせる【載せる】 放；托；裝載，裝運；納入，使參加；欺騙；刊登，刊載

他下一 グループ2

載せる・載せます

形	活用	形	活用
辭書形(基本形) 刊登	のせる	たり形 又是刊登	のせたり
ない形（否定形） 沒刊登	のせない	ば形（條件形） 刊登的話	のせれば
なかった形（過去否定形） 過去沒刊登	のせなかった	させる形（使役形） 使刊登	のせさせる
ます形（連用形） 刊登	のせます	られる形（被動形） 被刊登	のせられる
て形 刊登	のせて	命令形 快刊登	のせろ
た形（過去形） 刊登了	のせた	可能形 可以刊登	のせられる
たら形（條件形） 刊登的話	のせたら	う形（意向形） 刊登吧	のせよう

△新聞に広告を載せたところ、注文がたくさん来た／
在報上刊登廣告以後，結果訂單就如雪片般飛來了。

のぞむ【望む】 指望，希望；仰慕，景仰；遠望，眺望

他五 グループ1

望む・望みます

形	活用	形	活用
辭書形(基本形) 希望	のぞむ	たり形 又是希望	のぞんだり
ない形（否定形） 沒希望	のぞまない	ば形（條件形） 希望的話	のぞめば
なかった形（過去否定形） 過去沒希望	のぞまなかった	させる形（使役形） 使指望	のぞませる
ます形（連用形） 希望	のぞみます	られる形（被動形） 被仰慕	のぞまれる
て形 希望	のぞんで	命令形 快指望	のぞめ
た形（過去形） 希望了	のぞんだ	可能形 可以指望	のぞめる
たら形（條件形） 希望的話	のぞんだら	う形（意向形） 指望吧	のぞもう

△あなたが望む結婚相手の条件は何ですか／
你希望的結婚對象，條件為何？

のばす【伸ばす】

伸展，擴展，放長；延緩（日期），推遲；發展，發揮；擴大，增加；稀釋；打倒

他五 グループ1

伸ばす・伸ばします

辭書形(基本形) 伸展	のばす	たり形 又是伸展	のばしたり
ない形（否定形） 沒伸展	のばさない	ば形（條件形） 伸展的話	のばせば
なかった形（過去否定形） 過去沒伸展	のばさなかった	させる形（使役形） 使伸展	のばさせる
ます形（連用形） 伸展	のばします	られる形（被動形） 被伸展	のばされる
て形 伸展	のばして	命令形 快伸展	のばせ
た形（過去形） 伸展了	のばした	可能形 可以伸展	のばせる
たら形（條件形） 伸展的話	のばしたら	う形（意向形） 伸展吧	のばそう

△手を伸ばしてみたところ、木の枝に手が届きました／我一伸手，結果就碰到了樹枝。

のびる【伸びる】

（長度等）變長，伸長；（皺摺等）伸展；擴展，到達；（勢力、才能等）擴大，增加，發展

自上一 グループ2

伸びる・伸びます

辭書形(基本形) 變長	のびる	たり形 又是變長	のびたり
ない形（否定形） 沒變長	のびない	ば形（條件形） 變長的話	のびれば
なかった形（過去否定形） 過去沒變長	のびなかった	させる形（使役形） 使變長	のびさせる
ます形（連用形） 變長	のびます	られる形（被動形） 被變長	のびられる
て形 變長	のびて	命令形 快變長	のびろ
た形（過去形） 變長了	のびた	可能形	——
たら形（條件形） 變長的話	のびたら	う形（意向形） 變長吧	のびよう

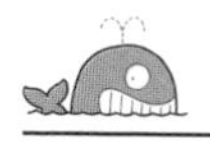

△中学生になって、急に背が伸びた／上了中學以後突然長高不少。

のぼる【上る】爬，上，登；進京；晉級，高昇；（數量）達到，高達

自五 グループ1

上る・上ります

活用形		活用形	
辭書形(基本形) 爬	のぼる	たり形 又是爬	のぼったり
ない形（否定形） 沒爬	のぼらない	ば形（條件形） 爬的話	のぼれば
なかった形（過去否定形） 過去沒爬	のぼらなかった	させる形（使役形） 使爬	のぼらせる
ます形（連用形） 爬	のぼります	られる形（被動形） 被晉級	のぼられる
て形 爬	のぼって	命令形 快爬	のぼれ
た形（過去形） 爬了	のぼった	可能形 會爬	のぼれる
たら形（條件形） 爬的話	のぼったら	う形（意向形） 爬吧	のぼろう

△足が悪くなって階段を上るのが大変です／腳不好爬樓梯很辛苦。

のぼる【昇る】上升；攀登

自五 グループ1

昇る・昇ります

活用形		活用形	
辭書形(基本形) 上升	のぼる	たり形 又是上升	のぼったり
ない形（否定形） 沒上升	のぼらない	ば形（條件形） 上升的話	のぼれば
なかった形（過去否定形） 過去沒上升	のぼらなかった	させる形（使役形） 使上升	のぼらせる
ます形（連用形） 上升	のぼります	られる形（被動形） 被攀登	のぼられる
て形 上升	のぼって	命令形 快上升	のぼれ
た形（過去形） 上升了	のぼった	可能形 可以上升	のぼれる
たら形（條件形） 上升的話	のぼったら	う形（意向形） 上升吧	のぼろう

△太陽が昇るにつれて、気温も上がってきた／隨著日出，氣溫也跟著上升了。

はえる【生える】（草、木）等生長

自下一 グループ2

生える・生えます

辭書形(基本形) 生長	はえる	たり形 又是生長	はえたり
ない形（否定形） 沒生長	はえない	ば形（條件形） 生長的話	はえれば
なかった形（過去否定形） 過去沒生長	はえなかった	させる形（使役形） 使生長	はえさせる
ます形（連用形） 生長	はえます	られる形（被動形） 被滋長	はえられる
て形 生長	はえて	命令形 快生長	はえろ
た形（過去形） 生長了	はえた	可能形	――
たら形（條件形） 生長的話	はえたら	う形（意向形） 生長吧	はえよう

△雑草が生えてきたので、全部抜いてもらえますか／
雜草長出來了，可以幫我全部拔掉嗎？

はずす【外す】摘下，解開，取下；錯過，錯開；落後，失掉；避開，躲過

他五 グループ1

外す・外します

辭書形(基本形) 摘下	はずす	たり形 又是摘下	はずしたり
ない形（否定形） 沒摘下	はずさない	ば形（條件形） 摘下的話	はずせば
なかった形（過去否定形） 過去沒摘下	はずさなかった	させる形（使役形） 使摘下	はずさせる
ます形（連用形） 摘下	はずします	られる形（被動形） 被摘下	はずされる
て形 摘下	はずして	命令形 快摘下	はずせ
た形（過去形） 摘下了	はずした	可能形 可以摘下	はずせる
たら形（條件形） 摘下的話	はずしたら	う形（意向形） 摘下吧	はずそう

△マンガでは、眼鏡を外したら実は美人、ということがよくある／
在漫畫中，經常出現女孩拿下眼鏡後其實是個美女的情節。

はずれる【外れる】

脫落，掉下；（希望）落空，不合（道理）；離開（某一範圍）

自下一　グループ2

外(はず)れる・外(はず)れます

辭書形(基本形) 脫落	はずれる	たり形 又是脫落	はずれたり
ない形（否定形） 沒脫落	はずれない	ば形（條件形） 脫落的話	はずれれば
なかった形（過去否定形） 過去沒脫落	はずれなかった	させる形（使役形） 使脫落	はずれさせる
ます形（連用形） 脫落	はずれます	られる形（被動形） 被脫落	はずれられる
て形 脫落	はずれて	命令形 快脫落	はずれろ
た形（過去形） 脫落了	はずれた	可能形	――――
たら形（條件形） 脫落的話	はずれたら	う形（意向形） 脫落吧	はずれよう

△ 機械(きかい)の部品(ぶひん)が、外(はず)れるわけがない／機器的零件，是不可能會脫落的。

はなしあう【話し合う】

對話，談話；商量，協商，談判

自五　グループ1

話(はな)し合(あ)う・話(はな)し合(あ)います

辭書形(基本形) 對話	はなしあう	たり形 又是對話	はなしあったり
ない形（否定形） 沒對話	はなしあわない	ば形（條件形） 對話的話	はなしあえば
なかった形（過去否定形） 過去沒對話	はなしあわなかった	させる形（使役形） 使對話	はなしあわせる
ます形（連用形） 對話	はなしあいます	られる形（被動形） 被協商	はなしあわれる
て形 對話	はなしあって	命令形 快對話	はなしあえ
た形（過去形） 對話了	はなしあった	可能形 可以對話	はなしあえる
たら形（條件形） 對話的話	はなしあったら	う形（意向形） 對話吧	はなしあおう

△ 今後(こんご)の計画(けいかく)を話(はな)し合(あ)って決(き)めた／討論決定了往後的計畫。

はなす【離す】

分開，使…離開；放開；隔開，拉開距離

他五 グループ1

離す・離します

辭書形(基本形) 分開	はなす	たり形 又是分開	はなしたり
ない形（否定形） 不分開	はなさない	ば形（條件形） 分開的話	はなせば
なかった形（過去否定形） 過去沒分開	はなさなかった	させる形（使役形） 使分開	はなさせる
ます形（連用形） 分開	はなします	られる形（被動形） 被分開	はなされる
て形 分開	はなして	命令形 快分開	はなせ
た形（過去形） 分開了	はなした	可能形 會分開	はなせる
たら形（條件形） 分開的話	はなしたら	う形（意向形） 分開吧	はなそう

△混雑しているので、お子さんの手を離さないでください／
目前人多擁擠，請牢牢牽住孩童的手。

はなれる【離れる】

離開，分開；離去；距離，相隔；脫離（關係），背離

自下一 グループ2

離れる・離れます

辭書形(基本形) 離開	はなれる	たり形 又是離開	はなれたり
ない形（否定形） 沒離開	はなれない	ば形（條件形） 離開的話	はなれれば
なかった形（過去否定形） 過去沒離開	はなれなかった	させる形（使役形） 使離開	はなれさせる
ます形（連用形） 離開	はなれます	られる形（被動形） 被分開	はなれられる
て形 離開	はなれて	命令形 快離開	はなれろ
た形（過去形） 離開了	はなれた	可能形 會離開	はなれられる
たら形（條件形） 離開的話	はなれたら	う形（意向形） 離開吧	はなれよう

△故郷を離れる前に、みんなに挨拶をして回りました／
在離開故鄉之前，和大家逐一話別了。

はやす【生やす】 使生長；留（鬍子）；培育

他五 グループ1

生(は)やす・生(は)やします

辭書形(基本形) 使生長	はやす	たり形 又是使生長	はやしたり
ない形（否定形） 沒使生長	はやさない	ば形（條件形） 使生長的話	はやせば
なかった形（過去否定形） 過去沒使生長	はやさなかった	させる形（使役形） 使留	はやさせる
ます形（連用形） 使生長	はやします	られる形（被動形） 被培育	はやされる
て形 使生長	はやして	命令形 快留	はやせ
た形（過去形） 使生長了	はやした	可能形 可以留	はやせる
たら形（條件形） 使生長的話	はやしたら	う形（意向形） 吧留	はやそう

△恋人(こいびと)にいくら文句(もんく)を言(い)われても、彼(かれ)はひげを生(は)やしている／
就算被女友抱怨，他依然堅持蓄鬍。

はやる【流行る】 流行，時興，蔓延；興旺，時運佳

自五 グループ1

流行(はや)る・流行(はや)ります

辭書形(基本形) 流行	はやる	たり形 又是流行	はやったり
ない形（否定形） 不流行	はやらない	ば形（條件形） 流行的話	はやれば
なかった形（過去否定形） 過去不流行	はやらなかった	させる形（使役形） 使流行	はやらせる
ます形（連用形） 流行	はやります	られる形（被動形） 被蔓延	はやられる
て形 流行	はやって	命令形 快流行	はやれ
た形（過去形） 流行了	はやった	可能形	――――
たら形（條件形） 流行的話	はやったら	う形（意向形） 流行吧	はやろう

△こんな商品(しょうひん)がはやるとは思(おも)えません／我不認為這種商品會流行。

はる【張る】 延伸，伸展；覆蓋；膨脹，負擔過重；展平；設置 自他五 グループ1

張る・張ります

辭書形(基本形) 伸展	はる	たり形 又是伸展	はったり
ない形（否定形） 沒伸展	はらない	ば形（條件形） 伸展的話	はれば
なかった形（過去否定形） 過去沒伸展	はらなかった	させる形（使役形） 使伸展	はらせる
ます形（連用形） 伸展	はります	られる形（被動形） 被伸展開	はられる
て形 伸展	はって	命令形 快伸展	はれ
た形（過去形） 伸展了	はった	可能形 可以伸展	はれる
たら形（條件形） 伸展的話	はったら	う形（意向形） 伸展吧	はろう

△今朝は寒くて、池に氷が張るほどだった／
今早好冷，冷到池塘都結了一層薄冰。

ひきうける【引き受ける】 承擔，負責；照應，照料；應付，對付；繼承 他下一 グループ2

引き受ける・引き受けます

辭書形(基本形) 承擔	ひきうける	たり形 又是承擔	ひきうけたり
ない形（否定形） 沒承擔	ひきうけない	ば形（條件形） 承擔的話	ひきうければ
なかった形（過去否定形） 過去沒承擔	ひきうけなかった	させる形（使役形） 使照料	ひきうけさせる
ます形（連用形） 承擔	ひきうけます	られる形（被動形） 被照料	ひきうけられる
て形 承擔	ひきうけて	命令形 快照料	ひきうけろ
た形（過去形） 承擔了	ひきうけた	可能形 會照料	ひきうけられる
たら形（條件形） 承擔的話	ひきうけたら	う形（意向形） 照料吧	ひきうけよう

△引き受けたからには、途中でやめるわけにはいかない／
既然已經接下了這份任務，就不能中途放棄。

ひやす【冷やす】使變涼，冰鎮；（喻）使冷靜

他五 グループ1

冷やす・冷やします

辭書形(基本形) 冰鎮	ひやす	たり形 又是冰鎮	ひやしたり
ない形（否定形） 沒冰鎮	ひやさない	ば形（條件形） 冰鎮的話	ひやせば
なかった形（過去否定形） 過去沒冰鎮	ひやさなかった	させる形（使役形） 使冰鎮	ひやさせる
ます形（連用形） 冰鎮	ひやします	られる形（被動形） 被冰鎮	ひやされる
て形 冰鎮	ひやして	命令形 快冰鎮	ひやせ
た形（過去形） 冰鎮了	ひやした	可能形 可以冰鎮	ひやせる
たら形（條件形） 冰鎮的話	ひやしたら	う形（意向形） 冰鎮吧	ひやそう

△冷蔵庫に麦茶が冷やしてあります／冰箱裡冰著麥茶。

ひらく【開く】綻放；開，拉開

自他五 グループ1

開く・開きます

辭書形(基本形) 綻放	ひらく	たり形 又是綻放	ひらいたり
ない形（否定形） 沒綻放	ひらかない	ば形（條件形） 綻放的話	ひらけば
なかった形（過去否定形） 過去沒綻放	ひらかなかった	させる形（使役形） 使綻放	ひらかせる
ます形（連用形） 綻放	ひらきます	られる形（被動形） 被綻放	ひらかれる
て形 綻放	ひらいて	命令形 快綻放	ひらけ
た形（過去形） 綻放了	ひらいた	可能形 會綻放	ひらける
たら形（條件形） 綻放的話	ひらいたら	う形（意向形） 綻放吧	ひらこう

△ばらの花が開きだした／玫瑰花綻放開來了。

ひろげる【広げる】

打開，展開；（面積、規模、範圍）擴張，發展

他下一　グループ2

広(ひろ)げる・広(ひろ)げます

辭書形(基本形) 打開	ひろげる	たり形 又是打開	ひろげたり
ない形（否定形） 沒打開	ひろげない	ば形（條件形） 打開的話	ひろげれば
なかった形（過去否定形） 過去沒打開	ひろげなかった	させる形（使役形） 使打開	ひろげさせる
ます形（連用形） 打開	ひろげます	られる形（被動形） 被打開	ひろげられる
て形 打開	ひろげて	命令形 快打開	ひろげろ
た形（過去形） 打開了	ひろげた	可能形 可以打開	ひろげられる
たら形（條件形） 打開的話	ひろげたら	う形（意向形） 打開吧	ひろげよう

△犯人(はんにん)が見(み)つからないので、捜査(そうさ)の範囲(はんい)を広(ひろ)げるほかはない／
因為抓不到犯人，所以只好擴大搜查範圍了。

ひろまる【広まる】

（範圍）擴大；傳播，遍及

自五　グループ1

広(ひろ)まる・広(ひろ)まります

辭書形(基本形) 擴大	ひろまる	たり形 又是擴大	ひろまったり
ない形（否定形） 沒擴大	ひろまらない	ば形（條件形） 擴大的話	ひろまれば
なかった形（過去否定形） 過去沒擴大	ひろまらなかった	させる形（使役形） 使擴大	ひろまらせる
ます形（連用形） 擴大	ひろまります	られる形（被動形） 被擴大	ひろまられる
て形 擴大	ひろまって	命令形 快擴大	ひろまれ
た形（過去形） 擴大了	ひろまった	可能形	———
たら形（條件形） 擴大的話	ひろまったら	う形（意向形） 擴大吧	ひろまろう

△おしゃべりな友人(ゆうじん)のせいで、うわさが広(ひろ)まってしまった／
由於一個朋友的多嘴，使得謠言散播開來了。

ひろめる【広める】 擴大，增廣；普及，推廣；披漏，宣揚 他下一 グループ2

広める・広めます

辭書形(基本形) 擴大	ひろめる	たり形 又是擴大	ひろめたり
ない形（否定形） 沒擴大	ひろめない	ば形（條件形） 擴大的話	ひろめれば
なかった形（過去否定形） 過去沒擴大	ひろめなかった	させる形（使役形） 使擴大	ひろめさせる
ます形（連用形） 擴大	ひろめます	られる形（被動形） 被擴大	ひろめられる
て形 擴大	ひろめて	命令形 快擴大	ひろめろ
た形（過去形） 擴大了	ひろめた	可能形 會擴大	ひろめられる
たら形（條件形） 擴大的話	ひろめたら	う形（意向形） 擴大吧	ひろめよう

△祖母は日本舞踊を広める活動をしています／
祖母正在從事推廣日本舞踊的活動。

ふかまる【深まる】 加深，變深 自五 グループ1

深まる・深まります

辭書形(基本形) 加深	ふかまる	たり形 又是加深	ふかまったり
ない形（否定形） 沒加深	ふかまらない	ば形（條件形） 加深的話	ふかまれば
なかった形（過去否定形） 過去沒加深	ふかまら なかった	させる形（使役形） 使加深	ふかまらせる
ます形（連用形） 加深	ふかまります	られる形（被動形） 被加深	ふかまられる
て形 加深	ふかまって	命令形 快加深	ふかまれ
た形（過去形） 加深了	ふかまった	可能形	——
たら形（條件形） 加深的話	ふかまったら	う形（意向形） 加深吧	ふかまろう

△このままでは、両国の対立は深まる一方だ／
再這樣下去，兩國的對立會愈來愈嚴重。

ふかめる【深める】 加深，加強

他下一 グループ2

深(ふか)める・深(ふか)めます

辭書形(基本形) 加深	ふかめる	たり形 又是加深	ふかめたり
ない形（否定形） 沒加深	ふかめない	ば形（條件形） 加深的話	ふかめれば
なかった形（過去否定形） 過去沒加深	ふかめなかった	させる形（使役形） 使加深	ふかめさせる
ます形（連用形） 加深	ふかめます	られる形（被動形） 被加深	ふかめられる
て形 加深	ふかめて	命令形 快加深	ふかめろ
た形（過去形） 加深了	ふかめた	可能形 會加深	ふかめられる
たら形（條件形） 加深的話	ふかめたら	う形（意向形） 加深吧	ふかめよう

△日本(にほん)に留学(りゅうがく)して、知識(ちしき)を深(ふか)めたい／我想去日本留學，研修更多學識。

ふく【拭く】 擦，抹

他五 グループ1

拭(ふ)く・拭(ふ)きます

辭書形(基本形) 擦	ふく	たり形 又是擦	ふいたり
ない形（否定形） 沒擦	ふかない	ば形（條件形） 擦的話	ふけば
なかった形（過去否定形） 過去沒擦	ふかなかった	させる形（使役形） 使擦	ふかせる
ます形（連用形） 擦	ふきます	られる形（被動形） 被擦	ふかれる
て形 擦	ふいて	命令形 快擦	ふけ
た形（過去形） 擦了	ふいた	可能形 會擦	ふける
たら形（條件形） 擦的話	ふいたら	う形（意向形） 擦吧	ふこう

△教室(きょうしつ)と廊下(ろうか)の床(ゆか)は雑巾(ぞうきん)で拭(ふ)きます／用抹布擦拭教室和走廊的地板。

ふくむ【含む】

含（在嘴裡）；帶有，包含；瞭解，知道；含蓄；（花）含苞

自他五　グループ1

含む・含みます

辭書形(基本形) 包含	ふくむ	たり形 又是包含	ふくんだり
ない形（否定形） 沒包含	ふくまない	ば形（條件形） 包含的話	ふくめば
なかった形（過去否定形） 過去沒包含	ふくまなかった	させる形（使役形） 使包含	ふくませる
ます形（連用形） 包含	ふくみます	られる形（被動形） 被包含	ふくまれる
て形 包含	ふくんで	命令形 快包含	ふくめ
た形（過去形） 包含了	ふくんだ	可能形	———
たら形（條件形） 包含的話	ふくんだら	う形（意向形） 包含吧	ふくもう

△料金は、税・サービス料を含んでいます／費用含稅和服務費。

ふくめる【含める】

包含，含括；囑咐，告知，指導

他下一　グループ2

含める・含めます

辭書形(基本形) 包含	ふくめる	たり形 又是包含	ふくめたり
ない形（否定形） 沒包含	ふくめない	ば形（條件形） 包含的話	ふくめれば
なかった形（過去否定形） 過去沒包含	ふくめなかった	させる形（使役形） 使包含	ふくめさせる
ます形（連用形） 包含	ふくめます	られる形（被動形） 被包含	ふくめられる
て形 包含	ふくめて	命令形 快包含	ふくめろ
た形（過去形） 包含了	ふくめた	可能形 可以包含	ふくめられる
たら形（條件形） 包含的話	ふくめたら	う形（意向形） 包含吧	ふくめよう

△東京駅での乗り換えも含めて、片道約３時間かかります／包括在東京車站換車的時間在內，單程大約要花三個小時。

ふける【更ける】（秋）深；夜深，夜闌

自下一 グループ2

更ける・更けます

辭書形(基本形) 夜深	ふける	たり形 又是深	ふけたり
ない形（否定形) 不深	ふけない	ば形（條件形) 夜深的話	ふければ
なかった形（過去否定形) 過去不深	ふけなかった	させる形（使役形) 使深	ふけさせる
ます形（連用形) 夜深	ふけます	られる形（被動形) 被加深	ふけられる
て形 夜深	ふけて	命令形 快夜深	ふけろ
た形（過去形) 夜深了	ふけた	可能形	———
たら形（條件形) 夜深的話	ふけたら	う形（意向形) 夜深吧	ふけよう

△ 夜が更けるにつれて、気温は一段と下がってきた／
隨著夜色漸濃，氣溫也降得更低了。

ぶつける 扔，投；碰，撞，（偶然）碰上，遇上；正當，恰逢；衝突，矛盾

他下一 グループ2

ぶつける・ぶつけます

辭書形(基本形) 碰撞	ぶつける	たり形 又是碰撞	ぶつけたり
ない形（否定形) 沒碰撞	ぶつけない	ば形（條件形) 碰撞的話	ぶつければ
なかった形（過去否定形) 過去沒碰撞	ぶつけなかった	させる形（使役形) 使碰撞	ぶつけさせる
ます形（連用形) 碰撞	ぶつけます	られる形（被動形) 被碰撞	ぶつけられる
て形 碰撞	ぶつけて	命令形 快撞	ぶつけろ
た形（過去形) 碰撞了	ぶつけた	可能形 會碰撞	ぶつけられる
たら形（條件形) 碰撞的話	ぶつけたら	う形（意向形) 撞吧	ぶつけよう

△ 車をぶつけて、修理代を請求された／
撞上了車，被對方要求求償修理費。

ふやす【増やす】 繁殖；增加，添加

他五　グループ1

増(ふ)やす・増(ふ)やします

辭書形(基本形) 增加	ふやす	たり形 又是增加	ふやしたり
ない形（否定形) 沒增加	ふやさない	ば形（條件形) 增加的話	ふやせば
なかった形（過去否定形) 過去沒增加	ふやさなかった	させる形（使役形) 使增加	ふやさせる
ます形（連用形) 增加	ふやします	られる形（被動形) 被增加	ふやされる
て形 增加	ふやして	命令形 快增加	ふやせ
た形（過去形) 增加了	ふやした	可能形 會增加	ふやせる
たら形（條件形) 增加的話	ふやしたら	う形（意向形) 增加吧	ふやそう

△ LINEの友達(ともだち)を増(ふ)やしたい／我希望增加LINE裡面的好友。

ふる【振る】 揮，搖；撒，丟；（俗）放棄，犧牲（地位等）；謝絕，拒絕；派分；在漢字上註假名；（使方向）偏於

他五　グループ1

振(ふ)る・振(ふ)ります

辭書形(基本形) 搖	ふる	たり形 又是搖	ふったり
ない形（否定形) 沒搖	ふらない	ば形（條件形) 搖的話	ふれば
なかった形（過去否定形) 過去沒搖	ふらなかった	させる形（使役形) 使搖	ふらせる
ます形（連用形) 搖	ふります	られる形（被動形) 被放棄	ふられる
て形 搖	ふって	命令形 快搖	ふれ
た形（過去形) 搖了	ふった	可能形 會搖	ふれる
たら形（條件形) 搖的話	ふったら	う形（意向形) 搖吧	ふろう

△ バスが見(み)えなくなるまで手を振(ふ)って見送(みおく)った／不停揮手目送巴士駛離，直到車影消失了為止。

へらす【減らす】 減，減少；削減，縮減；空（腹） 他五 グループ1

減らす・減らします

辭書形(基本形) 減少	へらす	たり形 又是減少	へらしたり
ない形（否定形） 沒減少	へらさない	ば形（條件形） 減少的話	へらせば
なかった形（過去否定形） 過去沒減少	へらさなかった	させる形（使役形） 使減少	へらさせる
ます形（連用形） 減少	へらします	られる形（被動形） 被減少	へらされる
て形 減少	へらして	命令形 快減少	へらせ
た形（過去形） 減少了	へらした	可能形 會減少	へらせる
たら形（條件形） 減少的話	へらしたら	う形（意向形） 減少吧	へらそう

△あまり急に体重を減らすと、体を壊すおそれがある／
如果急速減重，有可能把身體弄壞了。

へる【経る】 （時間、空間、事物）經過，通過 自下一 グループ2

経る・経ます

辭書形(基本形) 通過	へる	たり形 又是通過	へたり
ない形（否定形） 沒通過	へない	ば形（條件形） 通過的話	へれば
なかった形（過去否定形） 過去沒通過	へなかった	させる形（使役形） 使通過	へさせる
ます形（連用形） 通過	へます	られる形（被動形） 被通過	へられる
て形 通過	へて	命令形 快通過	へろ
た形（過去形） 通過了	へた	可能形	――
たら形（條件形） 通過的話	へたら	う形（意向形） 通過吧	へよう

△終戦から70年を経て、当時を知る人は少なくなった／
二戰結束過了七十年，經歷過當年那段日子的人已愈來愈少了。

へる【減る】 減，減少；磨損；（肚子）餓 自五 グループ1

減る・減ります

辭書形(基本形) 減少	へる	たり形 又是減少	へったり
ない形（否定形） 沒減少	へらない	ば形（條件形） 減少的話	へれば
なかった形（過去否定形） 過去沒減少	へらなかった	させる形（使役形） 使減少	へらせる
ます形（連用形） 減少	へります	られる形（被動形） 被減少	へられる
て形 減少	へって	命令形 快減少	へれ
た形（過去形） 減少了	へった	可能形	――
たら形（條件形） 減少的話	へったら	う形（意向形） 減少吧	へろう

△運動(うんどう)しているのに、思(おも)ったほど体重(たいじゅう)が減(へ)らない／明明有做運動，但體重減輕的速度卻不如預期。

まかせる【任せる】 委託，託付；聽任，隨意；盡力，盡量 他下一 グループ2

任(まか)せる・任(まか)せます

辭書形(基本形) 委託	まかせる	たり形 又是委託	まかせたり
ない形（否定形） 沒委託	まかせない	ば形（條件形） 委託的話	まかせれば
なかった形（過去否定形） 過去沒委託	まかせなかった	させる形（使役形） 使委託	まかせさせる
ます形（連用形） 委託	まかせます	られる形（被動形） 被委託	まかせられる
て形 委託	まかせて	命令形 快委託	まかせろ
た形（過去形） 委託了	まかせた	可能形 可以委託	まかせられる
たら形（條件形） 委託的話	まかせたら	う形（意向形） 委託吧	まかせよう

△この件(けん)については、あなたに任(まか)せます／關於這一件事，就交給你了。

まく【巻く】

捲，捲上；纏繞；上發條；捲起；包圍；（登山）迂迴繞過險處；（連歌，俳諧）連吟

自他五 グループ1

巻く・巻きます

辭書形(基本形) 捲起	まく	たり形 又是捲起	まいたり
ない形（否定形）沒捲起	まかない	ば形（條件形）捲起的話	まけば
なかった形（過去否定形）過去沒捲起	まかなかった	させる形（使役形）使捲起	まかせる
ます形（連用形）捲起	まきます	られる形（被動形）被捲起	まかれる
て形 捲起	まいて	命令形 快捲起	まけ
た形（過去形）捲起了	まいた	可能形 會捲起	まける
たら形（條件形）捲起的話	まいたら	う形（意向形）捲起吧	まこう

△今日は寒いからマフラーを巻いていこう／
今天很冷，裹上圍巾再出門吧。

まげる【曲げる】

彎，曲；歪，傾斜；扭曲，歪曲；改變，放棄；（當舖裡的）典當；偷，竊

他下一 グループ2

曲げる・曲げます

辭書形(基本形) 彎曲	まげる	たり形 又是彎曲	まげたり
ない形（否定形）沒彎曲	まげない	ば形（條件形）彎曲的話	まげれば
なかった形（過去否定形）過去沒彎曲	まげなかった	させる形（使役形）使彎曲	まげさせる
ます形（連用形）彎曲	まげます	られる形（被動形）被扭曲	まげられる
て形 彎曲	まげて	命令形 快彎曲	まげろ
た形（過去形）彎曲了	まげた	可能形 會彎	まげられる
たら形（條件形）彎曲的話	まげたら	う形（意向形）彎吧	まげよう

△膝を曲げると痛いので、病院に行った／膝蓋一彎就痛，因此去了醫院。

まざる【混ざる】 混雜

自五 グループ1

混ざる・混ざります

形	活用	形	活用
辭書形(基本形) 混雜	まざる	たり形 又是混雜	まざったり
ない形（否定形） 沒混雜	まざらない	ば形（條件形） 混雜的話	まざれば
なかった形（過去否定形） 過去沒混雜	まざらなかった	させる形（使役形） 使混雜	まざらせる
ます形（連用形） 混雜	まざります	られる形（被動形） 被混雜	まざられる
て形 混雜	まざって	命令形 快混	まざれ
た形（過去形） 混雜了	まざった	可能形 會混雜	まざれる
たら形（條件形） 混雜的話	まざったら	う形（意向形） 混吧	まざろう

△いろいろな絵の具が混ざって、不思議な色になった／
裡面夾帶著多種水彩，呈現出很奇特的色彩。

まざる【交ざる】 混雜，交雜

自五 グループ1

交ざる・交ざります

形	活用	形	活用
辭書形(基本形) 交雜	まざる	たり形 又是交雜	まざったり
ない形（否定形） 沒交雜	まざらない	ば形（條件形） 交雜的話	まざれば
なかった形（過去否定形） 過去沒交雜	まざらなかった	させる形（使役形） 使交雜	まざらせる
ます形（連用形） 交雜	まざります	られる形（被動形） 被交雜	まざられる
て形 交雜	まざって	命令形 快交雜	まざれ
た形（過去形） 交雜了	まざった	可能形 會交雜	まざれる
たら形（條件形） 交雜的話	まざったら	う形（意向形） 交雜吧	まざろう

△ハマグリのなかにアサリが一つ交ざっていました／
在這鍋蚌的裡面摻進了一顆蛤蜊。

まじる【混じる・交じる】夾雜，混雜；加入，交往，交際

自五　グループ1

混じる・混じります

辭書形(基本形) 混雜	まじる	たり形 又是混雜	まじったり
ない形（否定形） 沒混雜	まじらない	ば形（條件形） 混雜的話	まじれば
なかった形（過去否定形） 過去沒混雜	まじらなかった	させる形（使役形） 使混雜	まじらせる
ます形（連用形） 混雜	まじります	られる形（被動形） 被混雜	まじられる
て形 混雜	まじって	命令形 快混雜	まじれ
た形（過去形） 混雜了	まじった	可能形 會混雜	まじれる
たら形（條件形） 混雜的話	まじったら	う形（意向形） 混雜吧	まじろう

△ご飯の中に石が交じっていた／米飯裡面摻雜著小的石子。

まぜる【混ぜる】混入；加上，加進；攪，攪拌

他下一　グループ2

混ぜる・混ぜます

辭書形(基本形) 混入	まぜる	たり形 又是混入	まぜたり
ない形（否定形） 沒混入	まぜない	ば形（條件形） 混入的話	まぜれば
なかった形（過去否定形） 過去沒混入	まぜなかった	させる形（使役形） 使混入	まぜさせる
ます形（連用形） 混入	まぜます	られる形（被動形） 被混入	まぜられる
て形 混入	まぜて	命令形 快混入	まぜろ
た形（過去形） 混入了	まぜた	可能形 會混入	まぜられる
たら形（條件形） 混入的話	まぜたら	う形（意向形） 混入吧	まぜよう

△ビールとジュースを混ぜるとおいしいです／
將啤酒和果汁加在一起很好喝。

まちがう【間違う】 做錯，搞錯；錯誤

自他五 グループ1

間違う・間違います

辭書形(基本形) 搞錯	まちがう	たり形 又是搞錯	まちがったり
ない形（否定形) 沒搞錯	まちがわない	ば形（條件形) 搞錯的話	まちがえば
なかった形（過去否定形) 過去沒搞錯	まちがわなかった	させる形（使役形) 使搞錯	まちがわせる
ます形（連用形) 搞錯	まちがいます	られる形（被動形) 被搞錯	まちがわれる
て形 搞錯	まちがって	命令形 快搞錯	まちがえ
た形（過去形) 搞錯了	まちがった	可能形	————
たら形（條件形) 搞錯的話	まちがったら	う形（意向形) 搞錯吧	まちがおう

△緊張のあまり、字を間違ってしまいました／太過緊張，而寫錯了字。

まちがえる【間違える】 錯；弄錯

他下一 グループ2

間違える・間違えます

辭書形(基本形) 弄錯	まちがえる	たり形 又是弄錯	まちがえたり
ない形（否定形) 沒弄錯	まちがえない	ば形（條件形) 弄錯的話	まちがえれば
なかった形（過去否定形) 過去沒弄錯	まちがえなかった	させる形（使役形) 使弄錯	まちがえさせる
ます形（連用形) 弄錯	まちがえます	られる形（被動形) 被弄錯	まちがえられる
て形 弄錯	まちがえて	命令形 快弄錯	まちがえろ
た形（過去形) 弄錯了	まちがえた	可能形	————
たら形（條件形) 弄錯的話	まちがえたら	う形（意向形) 弄錯吧	まちがえよう

△先生は、間違えたところを直してくださいました／老師幫我訂正了錯誤的地方。

まとまる【纏まる】

解決，商訂，完成，談妥；湊齊，湊在一起；集中起來，概括起來，有條理

自五 グループ1

纏まる・纏まります

辭書形(基本形) 解決	まとまる	たり形 又是解決	まとまったり
ない形（否定形） 沒解決	まとまらない	ば形（條件形） 解決的話	まとまれば
なかった形（過去否定形） 過去沒解決	まとまらなかった	させる形（使役形） 使解決	まとまらせる
ます形（連用形） 解決	まとまります	られる形（被動形） 被解決	まとまられる
て形 解決	まとまって	命令形 快解決	まとまれ
た形（過去形） 解決了	まとまった	可能形 可以解決	まとまれる
たら形（條件形） 解決的話	まとまったら	う形（意向形） 解決吧	まとまろう

△ みんなの意見（いけん）がなかなかまとまらない／大家的意見遲遲無法整合。

まとめる【纏める】

解決，結束；總結，概括；匯集，收集；整理，收拾

纏める・纏めます

辭書形(基本形) 解決	まとめる	たり形 又是解決	まとめたり
ない形（否定形） 沒解決	まとめない	ば形（條件形） 解決的話	まとめれば
なかった形（過去否定形） 過去沒解決	まとめなかった	させる形（使役形） 使解決	まとめさせる
ます形（連用形） 解決	まとめます	られる形（被動形） 被解決	まとめられる
て形 解決	まとめて	命令形 快解決	まとめろ
た形（過去形） 解決了	まとめた	可能形 可以解決	まとめられる
たら形（條件形） 解決的話	まとめたら	う形（意向形） 解決吧	まとめよう

△ クラス委員（いいん）を中心（ちゅうしん）に、意見（いけん）をまとめてください／請以班級委員為中心，整理一下意見。

まにあう【間に合う】 來得及，趕得上；夠用；能起作用 自五 グループ1

間に合う・間に合います

辭書形(基本形) 來得及	まにあう	たり形 又是趕上	まにあったり
ない形（否定形） 沒趕上	まにあわない	ば形（條件形） 趕上的話	まにあえば
なかった形（過去否定形） 過去沒趕上	まにあわなかった	させる形（使役形） 使趕上	まにあわせる
ます形（連用形） 來得及	まにあいます	られる形（被動形） 被趕上	まにあわれる
て形 來得及	まにあって	命令形 快趕上	まにあえ
た形（過去形） 趕上了	まにあった	可能形 可以趕上	まにあえる
たら形（條件形） 趕上的話	まにあったら	う形（意向形） 趕上吧	まにあおう

△タクシーに乗らなくちゃ、間に合わないですよ／
要是不搭計程車，就來不及了唷！

まねく【招く】 （搖手、點頭）招呼；招待，宴請；招聘，聘請；招惹，招致 他五 グループ1

招く・招きます

辭書形(基本形) 招待	まねく	たり形 又是招待	まねいたり
ない形（否定形） 沒招待	まねかない	ば形（條件形） 招待的話	まねけば
なかった形（過去否定形） 過去沒招待	まねかなかった	させる形（使役形） 使招待	まねかせる
ます形（連用形） 招待	まねきます	られる形（被動形） 被招待	まねかれる
て形 招待	まねいて	命令形 快招待	まねけ
た形（過去形） 招待了	まねいた	可能形 可以招待	まねける
たら形（條件形） 招待的話	まねいたら	う形（意向形） 招待吧	まねこう

△大使館のパーティーに招かれた／我受邀到大使館的派對。

まねる【真似る】模效，仿效

他下一 グループ2

真似(まね)る・真似(まね)ます

辭書形(基本形) 模效	まねる	たり形 又是模效	まねたり
ない形（否定形） 沒模效	まねない	ば形（條件形） 模效的話	まねれば
なかった形（過去否定形） 過去沒模效	まねなかった	させる形（使役形） 使模效	まねさせる
ます形（連用形） 模效	まねます	られる形（被動形） 被模仿	まねられる
て形 模效	まねて	命令形 快模效	まねろ
た形（過去形） 模效了	まねた	可能形 可以模效	まねられる
たら形（條件形） 模效的話	まねたら	う形（意向形） 模效吧	まねよう

△オウムは人(ひと)の言葉(ことば)をまねることができる／鸚鵡會學人說話。

まもる【守る】保衛，守護；遵守，保守；保持（忠貞）；（文）凝視

他五 グループ1

守(まも)る・守(まも)ります

辭書形(基本形) 守護	まもる	たり形 又是守護	まもったり
ない形（否定形） 沒守護	まもらない	ば形（條件形） 守護的話	まもれば
なかった形（過去否定形） 過去沒守護	まもらなかった	させる形（使役形） 使守護	まもらせる
ます形（連用形） 守護	まもります	られる形（被動形） 被守護	まもられる
て形 守護	まもって	命令形 快守護	まもれ
た形（過去形） 守護了	まもった	可能形 可以守護	まもれる
たら形（條件形） 守護的話	まもったら	う形（意向形） 守護吧	まもろう

△心配(しんぱい)いらない。君(きみ)は僕(ぼく)が守(まも)る／不必擔心，我會保護你。

まよう【迷う】

迷，迷失；困惑；迷戀；（佛）執迷；（古）（毛線、線繩等）絮亂，錯亂

自五 グループ1

迷う・迷います

辭書形(基本形) 迷失	まよう	たり形 又是迷失	まよったり
ない形（否定形) 沒迷失	まよわない	ば形（條件形） 迷失的話	まよえば
なかった形（過去否定形) 過去沒迷失	まよわなかった	させる形（使役形） 使迷失	まよわせる
ます形（連用形) 迷失	まよいます	られる形（被動形） 被困惑	まよわれる
て形 迷失	まよって	命令形 快迷失	まよえ
た形（過去形) 迷失了	まよった	可能形 會迷失	まよえる
たら形（條件形) 迷失的話	まよったら	う形（意向形） 迷失吧	まよおう

△山の中で道に迷う／在山上迷路。

みおくる【見送る】

目送；送行，送別；送終；觀望，等待（機會）

他五 グループ1

見送る・見送ります

辭書形(基本形) 送行	みおくる	たり形 又是送行	みおくったり
ない形（否定形) 沒送行	みおくらない	ば形（條件形） 送行的話	みおくれば
なかった形（過去否定形) 過去沒送行	みおくらなかった	させる形（使役形） 使送行	みおくらせる
ます形（連用形) 送行	みおくります	られる形（被動形） 被送行	みおくられる
て形 送行	みおくって	命令形 快送行	みおくれ
た形（過去形) 送行了	みおくった	可能形 可以送行	みおくれる
たら形（條件形) 送行的話	みおくったら	う形（意向形） 送行吧	みおくろう

△私は彼女を見送るために、羽田空港へ行った／我去羽田機場給她送行。

みかける【見掛ける】 看到，看出，看見；開始看

他下一 グループ2

見掛ける・見掛けます

辭書形(基本形) 看到	みかける	たり形 又是看到	みかけたり
ない形（否定形) 沒看到	みかけない	ば形（條件形) 看到的話	みかければ
なかった形（過去否定形) 過去沒看到	みかけなかった	させる形（使役形) 使看到	みかけさせる
ます形（連用形) 看到	みかけます	られる形（被動形) 被看到	みかけられる
て形 看到	みかけて	命令形 快看到	みかけろ
た形（過去形) 看到了	みかけた	可能形 會看到	みかけられる
たら形（條件形) 看到的話	みかけたら	う形（意向形) 看到吧	みかけよう

△あの赤い頭の人はよく駅で見かける／
常在車站裡看到那個頂著一頭紅髮的人。

みる【診る】 診察，診斷，看病

他上一 グループ2

診る・診ます

辭書形(基本形) 診察	みる	たり形 又是診察	みたり
ない形（否定形) 沒診察	みない	ば形（條件形) 診察的話	みれば
なかった形（過去否定形) 過去沒診察	みなかった	させる形（使役形) 使診察	みさせる
ます形（連用形) 診察	みます	られる形（被動形) 被診斷	みられる
て形 診察	みて	命令形 快診察	みろ
た形（過去形) 診察了	みた	可能形 可以診察	みられる
たら形（條件形) 診察的話	みたら	う形（意向形) 診察吧	みよう

△風邪気味なので、医者に診てもらった／
覺得好像感冒了，所以去給醫師診察。

むく【向く】 朝，向，面；傾向，趨向；適合；面向，向著 自他五 グループ1

向く・向きます

辭書形(基本形) 面向	むく	たり形 又是面向	むいたり
ない形（否定形） 沒面向	むかない	ば形（條件形） 面向的話	むけば
なかった形（過去否定形） 過去沒面向	むかなかった	させる形（使役形） 使面對	むかせる
ます形（連用形） 面向	むきます	られる形（被動形） 被面對	むかれる
て形 面向	むいて	命令形 快面對	むけ
た形（過去形） 面向了	むいた	可能形 可以面對	むける
たら形（條件形） 面向的話	むいたら	う形（意向形） 面對吧	むこう

△下を向いてスマホを触りながら歩くのは事故のもとだ／走路時低頭滑手機是導致意外發生的原因。

むける【向ける】 向，朝，對；差遣，派遣；撥用，用在 自他下一 グループ2

向ける・向けます

辭書形(基本形) 朝向	むける	たり形 又是朝向	むけたり
ない形（否定形） 沒朝向	むけない	ば形（條件形） 朝向的話	むければ
なかった形（過去否定形） 過去沒朝向	むけなかった	させる形（使役形） 使朝向	むけさせる
ます形（連用形） 朝向	むけます	られる形（被動形） 被差遣	むけられる
て形 朝向	むけて	命令形 快朝向	むけろ
た形（過去形） 朝向了	むけた	可能形 可以朝向	むけられる
たら形（條件形） 朝向的話	むけたら	う形（意向形） 朝向吧	むけよう

△銀行強盜は、銃を行員に向けた／銀行搶匪拿槍對準了行員。

むける【剥ける】 剝落，脫落

自下一　グループ2

剥ける・剥けます

辭書形(基本形) 脫落	むける	たり形 又是脫落	むけたり
ない形（否定形） 沒脫落	むけない	ば形（條件形） 脫落的話	むければ
なかった形（過去否定形） 過去沒脫落	むけなかった	させる形（使役形） 使脫落	むけさせる
ます形（連用形） 脫落	むけます	られる形（被動形） 被剝落	むけられる
て形 脫落	むけて	命令形 快剝	むけろ
た形（過去形） 脫落了	むけた	可能形 會剝落	むけられる
たら形（條件形） 脫落的話	むけたら	う形（意向形） 剝吧	むけよう

△ジャガイモの皮が簡単にむける方法を知っていますか／
你知道可以輕鬆剝除馬鈴薯皮的妙招嗎？

むす【蒸す】 蒸，熱（涼的食品）；（天氣）悶熱

自他五　グループ1

蒸す・蒸します

辭書形(基本形) 蒸	むす	たり形 又是蒸	むしたり
ない形（否定形） 沒蒸	むさない	ば形（條件形） 蒸的話	むせば
なかった形（過去否定形） 過去沒蒸	むさなかった	させる形（使役形） 使蒸	むさせる
ます形（連用形） 蒸	むします	られる形（被動形） 被蒸熱	むされる
て形 蒸	むして	命令形 快蒸	むせ
た形（過去形） 蒸了	むした	可能形 會蒸	むせる
たら形（條件形） 蒸的話	むしたら	う形（意向形） 蒸吧	むそう

△肉まんを蒸して食べました／我蒸了肉包來吃。

むすぶ【結ぶ】

連結，繫結；締結關係，結合，結盟；（嘴）閉緊，（手）握緊

自他五　グループ1

結ぶ・結びます

形	活用	形	活用
辭書形(基本形) 連結	むすぶ	たり形 又是連結	むすんだり
ない形（否定形） 沒連結	むすばない	ば形（條件形） 連結的話	むすべば
なかった形（過去否定形） 過去沒連結	むすばなかった	させる形（使役形） 使連結	むすばせる
ます形（連用形） 連結	むすびます	られる形（被動形） 被連結	むすばれる
て形 連結	むすんで	命令形 快連結	むすべ
た形（過去形） 連結了	むすんだ	可能形 可以連結	むすべる
たら形（條件形） 連結的話	むすんだら	う形（意向形） 連結吧	むすぼう

△髪にリボンを結ぶとき、後ろだからうまくできない／
在頭髮上綁蝴蝶結時因為是在後腦杓，所以很難綁得好看。

めくる【捲る】

翻，翻開；揭開，掀開

他五　グループ1

捲る・捲ります

形	活用	形	活用
辭書形(基本形) 翻開	めくる	たり形 又是翻開	めくったり
ない形（否定形） 沒翻開	めくらない	ば形（條件形） 翻開的話	めくれば
なかった形（過去否定形） 過去沒翻開	めくらなかった	させる形（使役形） 使翻開	めくらせる
ます形（連用形） 翻開	めくります	られる形（被動形） 被翻開	めくられる
て形 翻開	めくって	命令形 快翻開	めくれ
た形（過去形） 翻開了	めくった	可能形 可以翻開	めくれる
たら形（條件形） 翻開的話	めくったら	う形（意向形） 翻開吧	めくろう

△彼女はさっきから、見るともなしに雑誌をぱらぱらめくっている／
她打從剛剛根本就沒在看雜誌，只是有一搭沒一搭地隨手翻閱。

もうしこむ【申し込む】提議，提出；申請；報名；訂購；預約 他五 グループ1

申し込む・申し込みます

辭書形(基本形) 提出	もうしこむ	たり形 又是提出	もうしこんだり
ない形（否定形） 沒提出	もうしこまない	ば形（條件形） 提出的話	もうしこめば
なかった形（過去否定形） 過去沒提出	もうしこまなかった	させる形（使役形） 使提出	もうしこませる
ます形（連用形） 提出	もうしこみます	られる形（被動形） 被提出	もうしこまれる
て形 提出	もうしこんで	命令形 快提出	もうしこめ
た形（過去形） 提出了	もうしこんだ	可能形 可以提出	もうしこめる
たら形（條件形） 提出的話	もうしこんだら	う形（意向形） 提出吧	もうしこもう

△結婚を申し込んだが、断られた／我向他求婚，卻遭到了拒絕。

もえる【燃える】燃燒，起火；（轉）熱情洋溢，滿懷希望；（轉）顏色鮮明 自下一 グループ2

燃える・燃えます

辭書形(基本形) 燃燒	もえる	たり形 又是燃燒	もえたり
ない形（否定形） 沒燃燒	もえない	ば形（條件形） 燃燒的話	もえれば
なかった形（過去否定形） 過去沒燃燒	もえなかった	させる形（使役形） 使燃燒	もえさせる
ます形（連用形） 燃燒	もえます	られる形（被動形） 被燃燒	もえられる
て形 燃燒	もえて	命令形 快燃燒	もえろ
た形（過去形） 燃燒了	もえた	可能形	——
たら形（條件形） 燃燒的話	もえたら	う形（意向形） 燃燒吧	もえよう

△ガスが燃えるとき、酸素が足りないと、一酸化炭素が出る／瓦斯燃燒時如果氧氣不足，就會釋放出一氧化碳。

もむ【揉む】

搓，揉；捏，按摩；（很多人）互相推擠；爭辯；（被動式型態）錘鍊，受磨練

他五 グループ1

揉む・揉みます

辭書形(基本形) 搓揉	もむ	たり形 又是搓揉	もんだり
ない形（否定形） 沒搓揉	もまない	ば形（條件形） 搓揉的話	もめば
なかった形（過去否定形） 過去沒搓揉	もまなかった	させる形（使役形） 使搓揉	もませる
ます形（連用形） 搓揉	もみます	られる形（被動形） 被搓揉	もまれる
て形 搓揉	もんで	命令形 快揉	もめ
た形（過去形） 搓揉了	もんだ	可能形 可以搓	もめる
たら形（條件形） 搓揉的話	もんだら	う形（意向形） 揉吧	ももう

△おばあちゃん、肩（かた）もんであげようか／奶奶，我幫您捏一捏肩膀吧？

もやす【燃やす】

燃燒；（把某種情感）燃燒起來，激起

他五 グループ1

燃やす・燃やします

辭書形(基本形) 燃燒	もやす	たり形 又是燃燒	もやしたり
ない形（否定形） 沒燃燒	もやさない	ば形（條件形） 燃燒的話	もやせば
なかった形（過去否定形） 過去沒燃燒	もやさなかった	させる形（使役形） 使燃燒	もやさせる
ます形（連用形） 燃燒	もやします	られる形（被動形） 被燃燒	もやされる
て形 燃燒	もやして	命令形 快燃燒	もやせ
た形（過去形） 燃燒了	もやした	可能形 可以燃燒	もやせる
たら形（條件形） 燃燒的話	もやしたら	う形（意向形） 燃燒吧	もやそう

△それを燃（も）やすと、悪（わる）いガスが出（で）るおそれがある／燒那個的話，有可能會產生有毒氣體。

やくす【訳す】 翻譯；解釋

他五 グループ1

訳す・訳します

辭書形(基本形) 翻譯	やくす	たり形 又是翻譯	やくしたり
ない形（否定形） 沒翻譯	やくさない	ば形（條件形） 翻譯的話	やくせば
なかった形（過去否定形） 過去沒翻譯	やくさなかった	させる形（使役形） 使翻譯	やくさせる
ます形（連用形） 翻譯	やくします	られる形（被動形） 被翻譯	やくされる
て形 翻譯	やくして	命令形 快翻譯	やくせ
た形（過去形） 翻譯了	やくした	可能形 會翻譯	やくせる
たら形（條件形） 翻譯的話	やくしたら	う形（意向形） 翻譯吧	やくそう

△今、宿題で、英語を日本語に訳している最中だ／
現在正忙著做把英文翻譯成日文的作業。

やくだつ【役立つ】 有用，有益

自五 グループ1

役立つ・役立ちます

辭書形(基本形) 有用	やくだつ	たり形 又是有用	やくだったり
ない形（否定形） 沒用	やくだたない	ば形（條件形） 有用的話	やくだてば
なかった形（過去否定形） 過去沒用	やくだたなかった	させる形（使役形） 使有用	やくだたせる
ます形（連用形） 有用	やくだちます	られる形（被動形） 被服務	やくだたれる
て形 有用	やくだって	命令形 快有有幫助	やくだて
た形（過去形） 有用了	やくだった	可能形 會有益	やくだてる
たら形（條件形） 有用的話	やくだったら	う形（意向形） 有益吧	やくだとう

△パソコンの知識が就職に非常に役立った／電腦知識對就業很有幫助。

やくだてる【役立てる】（供）使用，使…有用 他下一 グループ2

役立てる・役立てます

辭書形(基本形) 使用	やくだてる	たり形 又是使用	やくだてたり
ない形（否定形） 不使用	やくだてない	ば形（條件形） 使用的話	やくだてれば
なかった形（過去否定形） 過去不使用	やくだてなかった	させる形（使役形） 使其用	やくだてさせる
ます形（連用形） 使用	やくだてます	られる形（被動形） 被使用	やくだてられる
て形 使用	やくだてて	命令形 快使用	やくだてろ
た形（過去形） 使用了	やくだてた	可能形 可以使用	やくだてられる
たら形（條件形） 使用的話	やくだてたら	う形（意向形） 使用吧	やくだてよう

△これまでに学んだことを実社会で役立ててください／
請將過去所學到的知識技能，在真實社會裡充分展現發揮。

やぶる【破る】弄破；破壞；違反；打敗；打破（記錄） 他五 グループ1

破る・破ります

辭書形(基本形) 弄破	やぶる	たり形 又是弄破	やぶったり
ない形（否定形） 沒弄破	やぶらない	ば形（條件形） 弄破的話	やぶれば
なかった形（過去否定形） 過去沒弄破	やぶらなかった	させる形（使役形） 使弄破	やぶらせる
ます形（連用形） 弄破	やぶります	られる形（被動形） 被弄破	やぶられる
て形 弄破	やぶって	命令形 快弄破	やぶれ
た形（過去形） 弄破了	やぶった	可能形 會弄破	やぶれる
たら形（條件形） 弄破的話	やぶったら	う形（意向形） 弄破吧	やぶろう

△警官はドアを破って入った／警察破門而入。

やぶれる【破れる】 破損，損傷；破壞，破裂，被打破；失敗

自下一　グループ2

破(やぶ)れる・破(やぶ)れます

形	中文	活用	形	中文	活用
辭書形(基本形)	破損	やぶれる	たり形	又是破損	やぶれたり
ない形（否定形）	沒破損	やぶれない	ば形（條件形）	破損的話	やぶれれば
なかった形（過去否定形）	過去沒破損	やぶれなかった	させる形（使役形）	使破損	やぶれさせる
ます形（連用形）	破損	やぶれます	られる形（被動形）	被破壞	やぶれられる
て形	破損	やぶれて	命令形	快破壞	やぶれろ
た形（過去形）	破損了	やぶれた	可能形		――――
たら形（條件形）	破損的話	やぶれたら	う形（意向形）	破壞吧	やぶれよう

△上着(うわぎ)がくぎに引(ひ)っ掛(か)かって破(やぶ)れた／上衣被釘子鉤破了。

やめる【辞める】 辭職；休學

他下一　グループ2

辞(や)める・辞(や)めます

形	中文	活用	形	中文	活用
辭書形(基本形)	辭職	やめる	たり形	又是辭職	やめたり
ない形（否定形）	沒辭職	やめない	ば形（條件形）	辭職的話	やめれば
なかった形（過去否定形）	過去沒辭職	やめなかった	させる形（使役形）	使辭職	やめさせる
ます形（連用形）	辭職	やめます	られる形（被動形）	被辭職	やめられる
て形	辭職	やめて	命令形	快辭職	やめろ
た形（過去形）	辭職了	やめた	可能形	會辭職	やめられる
たら形（條件形）	辭職的話	やめたら	う形（意向形）	辭職吧	やめよう

△仕事(しごと)を辞(や)めて以来(いらい)、毎日(まいにち)やることがない／
自從辭職以後，每天都無事可做。

ゆずる【譲る】讓給，轉讓；謙讓，讓步；出讓，賣給；改日，延期

他五 グループ1

譲る・譲ります

辭書形(基本形) 轉讓	ゆずる	たり形 又是轉讓	ゆずったり
ない形(否定形) 沒轉讓	ゆずらない	ば形(條件形) 轉讓的話	ゆずれば
なかった形(過去否定形) 過去沒轉讓	ゆずらなかった	させる形(使役形) 使轉讓	ゆずらせる
ます形(連用形) 轉讓	ゆずります	られる形(被動形) 被轉讓	ゆずられる
て形 轉讓	ゆずって	命令形 快轉讓	ゆずれ
た形(過去形) 轉讓了	ゆずった	可能形 會轉讓	ゆずれる
たら形(條件形) 轉讓的話	ゆずったら	う形(意向形) 轉讓吧	ゆずろう

△彼は老人じゃないから、席を譲ることはない／他又不是老人，沒必要讓位給他。

ゆでる【茹でる】（用開水）煮，燙

他下一 グループ2

茹でる・茹でます

辭書形(基本形) 煮	ゆでる	たり形 又是煮	ゆでたり
ない形(否定形) 沒煮	ゆでない	ば形(條件形) 煮的話	ゆでれば
なかった形(過去否定形) 過去沒煮	ゆでなかった	させる形(使役形) 使煮	ゆでさせる
ます形(連用形) 煮	ゆでます	られる形(被動形) 被煮	ゆでられる
て形 煮	ゆでて	命令形 快煮	ゆでろ
た形(過去形) 煮了	ゆでた	可能形 會煮	ゆでられる
たら形(條件形) 煮的話	ゆでたら	う形(意向形) 煮吧	ゆでよう

△この麺は３分ゆでてください／這種麵請煮三分鐘。

ゆらす【揺らす】搖擺，搖動

他五 グループ1

揺(ゆ)らす・揺(ゆ)らします

辭書形(基本形) 搖動	ゆらす	たり形 又是搖動	ゆらしたり
ない形（否定形) 沒搖動	ゆらさない	ば形（條件形) 搖動的話	ゆらせば
なかった形（過去否定形) 過去沒搖動	ゆらさなかった	させる形（使役形) 使搖動	ゆらさせる
ます形（連用形) 搖動	ゆらします	られる形（被動形) 被搖動	ゆらされる
て形 搖動	ゆらして	命令形 快搖	ゆらせ
た形（過去形) 搖動了	ゆらした	可能形 會搖	ゆらせる
たら形（條件形) 搖動的話	ゆらしたら	う形（意向形) 搖吧	ゆらそう

△揺(ゆ)りかごを揺(ゆ)らすと、赤(あか)ちゃんが喜(よろこ)びます／
只要推晃搖籃，小嬰兒就會很開心。

ゆるす【許す】允許，批准；寬恕；免除；容許；承認；委託

他五 グループ1

許(ゆる)す・許(ゆる)します

辭書形(基本形) 允許	ゆるす	たり形 又是允許	ゆるしたり
ない形（否定形) 不允許	ゆるさない	ば形（條件形) 允許的話	ゆるせば
なかった形（過去否定形) 過去不允許	ゆるさなかった	させる形（使役形) 使允許	ゆるさせる
ます形（連用形) 允許	ゆるします	られる形（被動形) 被允許	ゆるされる
て形 允許	ゆるして	命令形 快允許	ゆるせ
た形（過去形) 允許了	ゆるした	可能形 會允許	ゆるせる
たら形（條件形) 允許的話	ゆるしたら	う形（意向形) 允許吧	ゆるそう

△私(わたし)を捨(す)てて若(わか)い女(おんな)と出(で)て行(い)った夫(おっと)を絶対(ぜったい)に許(ゆる)すものか／
丈夫拋下我，和年輕女人一起離開了，絕不會原諒他這種人！

ゆれる【揺れる】 搖晃，搖動；躊躇

自下一 グループ2

揺れる・揺れます

辭書形(基本形) 搖晃	ゆれる	たり形 又是搖晃	ゆれたり
ない形（否定形） 沒搖晃	ゆれない	ば形（條件形） 搖晃的話	ゆれれば
なかった形（過去否定形） 過去沒搖晃	ゆれなかった	させる形（使役形） 使搖晃	ゆれさせる
ます形（連用形） 搖晃	ゆれます	られる形（被動形） 被搖晃	ゆれられる
て形 搖晃	ゆれて	命令形 快搖晃	ゆれろ
た形（過去形） 搖晃了	ゆれた	可能形 會搖晃	ゆれられる
たら形（條件形） 搖晃的話	ゆれたら	う形（意向形） 搖晃吧	ゆれよう

△大きい船は、小さい船ほど揺れない／大船不像小船那麼會搖晃。

よせる【寄せる】 靠近，移近；聚集，匯集，集中；加；投靠，寄身

自他下一 グループ2

寄せる・寄せます

辭書形(基本形) 靠近	よせる	たり形 又是靠近	よせたり
ない形（否定形） 沒靠近	よせない	ば形（條件形） 靠近的話	よせれば
なかった形（過去否定形） 過去沒靠近	よせなかった	させる形（使役形） 使靠近	よせさせる
ます形（連用形） 靠近	よせます	られる形（被動形） 被靠近	よせられる
て形 靠近	よせて	命令形 快靠近	よせろ
た形（過去形） 靠近了	よせた	可能形 會靠近	よせられる
たら形（條件形） 靠近的話	よせたら	う形（意向形） 靠近吧	よせよう

△皆様のご意見をお寄せください／請先彙整大家的意見。

よる【寄る】 順道去…；接近

自五 グループ1

寄る・寄ります

辭書形(基本形) 順道去	よる	たり形 又是順道去	よったり
ない形（否定形） 沒順道去	よらない	ば形（條件形） 順道去的話	よれば
なかった形（過去否定形） 過去沒順道去	よらなかった	させる形（使役形） 使順道去	よらせる
ます形（連用形） 順道去	よります	られる形（被動形） 被接近	よられる
て形 順道去	よって	命令形 快順道去	よれ
た形（過去形） 順道去了	よった	可能形 可以順道去	よれる
たら形（條件形） 順道去的話	よったら	う形（意向形） 順道去吧	よろう

△彼は、会社の帰りに飲みに寄りたがります／
他下班回家時總喜歡順道去喝兩杯。

よわまる【弱まる】 變弱，衰弱

自五 グループ1

弱まる・弱まります

辭書形(基本形) 變弱	よわまる	たり形 又是變弱	よわまったり
ない形（否定形） 沒變弱	よわまらない	ば形（條件形） 變弱的話	よわまれば
なかった形（過去否定形） 過去沒變弱	よわまら なかった	させる形（使役形） 使變弱	よわまらせる
ます形（連用形） 變弱	よわまります	られる形（被動形） 被削弱	よわまられる
て形 變弱	よわまって	命令形 快變弱	よわまれ
た形（過去形） 變弱了	よわまった	可能形	――
たら形（條件形） 變弱的話	よわまったら	う形（意向形） 變弱吧	よわまろう

△雪は、夕方から次第に弱まるでしょう／
到了傍晚，雪勢應該會愈來愈小吧。

よわめる【弱める】 減弱，削弱

他下一 グループ2

弱(よわ)める・弱(よわ)めます

形	活用	形	活用
辭書形(基本形) 削弱	よわめる	たり形 又是削弱	よわめたり
ない形（否定形) 沒削弱	よわめない	ば形（條件形) 削弱的話	よわめれば
なかった形（過去否定形) 過去沒削弱	よわまらなかった	させる形（使役形) 使削弱	よわめさせる
ます形（連用形) 削弱	よわめます	られる形（被動形) 被削弱	よわめられる
て形 削弱	よわめて	命令形 快削弱	よわめろ
た形（過去形) 削弱了	よわめた	可能形 會削弱	よわめられる
たら形（條件形) 削弱的話	よわめたら	う形（意向形) 削弱吧	よわめよう

△水(みず)の量(りょう)が多(おお)すぎると、洗剤(せんざい)の効果(こうか)を弱(よわ)めることになる／
如果水量太多，將會減弱洗潔劑的效果。

わかれる【分かれる】 分裂；分離，分開；區分，劃分；區別

自下一 グループ2

分(わ)かれる・分(わ)かれます

形	活用	形	活用
辭書形(基本形) 分裂	わかれる	たり形 又是分裂	わかれたり
ない形（否定形) 沒分裂	わかれない	ば形（條件形) 分裂的話	わかれれば
なかった形（過去否定形) 過去沒分裂	わかれなかった	させる形（使役形) 使分裂	わかれさせる
ます形（連用形) 分裂	わかれます	られる形（被動形) 被分裂	わかれられる
て形 分裂	わかれて	命令形 快分裂	わかれろ
た形（過去形) 分裂了	わかれた	可能形 會分裂	わかれられる
たら形（條件形) 分裂的話	わかれたら	う形（意向形) 分裂吧	わかれよう

△意見(いけん)が分(わ)かれてしまい、とうとう結論(けつろん)が出(で)なかった／
由於意見分歧，終究沒能做出結論。

わく【沸く】 煮沸，煮開；興奮

自五 グループ1

沸く・沸きます

辭書形(基本形) 煮開	わく	たり形 又是煮開	わいたり
ない形（否定形) 沒煮開	わかない	ば形（條件形) 煮開的話	わけば
なかった形（過去否定形) 過去沒煮開	わかなかった	させる形（使役形) 使煮開	わかせる
ます形（連用形) 煮開	わきます	られる形（被動形) 被煮開	わかれる
て形 煮開	わいて	命令形 快煮開	わけ
た形（過去形) 煮開了	わいた	可能形	——
たら形（條件形) 煮開的話	わいたら	う形（意向形) 煮開吧	わこう

△お湯が沸いたから、ガスをとめてください／水煮開了，請把瓦斯關掉。

わける【分ける】 分，分開；區分，劃分；分配，分給；分開，排開，擠開

他下一 グループ2

分ける・分けます

辭書形(基本形) 分開	わける	たり形 又是分開	わけたり
ない形（否定形) 沒分開	わけない	ば形（條件形) 分開的話	わければ
なかった形（過去否定形) 過去沒分開	わけなかった	させる形（使役形) 使分開	わけさせる
ます形（連用形) 分開	わけます	られる形（被動形) 被分開	わけられる
て形 分開	わけて	命令形 快分開	わけろ
た形（過去形) 分開了	わけた	可能形 可以分開	わけられる
たら形（條件形) 分開的話	わけたら	う形（意向形) 分開吧	わけよう

△5回に分けて支払う／分五次支付。

わりこむ【割り込む】 擠進，插隊；闖進；插嘴

自五 グループ1

割り込む・割り込みます

辭書形(基本形) 插隊	わりこむ	たり形 又是插隊	わりこんだり
ない形（否定形） 沒插隊	わりこまない	ば形（條件形） 插隊的話	わりこめば
なかった形（過去否定形） 過去沒插隊	わりこまなかった	させる形（使役形） 使插隊	わりこませる
ます形（連用形） 插隊	わりこみます	られる形（被動形） 被插隊	わりこまれる
て形 插隊	わりこんで	命令形 快插隊	わりこめ
た形（過去形） 插隊了	わりこんだ	可能形 可以插隊	わりこめる
たら形（條件形） 插隊的話	わりこんだら	う形（意向形） 插隊吧	わりこもう

△列に割り込まないでください／請不要插隊。

わる【割る】 劈，割，打破，劈開；分開；用除法計算

他五 グループ1

割る・割ります

辭書形(基本形) 打破	わる	たり形 又是打破	わったり
ない形（否定形） 沒打破	わらない	ば形（條件形） 打破的話	われば
なかった形（過去否定形） 過去沒打破	わらなかった	させる形（使役形） 使打破	わらせる
ます形（連用形） 打破	わります	られる形（被動形） 被打破	わられる
て形 打破	わって	命令形 快打破	われ
た形（過去形） 打破了	わった	可能形 會打破	われる
たら形（條件形） 打破的話	わったら	う形（意向形） 打破吧	わろう

△卵を割って、よくかき混ぜてください／請打入蛋後攪拌均勻。

する 做，幹

自他サ　グループ3

する・します

辞書形(基本形) 做	する	たり形 又是做	したり
ない形（否定形） 沒做	しない	ば形（條件形） 做的話	すれば
なかった形（過去否定形） 過去沒做	しなかった	させる形（使役形） 使做	させる
ます形（連用形） 做	します	られる形（被動形） 被做	される
て形 做	して	命令形 快做	しろ
た形（過去形） 做了	した	可能形 可以做	できる
たら形（條件形） 做的話	したら	う形（意向形） 做吧	しよう

△ ゆっくりしてください／請慢慢做。

あいず【合図】　信號，暗號　名・自サ◎グループ3

△ あの煙(けむり)は、仲間(なかま)からの合図(あいず)に違(ちが)いない／
那道煙霧，一定是同伴給我們的暗號。

あくしゅ【握手】　握手；和解，言和；合作，妥協；會師，會合　名・自サ◎グループ3

△ CDを買(か)うと、握手会(あくしゅかい)に参加(さんか)できる／
只要買CD就能參加握手會。

アップ【up】　增高，提高；上傳（檔案至網路）　名・他サ◎グループ3

△ 姉(あね)はいつも収入(しゅうにゅう)アップのことを考(かんが)えていた／
姊姊老想著提高年收。

アドバイス【advice】　勸告，提意見；建議　名・他サ◎グループ3

△ 彼(かれ)はいつも的確(てきかく)なアドバイスをくれます／
他總是給予切實的建議。

アナウンス【announce】 廣播；報告；通知　名・他サ◎グループ3

△機長が、到着予定時刻をアナウンスした／
機長廣播了預定抵達時刻。

いらいら【苛々】 情緒急躁、不安；焦急，急躁　名・副・他サ◎グループ3

△何だか最近いらいらしてしょうがない／
不知道是怎麼搞的，最近老是焦躁不安的。

インタビュー【interview】 會面，接見；訪問，採訪　名・自サ◎グループ3

△インタビューを始めたとたん、首相は怒り始めた／
採訪剛開始，首相就生氣了。

うっかり 不注意，不留神；發呆，茫然　副・自サ◎グループ3

△うっかりしたものだから、約束を忘れてしまった／
因為一時不留意，而忘了約會。

うわさ【噂】 議論，閒談；傳說，風聲　名・自サ◎グループ3

△本人に聞かないと、うわさが本当かどうかわからない／
傳聞是真是假，不問當事人是不知道的。

えいきょう【影響】 影響　名・自サ◎グループ3

△鈴木先生には、大変影響を受けました／
鈴木老師給了我很大的影響。

えんそう【演奏】 演奏　名・他サ◎グループ3

△彼の演奏はまだまだだ／
他的演奏還有待加強。

おうえん【応援】 援助，支援；聲援，助威　名・他サ◎グループ3

△今年は、私が応援している野球チームが優勝した／
我支持的棒球隊今年獲勝了。

オープン【open】 開放，公開；無蓋，敞篷；露天，野外　名・形動・自他サ◎グループ3

△そのレストランは3月にオープンする／
那家餐廳將於三月開幕。

おじぎ 【お辞儀】
行禮，鞠躬，敬禮；客氣　名・自サ◎グループ3

△目上の人にお辞儀をしなかったので、母にしかられた／
因為我沒跟長輩行禮，被媽媽罵了一頓。

おしゃべり 【お喋り】
閒談，聊天；愛說話的人，健談的人　名・形動・自サ◎グループ3

△友だちとおしゃべりをしているところへ、先生が来た／
當我正在和朋友閒談時，老師走了過來。

かいけつ 【解決】
解決，處理　名・自他サ◎グループ3

△問題が小さいうちに、解決しましょう／
趁問題還不大的時候解決掉吧！

かいしゃく 【解釈】
解釋，理解，說明　名・他サ◎グループ3

△この法律は、解釈上、二つの問題がある／
這條法律，在解釋上有兩個問題點。

かきとり 【書き取り】
抄寫，記錄；聽寫，默寫　名・自サ◎グループ3

△明日は書き取りのテストがある／
明天有聽寫考試。

かくにん 【確認】
證實，確認，判明　名・他サ◎グループ3

△まだ事実を確認しきれていません／
事實還沒有被證實。

かつやく 【活躍】
活躍　名・自サ◎グループ3

△彼は、前回の試合において大いに活躍した／
他在上次的比賽中大為活躍。

がまん 【我慢】
忍耐，克制，將就，原諒；（佛）饒恕　名・他サ◎グループ3

△買いたいけれども、給料日まで我慢します／
雖然想買，但在發薪日之前先忍一忍。

かんこう 【観光】
觀光，遊覽，旅遊　名・他サ◎グループ3

△まだ天気がいいうちに、観光に出かけました／
趁天氣還晴朗時，出外觀光去了。

かんしゃ【感謝】 感謝 名・自他サ◎グループ3

△本当は感謝しているくせに、ありがとうも言わない／
明明就很感謝，卻連句道謝的話也沒有。

かんしん【感心】 欽佩；贊成；（貶）令人吃驚 名・形動・自サ◎グループ3

△彼はよく働くので、感心させられる／
他很努力工作，真是令人欽佩。

かんせい【完成】 完成 名・自他サ◎グループ3

△ビルが完成したら、お祝いのパーティーを開こう／
等大樓竣工以後，來開個慶祝酒會吧。

かんどう【感動】 感動，感激 名・自サ◎グループ3

△予想に反して、とても感動した／
出乎預料之外，受到了極大的感動。

きがえ【着替え】 換衣服；換洗衣物 名・自サ◎グループ3

△着替えを忘れたものだから、また同じのを着るしかない／
由於忘了帶換洗衣物，只好繼續穿同一套衣服。

きこく【帰国】 回國，歸國；回到家鄉 名・自サ◎グループ3

△夏に帰国して、日本の暑さと湿気の多さにびっくりした／
夏天回國，對日本暑熱跟多濕，感到驚訝！

きせい【帰省】 歸省，回家（省親），探親 名・自サ◎グループ3

△お正月に帰省しますか／
請問您元月新年會不會回家探親呢？

きたく【帰宅】 回家 名・自サ◎グループ3

△あちこちの店でお酒を飲んで、夜中の1時にやっと帰宅した／
到了許多店去喝酒，深夜一點才終於回到家。

きぼう【希望】 希望，期望，願望 名・他サ◎グループ3

△あなたのおかげで、希望を持つことができました／
多虧你的加油打氣，我才能懷抱希望。

N3 サ変 きゅうけい・きんし

きゅうけい【休憩】 休息　名・自サ◎グループ3

△休憩どころか、食事する暇もない／
別說是吃飯，就連休息的時間也沒有。

きゅうこう【急行】 急忙前往，急趕；急行列車普通車　名・自サ◎グループ3

△たとえ急行に乗ったとしても、間に合わない／
就算搭上了快車也來不及。

きょうちょう【強調】 強調；權力主張；（行情）看漲　名・他サ◎グループ3

△先生は、この点について特に強調していた／
老師曾特別強調這個部分。

きょうつう【共通】 共同，通用　名・形動・自サ◎グループ3

△成功者に共通している10の法則はこれだ／
成功者的十項共同法則就是這些！

きょうりょく【協力】 協力，合作，共同努力，配合　名・自サ◎グループ3

△友達が協力してくれたおかげで、彼女とデートができた／
多虧朋友們從中幫忙撮合，所以才有辦法約她出來。

ぎりぎり （容量等）最大限度，極限；（摩擦的）嘎吱聲　名・副・他サ◎グループ3

△期限ぎりぎりまで待ちましょう／
我們就等到最後的期限吧！

きろく【記録】 記錄，記載，（體育比賽的）紀錄　名・他サ◎グループ3

△記録からして、大した選手じゃないのはわかっていた／
就紀錄來看，可知道他並不是很厲害的選手。

きんえん【禁煙】 禁止吸菸；禁菸，戒菸　名・自サ◎グループ3

△校舎内は禁煙です。外の喫煙所をご利用ください／
校園內禁煙，請到外面的吸菸區。

きんし【禁止】 禁止　名・他サ◎グループ3

△病室では、喫煙だけでなく、携帯電話の使用も禁止されている／
病房內不止抽煙，就連使用手機也是被禁止的。

きんちょう【緊張】 緊張 名・自サ◎グループ3

△彼が緊張しているところに声をかけると、もっと緊張するよ／
在他緊張的時候跟他說話，他會更緊張的啦！

くふう【工夫】 設法 名・自サ◎グループ3

△工夫しないことには、問題を解決できない／
如不下點功夫，就沒辦法解決問題。

けいえい【経営】 經營，管理 名・他サ◎グループ3

△経営はうまくいっているが、人間関係がよくない／
經營上雖不錯，但人際關係卻不好。

けいさん【計算】 計算，演算；估計，算計，考慮 名・他サ◎グループ3

△商売をしているだけあって、計算が速い／
不愧是做買賣的，計算得真快。

けいたい【携帯】 攜帶；手機（「携帯電話（けいたいでんわ）」的簡稱） 名・他サ◎グループ3

△携帯電話だけで、家の電話はありません／
只有行動電話，沒有家用電話。

けいやく【契約】 契約，合同 名・自他サ◎グループ3

△契約を結ぶ際は、はんこが必要です／
在簽訂契約的時候，必須用到印章。

けいゆ【経由】 經過，經由 名・自サ◎グループ3

△新宿を経由して、東京駅まで行きます／
我經新宿，前往東京車站。

けしょう【化粧】 化妝，打扮；修飾，裝飾 名・自サ◎グループ3

△彼女はトイレで化粧しているところだ／
她正在洗手間化妝。

けっか【結果】 結果，結局 名・自他サ◎グループ3

△コーチのおかげでよい結果が出せた／
多虧教練的指導，比賽結果相當好。

けっせき【欠席】 缺席 名・自サ◎グループ3

△病気のため学校を欠席する／
因生病而沒去學校。

けんさ【検査】 檢查，檢驗 名・他サ◎グループ3

△病気かどうかは、検査をしてみないと分からない／
生病與否必須做檢查，否則無法判定。

こうかい【後悔】 後悔，懊悔 名・他サ◎グループ3

△もう少し早く気づくべきだったと後悔している／
很後悔應該早點察覺出來才對。

ごうかく【合格】 及格；合格 名・自サ◎グループ3

△第一志望の大学の入学試験に合格する／
我要考上第一志願的大學。

こうかん【交換】 交換；交易 名・他サ◎グループ3

△古新聞をトイレットペーパーに交換してもらう／
用舊報紙換到了廁用衛生紙。

こうこく【広告】 廣告；作廣告，廣告宣傳 名・他サ◎グループ3

△広告を出すとすれば、たくさんお金が必要になります／
如果要拍廣告，就需要龐大的資金。

こうじ【工事】 工程，工事 名・自サ◎グループ3

△来週から再来週にかけて、近所で工事が行われる／
從下週到下下週，這附近將會施工。

こうふん【興奮】 興奮，激昂；情緒不穩定 名・自サ◎グループ3

△興奮したものだから、つい声が大きくなってしまった／
由於情緒過於激動，忍不住提高了嗓門。

ごかい【誤解】 誤解，誤會 名・他サ◎グループ3

△説明のしかたが悪くて、誤解を招いたようです／
似乎由於說明的方式不佳而導致了誤解。

こんざつ【混雑】 混亂，混雜，混染 名・自サ◎グループ3

△町の人口が増えるに従って、道路が混雑するようになった／
隨著城鎮人口的增加，交通愈來愈壅塞了。

ざいがく【在学】 在校學習，上學 名・自サ◎グループ3

△大学の前を通るたびに、在学中のことが懐かしく思い出される／
每次經過大學門口時，就會想起就讀時的美好回憶。

さいほう【裁縫】 裁縫，縫紉 名・自サ◎グループ3

△ボタン付けくらいできれば、お裁縫なんてできなくてもいい／
只要會縫釦子就好，根本不必會什麼縫紉。

さくじょ【削除】 刪掉，刪除，勾消，抹掉 名・他サ◎グループ3

△子どもに悪い影響を与える言葉は、削除することになっている／
按規定要刪除對孩子有不好影響的詞彙。

さんか【参加】 參加，加入 名・自サ◎グループ3

△半分仕事のパーティーだから、参加するよりほかない／
那是一場具有工作性質的酒會，所以不能不參加。

ざんぎょう【残業】 加班 名・自サ◎グループ3

△彼はデートだから、残業するわけがない／
他要約會，所以不可能會加班的。

さんせい【賛成】 贊成，同意 名・自サ◎グループ3

△みなが賛成したとしても、私は反対です／
就算大家都贊成，我還是反對。

サンプル【sample】 樣品，樣本 名・他サ◎グループ3

△街を歩いていて、新しいシャンプーのサンプルをもらった／
走在路上的時候，拿到了新款洗髮精的樣品。

ししゃごにゅう【四捨五入】 四捨五入 名・他サ◎グループ3

△26を10の位(くらい)で四捨五入(ししゃごにゅう)すると30です／
將26四捨五入到十位數就變成30。

ししゅつ【支出】 開支，支出 名・他サ◎グループ3

△支出(ししゅつ)が増(ふ)えたせいで、貯金(ちょきん)が減(へ)った／
都是支出變多，儲蓄才變少了。

しつぎょう【失業】 失業 名・自サ◎グループ3

△会社(かいしゃ)が倒産(とうさん)して失業(しつぎょう)する／
公司倒閉而失業。

じっこう【実行】 實行，落實，施行 名・他サ◎グループ3

△資金(しきん)が足(た)りなくて、計画(けいかく)を実行(じっこう)するどころじゃない／
資金不足，哪能實行計畫呀！

じっと 保持穩定，一動不動；凝神，聚精會神；一聲不響地忍住；無所做為，呆住 副・自サ◎グループ3

△相手(あいて)の顔(かお)をじっと見(み)つめる／
凝神注視對方的臉。

しぼう【死亡】 死亡 名・他サ◎グループ3

△けが人(にん)はいますが、死亡者(しぼうしゃ)はいません／
雖然有人受傷，但沒有人死亡。

じまん【自慢】 自滿，自誇，自大，驕傲 名・他サ◎グループ3

△あの人(ひと)の話(はなし)は息子(むすこ)の自慢(じまん)ばかりだ／
那個人每次開口總是炫耀兒子。

ジャズ【jazz】 （樂）爵士音樂 名・自サ◎グループ3

△叔父(おじ)はジャズのレコードを収集(しゅうしゅう)している／
家叔的嗜好是收集爵士唱片。

しゃっくり 打嗝 名・自サ◎グループ3

△しゃっくりが出(で)て、止(と)まらない／
開始打嗝，停不下來。

しゅうしょく【就職】 就職，就業，找到工作 名・自サ◎グループ3

△就職したからには、一生懸命働きたい／
既然找到了工作，我就想要努力去做。

じゅうたい【渋滞】 停滯不前，遲滯，阻塞 名・自サ◎グループ3

△道が渋滞しているので、電車で行くしかありません／
因為路上塞車，所以只好搭電車去。

しゅうり【修理】 修理，修繕 名・他サ◎グループ3

△この家は修理が必要だ／
這個房子需要進行修繕。

しゅじゅつ【手術】 手術 名・他サ◎グループ3

△手術といっても、入院する必要はありません／
雖說要動手術，但不必住院。

しゅつじょう【出場】 （參加比賽）上場，入場；出站，走出場 名・自サ◎グループ3

△歌がうまくさえあれば、コンクールに出場できる／
只要歌唱得好，就可以參加比賽。

しょうとつ【衝突】 撞，衝撞，碰上；矛盾，不一致；衝突 名・自サ◎グループ3

△車は、走り出したとたんに壁に衝突しました／
車子才剛發動，就撞上了牆壁。

しょうばい【商売】 經商，買賣，生意；職業，行業 名・自サ◎グループ3

△商売がうまくいかないのは、景気が悪いせいだ／
生意沒有起色是因為景氣不好。

しょうひ【消費】 消費，耗費 名・他サ◎グループ3

△ガソリンの消費量が、増加ぎみです／
汽油的消耗量，有增加的趨勢。

しょうめい【証明】 證明 名・他サ◎グループ3

△事件当時どこにいたか、証明のしようがない／
根本無法提供案件發生時的不在場證明。

しょうりゃく【省略】 省略，從略　名・副・他サ◎グループ3

△携帯電話(けいたいでんわ)のことは、省略(しょうりゃく)して「ケイタイ」という人(ひと)が多(おお)い／
很多人都把行動電話簡稱為「手機」。

しんがく【進学】 升學；進修學問　名・自サ◎グループ3

△勉強(べんきょう)が苦手(にがて)で、高校進学(こうこうしんがく)でさえ難(むずか)しかった／
我以前很不喜歡讀書，就連考高中都覺得困難。

しんごう【信号】 信號，燈號；（鐵路、道路等的）號誌；暗號　名・自サ◎グループ3

△信号(しんごう)が赤(あか)から青(あお)に変(か)わる／
號誌從紅燈變成綠燈。

しんせい【申請】 申請，聲請　名・他サ◎グループ3

△証明書(しょうめいしょ)はこの紙(かみ)を書(か)いて申請(しんせい)してください／
要申請證明文件，麻煩填寫完這張紙之後提送。

しんぽ【進歩】 進步，逐漸好轉　名・自サ◎グループ3

△科学(かがく)の進歩(しんぽ)のおかげで、生活(せいかつ)が便利(べんり)になった／
因為科學進步的關係，生活變方便多了。

せいこう【成功】 成功，成就，勝利；功成名就，成功立業　名・自サ◎グループ3

△ダイエットに成功(せいこう)したとたん、恋人(こいびと)ができた／
減重一成功，就立刻交到女朋友（男朋友）了。

せいさん【生産】 生產，製造；創作（藝術品等）；生業，生計　名・他サ◎グループ3

△当社(とうしゃ)は、家具(かぐ)の生産(せいさん)に加(くわ)えて販売(はんばい)も行(おこな)っています／
本公司不單製造家具，同時也從事販售。

せいさん【清算】 結算，清算；清理財產；結束，了結　名・他サ◎グループ3

△10年(ねん)かけてようやく借金(しゃっきん)を清算(せいさん)した／
花費了十年的時間，終於把債務給還清了。

せいじん【成人】 成年人；成長，（長大）成人　名・自サ◎グループ3

△成人(せいじん)するまで、たばこを吸(す)ってはいけません／
到長大成人之前，不可以抽煙。

せいちょう【成長】
（經濟、生產）成長，增長，發展；（人、動物）生長，發育成長
名・自サ◎グループ3
△子どもの成長が、楽しみでなりません／
孩子們的成長，真叫人期待。

せいり【整理】
整理，收拾，整頓；清理，處理；捨棄，淘汰，裁減
名・他サ◎グループ3
△今、整理をしかけたところなので、まだ片付いていません／
現在才整理到一半，還沒完全整理好。

セット【set】
一組，一套；舞台裝置，布景；（網球等）盤，局；組裝，裝配
名・他サ◎グループ3
△食器を5客セットで買う／
買下五套餐具。

せつやく【節約】
節約，節省
名・他サ◎グループ3
△節約しているのに、お金がなくなる一方だ／
我已經很省了，但是錢卻越來越少。

せわ【世話】
援助，幫助；介紹，推薦；照顧，照料
名・他サ◎グループ3
△母に子供たちの世話をしてくれるように頼んだ／
拜託了我媽媽來幫忙照顧孩子們。

せんきょ【選挙】
選舉，推選
名・他サ◎グループ3
△選挙の際には、応援をよろしくお願いします／
選舉的時候，就請拜託您的支持了。

せんでん【宣伝】
宣傳，廣告；吹噓，鼓吹，誇大其詞
名・自他サ◎グループ3
△あなたの会社を宣伝するかわりに、うちの商品を買ってください／
我幫貴公司宣傳，相對地，請購買我們的商品。

そうぞう【想像】
想像
名・他サ◎グループ3
△そんなひどい状況は、想像もできない／
完全無法想像那種嚴重的狀況。

そくたつ【速達】 快速信件　名・自他サ◎グループ3

△速達で出せば、間に合わないこともないだろう／
寄快遞的話，就不會趕不上吧！

そんけい【尊敬】 尊敬　名・他サ◎グループ3

△あなたが尊敬する人は誰ですか／
你尊敬的人是誰？

だい【題】 題目，標題；問題；題辭　名・漢造・自サ◎グループ3

△作品に題をつけられなくて、「無題」とした／
想不到名稱，於是把作品取名為〈無題〉。

たいがく【退学】 退學　名・自サ◎グループ3

△息子は、高校を退学してから毎日ぶらぶらしている／
我兒子自從高中退學以後，每天都無所事事。

たいくつ【退屈】 無聊，鬱悶，寂，厭倦無聊　名・形動・自サ◎グループ3

△やることがなくて、どんなに退屈したことか／
無事可做，是多麼的無聊啊！

たいしょく【退職】 退職　名・自サ◎グループ3

△退職してから、ボランティア活動を始めた／
離職以後，就開始去當義工了。

だいひょう【代表】 代表　名・他サ◎グループ3

△斉藤君の結婚式で、友人を代表してお祝いを述べた／
在齊藤的婚禮上，以朋友代表的身分獻上了賀詞。

タイプ【type】 形式，類型；典型，榜樣，樣本；（印）鉛字；打字（機）型式　名・他サ◎グループ3

△私はこのタイプのパソコンにします／
我要這種款式的電腦。

ダウン【down】 下，倒下，向下，落下；下降，減退；（棒）出局；（拳擊）擊倒　名・自他サ◎グループ3

△駅が近づくと、電車はスピードダウンし始めた／
電車在進站時開始減速了。

たんじょう【誕生】 誕生，出生；成立，創立，創辦　名・自サ◎グループ3

△地球は46億年前に誕生した／
地球誕生於四十六億年前。

チェック【check】 確認，檢查；核對，打勾；格子花紋；支票；號碼牌　名・他サ◎グループ3

△メールをチェックします／
檢查郵件。

ちこく【遅刻】 遲到，晚到　名・自サ◎グループ3

△電話がかかってきたせいで、会社に遅刻した／
都是因為有人打電話來，所以上班遲到了。

ちゅうもく【注目】 注目，注視　名・自他サ◎グループ3

△とても才能のある人なので、注目している／
他是個很有才華的人，現在備受矚目。

ちゅうもん【注文】 點餐，訂貨，訂購；希望，要求，願望　名・他サ◎グループ3

△さんざん迷ったあげく、カレーライスを注文しました／
再三地猶豫之後，最後竟點了個咖哩飯。

ちょうさ【調査】 調查　名・他サ◎グループ3

△年代別の人口を調査する／
調查不同年齡層的人口。

ちょうせん【挑戦】 挑戰　名・自サ◎グループ3

△その試験は、私にとっては大きな挑戦です／
對我而言，參加那種考試是項艱鉅的挑戰。

ちょきん【貯金】 存款，儲蓄　名・自他サ◎グループ3

△毎月決まった額を貯金する／
每個月都定額存錢。

ちょくせつ【直接】 直接　名・副・自サ◎グループ3

△関係者が直接話し合って、問題はやっと解決した／
和相關人士直接交涉後，終於解決了問題。

ちりょう【治療】 治療，醫療 名・他サ◎グループ3

△検査の結果が出てから、今後の治療方針を決めます／
等檢查結果出來以後，再決定往後的治療方針。

つうきん【通勤】 通勤，上下班 名・自サ◎グループ3

△会社まで、バスと電車で通勤するほかない／
上班只能搭公車和電車。

つうやく【通訳】 口頭翻譯，口譯；翻譯者，譯員 名・他サ◎グループ3

△あの人はしゃべるのが速いので、通訳しきれなかった／
因為那個人講很快，所以沒辦法全部翻譯出來。

ていあん【提案】 提案，建議 名・他サ◎グループ3

△この計画を、会議で提案しよう／
就在會議中提出這企畫吧！

ていでん【停電】 停電，停止供電 名・自サ◎グループ3

△停電のたびに、懐中電灯を買っておけばよかったと思う／
每次停電時，我總是心想早知道就買一把手電筒就好了。

デート【date】 日期，年月日；約會，幽會 名・自サ◎グループ3

△明日はデートだから、思いっきりおしゃれしないと／
明天要約會，得好好打扮一番才行。

てきとう【適当】 適當；適度；隨便 名・形動・自サ◎グループ3

△適当にやっておくから、大丈夫／
我會妥當處理的，沒關係！

デザイン【design】 設計（圖）；（製作）圖案設計 名・自他サ◎グループ3

△今週中に新製品のデザインを決めることになっている／
規定將於本星期內把新產品的設計定案。

てってい【徹底】 徹底；傳遍，普遍，落實 名・自サ◎グループ3

△徹底した調査の結果、故障の原因はほこりでした／
經過了徹底的調查，確定故障的原因是灰塵。

てつや【徹夜】 通宵，熬夜，徹夜 名・自サ◎グループ3

△仕事を引き受けた以上、徹夜をしても完成させます／
既然接下了工作，就算熬夜也要將它完成。

でんごん【伝言】 傳話，口信；帶口信 名・自他サ◎グループ3

△何か部長へ伝言はありますか／
有沒有什麼話要向經理轉達的？

とうさん【倒産】 破產，倒閉 名・自サ◎グループ3

△台湾新幹線は倒産するかもしれないということだ／
據說台灣高鐵公司或許會破產。

どきどき （心臟）撲通撲通地跳，七上八下 副・自サ◎グループ3

△告白するなんて、考えただけでも心臓がどきどきする／
說什麼告白，光是在腦中想像，心臟就怦怦跳個不停。

どくしょ【読書】 讀書 名・自サ◎グループ3

△読書が好きと言った割には、漢字が読めないね／
說是喜歡閱讀，沒想到讀不出漢字呢。

ドライブ【drive】 開車遊玩；兜風 名・自サ◎グループ3

△気分転換にドライブに出かけた／
開車去兜了風以轉換心情。

どりょく【努力】 努力 名・自サ◎グループ3

△努力が実って、Ｎ３に合格した／
努力有了成果，通過了Ｎ３級的測驗。

トレーニング【training】 訓練，練習 名・他サ◎グループ3

△もっと前からトレーニングしていればよかった／
早知道就提早訓練了。

なっとく【納得】 理解，領會；同意，信服 名・他サ◎グループ3

△なんで怒られたんだか、全然納得がいかない／
完全不懂自己為何挨罵了。

ねあがり
【値上がり】
價格上漲，漲價 名・自サ◎グループ3
△近頃、土地の値上がりが激しい／
最近地價猛漲。

ねあげ
【値上げ】
提高價格，漲價 名・他サ◎グループ3
△たばこ、来月から値上げになるんだって／
聽說香菸下個月起要漲價。

ねっちゅう
【熱中】
熱中，專心；酷愛，著迷於 名・自サ◎グループ3
△子どもは、ゲームに熱中しがちです／
小孩子容易沈迷於電玩。

ノック
【knock】
敲打；（來訪者）敲門；打球 名・他サ◎グループ3
△ノックの音が聞こえたが、出てみると誰もいなかった／
雖然聽到了敲門聲，但是開門一看，外面根本沒人。

のりこし
【乗り越し】
（車）坐過站 名・自サ◎グループ3
△乗り越しの方は精算してください／
請坐過站的乘客補票。

のんびり
舒適，逍遙，悠然自得 副・自サ◎グループ3
△平日はともかく、週末はのんびりしたい／
先不說平日是如何，我週末想悠哉地休息一下。

はくしゅ
【拍手】
拍手，鼓掌 名・自サ◎グループ3
△演奏が終わってから、しばらく拍手が鳴り止まなかった／
演奏一結束，鼓掌聲持續了好一段時間。

はっきり
清楚；直接了當 副・自サ◎グループ3
△君ははっきり言いすぎる／
你說得太露骨了。

はっけん
【発見】
發現 名・他サ◎グループ3
△博物館に行くと、子どもたちにとっていろいろな発見があります／
孩子們去到博物館會有很多新發現。

はったつ【発達】
（身心）成熟，發達；擴展，進步；（機能）發達，發展
名・自サ◎グループ3
△子どもの発達に応じて、おもちゃを与えよう／
依小孩的成熟程度給玩具。

はつめい【発明】
發明
名・他サ◎グループ3
△社長は、新しい機械を発明するたびにお金をもうけています／
每逢社長研發出新型機器，就會賺大錢。

はんせい【反省】
反省，自省（思想與行為）；重新考慮
名・他サ◎グループ3
△彼は反省して、すっかり元気がなくなってしまった／
他反省過了頭，以致於整個人都提不起勁。

はんたい【反対】
相反；反對
名・自サ◎グループ3
△あなたが社長に反対しちゃ、困りますよ／
你要是跟社長作對，我會很頭痛的。

ぴったり
緊緊地，嚴實地；恰好，正適合；說中，猜中正好
副・自サ◎グループ3
△そのドレス、あなたにぴったりですよ／
那件禮服，真適合你穿啊！

ヒット【hit】
大受歡迎，最暢銷；（棒球）安打
名・自サ◎グループ3
△90年代にヒットした曲を集めました／
這裡面彙集了九〇年代的暢銷金曲。

ひょうろん【評論】
評論，批評
名・他サ◎グループ3
△雑誌に映画の評論を書いている／
為雜誌撰寫影評。

ファックス【fax】
傳真
名・他サ◎グループ3
△地図をファックスしてください／
請傳真地圖給我。

ふきゅう【普及】
普及
名・自サ◎グループ3
△当時は、テレビが普及しかけた頃でした／
當時正是電視開始普及的時候。

ふじゆう【不自由】
不自由，不如意，不充裕；（手腳）不聽使喚；不方便
名・形動・自サ◎グループ3

△学校生活が、不自由でしょうがない／
學校的生活令人感到極不自在。

ふそく【不足】
不足，不夠，短缺；缺乏，不充分；不滿意　名・形動・自サ◎グループ3

△ダイエット中は栄養が不足しがちだ／
減重時容易營養不良。

プラス【plus】
（數）加號，正號；正數；有好處，利益；加（法）；陽性
名・他サ◎グループ3

△アルバイトの経験は、社会に出てからきっとプラスになる／
打工時累積的經驗，在進入社會以後一定會有所助益。

へいきん【平均】
平均；（數）平均值；平衡，均衡　名・自他サ◎グループ3

△集めたデータの平均を計算しました／
計算了彙整數據的平均值。

へんか【変化】
變化，改變；（語法）變形，活用　名・自サ◎グループ3

△街の変化はとても激しく、別の場所に来たのかと思うぐらいです／
城裡的變化，大到幾乎讓人以為來到別處似的。

へんこう【変更】
變更，更改，改變　名・他サ◎グループ3

△予定を変更することなく、すべての作業を終えた／
一路上沒有更動原定計畫，就做完了所有的工作。

ほうこく【報告】
報告，匯報，告知　名・他サ◎グループ3

△忙しさのあまり、報告を忘れました／
因為太忙了，而忘了告知您。

ほうたい【包帯】
（醫）繃帶　名・他サ◎グループ3

△傷口を消毒してガーゼを当て、包帯を巻いた／
將傷口消毒後敷上紗布，再纏了繃帶。

ほうもん
【訪問】
訪問，拜訪　名・他サ◎グループ3
△彼の家を訪問したところ、たいそう立派な家だった／
拜訪了他家，這才看到是一棟相當氣派的宅邸。

ほっと
嘆氣貌；放心貌　副・自サ◎グループ3
△父が今日を限りにたばこをやめたので、ほっとした／
聽到父親決定從明天起要戒菸，著實鬆了一口氣。

マイナス
【minus】
（數）減，減法；減號，負數；負極；（溫度）零下　名・他サ◎グループ3
△この問題は、わが社にとってマイナスになるに決まっている／
這個問題，對我們公司而言肯定是個負面影響。

マスター
【master】
老闆；精通　名・他サ◎グループ3
△日本語をマスターしたい／
我想精通日語。

まんぞく
【満足】
滿足，令人滿意的，心滿意足；滿足，符合要求；完全，圓滿
名・形動・自他サ◎グループ3
△社長がこれで満足するわけがない／
總經理不可能這樣就會滿意。

みかた
【味方】
我方，自己的這一方；夥伴　名・自サ◎グループ3
△何があっても、僕は君の味方だ／
無論發生什麼事，我都站在你這邊。

ミス
【miss】
失敗，錯誤，差錯　名・自サ◎グループ3
△どんなに言い訳しようとも、ミスはミスだ／
不管如何狡辯，失誤就是失誤！

めいれい
【命令】
命令，規定；（電腦）指令　名・他サ◎グループ3
△プロメテウスは、ゼウスの命令に反して人間に火を与えた／
普羅米修斯違抗了宙斯的命令，將火送給了人類。

めいわく
【迷惑】
麻煩，煩擾；為難，困窘；討厭，妨礙，打擾　名・自サ◎グループ3
△人に迷惑をかけるな／
不要給人添麻煩。

めんきょ【免許】（政府機關）批准，許可；許可證，執照　名・他サ◎グループ3

△学生で時間があるうちに、車の免許を取っておこう／
趁還是學生有空閒，先考個汽車駕照。

めんせつ【面接】（為考察人品、能力而舉行的）面試，接見，會面　名・自サ◎グループ3

△優秀な人がたくさん面接に来た／
有很多優秀的人材來接受了面試。

やりとり【やり取り】交換，互換，授受　名・他サ◎グループ3

△高校のときの友達と今でも手紙のやり取りをしている／
到現在仍然和高中時代的同學維持通信。

ゆうそう【郵送】郵寄　名・他サ◎グループ3

△プレゼントを郵送したところ、住所が違っていて戻ってきてしまった／
將禮物用郵寄寄出，結果地址錯了就被退了回來。

よそう【予想】預料，預測，預計　名・自サ◎グループ3

△こうした問題が起こることは、十分予想できた／
完全可以想像得到會發生這種問題。

よぼう【予防】防犯…，預防　名・他サ◎グループ3

△病気の予防に関しては、保健所に聞いてください／
關於生病的預防對策，請你去問保健所。

らくだい【落第】不及格，落榜，沒考中；留級　名・自サ◎グループ3

△彼は落第したので、悲しげなようすだった／
他因為落榜了，所以很難過的樣子。

らんぼう【乱暴】粗暴，粗魯；蠻横，不講理；胡來，胡亂，亂打人　名・形動・自サ◎グループ3

△彼の言い方は乱暴で、びっくりするほどだった／
他的講話很粗魯，嚴重到令人吃驚的程度。

りかい【理解】理解，領會，明白；體諒，諒解　名・他サ◎グループ3

△彼がなんであんなことをしたのか、全然理解できない／
完全無法理解他為什麼會做出那種事。

りこん【離婚】　（法）離婚　名・自サ◎グループ3

△あんな人とは、もう離婚するよりほかない／
和那種人除了離婚以外，再也沒有第二條路了。

リサイクル【recycle】　回收，（廢物）再利用　名・他サ◎グループ3

△このトイレットペパーは牛乳パックをリサイクルして作ったものです／
這種衛生紙是以牛奶盒回收再製而成的。

りゅうがく【留学】　留學　名・自サ◎グループ3

△アメリカに留学する／
去美國留學。

りゅうこう【流行】　流行，時髦，時興；蔓延　名・自サ◎グループ3

△去年はグレーが流行したかと思ったら、今年はピンクですか／
還在想去年是流行灰色，今年是粉紅色啊？

りょうがえ【両替】　兌換，換錢，兌幣　名・他サ◎グループ3

△円をドルに両替する／
日圓兌換美金。

れんあい【恋愛】　戀愛　名・自サ◎グループ3

△同僚に隠れて社内恋愛中です／
目前在公司裡偷偷摸摸地和同事談戀愛。

れんぞく【連続】　連續，接連　名・自他サ◎グループ3

△うちのテニス部は、３年連続して全国大会に出場している／
我們的網球隊連續三年都參加全國大賽。

レンタル【rental】　出租，出賃；租金　名・他サ◎グループ3

△車をレンタルして、旅行に行くつもりです／
我打算租輛車去旅行。

ろくおん【録音】　錄音　名・他サ◎グループ3

△彼は録音のエンジニアだ／
他是錄音工程師。

ろくが【録画】 錄影　名・他サ◎グループ3

△大河(たいが)ドラマを録画(ろくが)しました／
我已經把大河劇錄下來了。

ロック【lock】 鎖，鎖上，閉鎖　名・他サ◎グループ3

△ロックが壊(こわ)れて、事務所(じむしょ)に入(はい)れません／
事務所的門鎖壞掉了，我們沒法進去。

サ変

日本語動詞活用辭典

N3,N4,N5 單字辭典 [25K]

【山田社日語 31】

發行人／林德勝

著者／吉松由美、田中陽子

出版發行／山田社文化事業有限公司
地址 臺北市大安區安和路一段112巷17號7樓
電話 02-2755-7622 02-2755-7628
傳真 02-2700-1887

郵政劃撥／19867160號 大原文化事業有限公司

總經銷／聯合發行股份有限公司
地址 新北市新店區寶橋路235巷6弄6號2樓
電話 02-2917-8022
傳真 02-2915-6275

印刷／上鎰數位科技印刷有限公司

法律顧問／林長振法律事務所 林長振律師

書／定價 新台幣 369 元

初版／2018年 03 月

ISBN：978-986-246-490-8

山田社

STS
山田社

山田社

山田社